斂財小淘氣

4

完

涼月如眉 ㊔

風文創 550

目錄

第六十一章

見陸鹿氣得火冒三丈，段勉揹著雙手，笑容很是舒心。「民不與官鬥，他們倒是想抵死不招，不過，我有的是法子讓他們乖乖吐露真相。」

陸鹿倏地冷靜下來，目光惡狠狠剜著他。「你是不是連小懷都收買了？」

「當然，那小子是關鍵。沒有他，只怕妳還現不出原形。」

「呸，我現什麼原形了？」陸鹿不客氣地啐他一口。

段勉輕哼一聲。「要不是親眼所見，我還真沒想到妳竟然膽大包天的想私自偷溜。」

「你早就知道我的計劃，為什麼還放任我跑這麼遠？就是要親眼所見？」

「沒錯。」耳聽為虛，眼見為實嘛。段勉雖然知道陸鹿膽大、行為出格，到底不相信她真敢捲個包裹就私自逃家。得到最新消息後，他縱馬疾馳，逮個正著，所見為實了。

「原來一切都在你掌控中。」陸鹿垮下雙肩。虧她興致勃勃的上竄下跳，沒想到黃雀在後，讓段勉一網打盡。

「所以，妳乖一點等著嫁我不就好了？」段勉將她扯到跟前，嘆氣。

陸鹿翻白眼，感覺自己就是孫猴子逃不出如來佛的手掌心。

「好吧，我認輸。我不跑了，我明天就回益城。」陸鹿吐口氣，平平靜靜笑說。

段勉點頭。「這樣最好了。」

「可是，我一天一夜沒回家，府裡只怕鬧翻天了，回去可能要挨打，段勉，你有沒有什麼好法子讓我避過這一劫呢？」

段勉失笑。「妳現在知道怕了？」

「嗯。」要不是殺出這尊程咬金，她哪裡需要怕？

「沒事，明天我送妳回府。」

「不要吧！」陸鹿哀叫。他送回去，豈不是坐實罪名？她一天一夜都跟他在一起？那她顏面何存？

段勉摸摸她的手，覺得冰冷，便握在手心，笑。「放心吧，我幫妳想好藉口了。」

「是什麼？」

「說妳在去常府路上遇到劫匪，出城途中，正好被我救下。因為馬車損壞，天氣又差，沒來得及進城，才耽誤一夜。」

「你這個有漏洞呀！馬車損壞？」

「嗯，小懷跟他叔叔並沒有回陸府，而是在城裡藏了起來，另外，為了真的車損人傷，會讓車夫和小懷掛彩，這樣更逼真，對吧？」

陸鹿咬牙切齒。「你早有預謀！」

「比妳的晚一點。」段勉大言不慚承認了。

這個死段勉，還真是隱忍又狡詐呀！陸鹿氣恨恨地扭開臉。明明查出了她的計劃也不揭破，就等著逮正著。不但事先把所有知情者都給拉攏，還面面俱到的編好藉口，完全就是鋪開一張大網，只等著她鑽。

「那如果我答應你上京呢？你這藉口不就失靈了嗎？」

「不會。理由同上，我直接帶妳回京，只要給尊府說一聲，妳受到驚嚇，我帶妳去找太醫，相信尊府不會拒絕，也由不得他們質疑。」他堂堂段世子要帶回一個女人，理由還這麼冠冕堂皇，陸府一眾人等除了乾瞪眼，攔得了嗎？

只能心甘情願認栽吧？陸鹿這下無話可說了，惱惱地抽手。「放手！」

段勉卻充耳不聞、緊捉不放，還不悅問：「手爐呢？」

「交給春草了。」陸鹿掃一眼這裡間，沒生火的，到底不是自己屋子，不方便。

「走吧，外頭暖和去。」段勉牽著她的手往外帶。

「行行，我自己走。」陸鹿抵死不肯讓他牽，還牽給外人看見，成何體統？

「別動。」段勉握得更緊，冷靜道：「這裡都是自己人。」

陸鹿不悅道：「切，是你的人吧？我喊非禮會有人幫忙嗎？」

成功惹得段勉沈臉、目不轉睛地瞅她。

陸鹿低頭委屈著。「你看，我說什麼你都不依，也怪不得我心慌慌要跑路了吧？」

好像有道理？段勉沈思再三，不情不願的鬆開手。

陸鹿自己搓著手，揚臉笑。「可以走了。」

打開門，春草和夏紋慌忙迎上前問：「姑娘，妳沒事吧？」

「有事。」陸鹿瞄一眼段勉，後者眼神帶著警告，只好哂笑。「心情不爽，去把那四個車夫叫進來。」

「哦。」

段勉沈吟，問：「妳叫他們進來是要罵一頓出氣是吧？」

「是呀，背信棄義、臨陣投敵，罵一頓算輕的。」

段勉淡淡。「罵我吧。是我逼他們的。」

「你以為我不敢罵你？」陸鹿橫起眼睛。

「妳敢。我洗耳恭聽。」段勉神色自若。

陸鹿撇撇嘴。這傢伙皮厚，真罵了，他還開心呢！

毛賊四人組很快被帶進來，看也不敢看陸鹿，撲通就跪下了。「姑娘，我們錯了！」

「錯在哪裡？」陸鹿攏起手爐，端坐火盆前。

孟大郎看一眼段勉，小聲道：「我們……不該迫於威壓供出姑娘。」

「他怎麼施壓的？」

毛賊四人組同時看一眼段勉。段勉輕咳一聲，揚下巴。「先下去吧。」

「憑什麼呀?你插什麼嘴呀？」陸鹿不高興了，才起個頭呢，她威風還沒完全施展呢。

段勉望望外頭漆黑天色。「時候不早了，有事，等妳回去再說。」

「趁著大夥兒都在，把話說清楚比較好。」陸鹿堅持要當場對質。

「我不是說清楚了嗎？」段勉反問。

「我不能聽信一面之詞吧?大老爺審案不是還得聽苦主和被告雙方的說詞嗎？」陸鹿振

振有詞。

段勉磨牙。「妳還用上審案手段嘍。」

「嗯哼。」陸鹿俏皮一挑眉。

他們兩個你來我往的言語交鋒，看得毛賊四人組瞠目結舌。原來外面流傳段世子跟陸大姑娘的事蹟是有根據的呀？這兩人，關係絕對不一般！就衝這大寒天段世子還快馬追來就印證了，流言並非無中生有。

段勉微微一笑，伸手捏她臉。「行了，女老爺，有事明天再說吧。」

「討厭！」陸鹿躲開他的手，氣恨恨瞪眼。幹麼當著人親密動手呀？會引起好大誤會的，知不知道？

王平、鄧葉對視一眼，裝作沒看見；春草和夏紋倒抽口冷氣；毛賊四人組睜圓了眼，看呆了。

「行了，你們先下去歇著。」段勉再度作主。

陸鹿眉眼一豎，毛賊四人組卻乖乖聽話，磕個頭齊齊就退下了。

「段勉，你什麼意思呀？我教訓人，你打什麼岔呀？」

「以後有的是時間教訓。」段勉溫和勸。「現在先歇了吧？明早還要趕路呢！」

春草和夏紋也小聲勸。「姑娘，天不早了，先歇了吧？」

陸鹿無語望天。這日子真沒法過了，被丫頭管也就罷了，平白多出個段勉？這傢伙還特別自以為是，八字還沒一撇呢，就擺出未婚夫的架勢了，真是憋氣到內傷呀！

一直到收拾妥貼，陸鹿被兩個丫頭服侍上床，卻輾轉反側。她還在想著要擺脫段勉，這廝軟硬不吃、油鹽不進——明白拒絕過他，不聽，偷偷跑路，被截。怎麼辦呢？難道全指望陸靖給力，強勢的給她訂門親事，段勉才肯甘休？陳國公這門親事，算是讓他暗中攪黃了吧？三皇子還有別的備胎人選嗎？

隔壁，段勉也夜不成眠，今天一天心情跌宕起伏。

聽到她真的逃跑時，他是氣憤的。他是真的沒想到，一個富家小姐私下裡小動作頻頻，收買洗手的毛賊，為的就是逃離衣食無憂的家庭。擱誰也不大敢相信吧？雖然有內應傳信，到底怕她路上出事，快馬加鞭帶著侍衛追過來，看到她安然無恙，整顆心這才放下。

段勉以為自己見到人後，會更生氣，沒想到卻是放鬆欣喜。現在嘛，隔著一堵牆，聽著她就在隔壁入眠，這感覺怎麼有點飄飄然呢？比起曾經深夜翻牆見面，這樣只隔著薄牆，感受她就在身邊的時光，更令人興奮喜悅。如果能擁她入懷……

段勉不敢深想下去，壓下心底那點莫名的蠢蠢欲動。

這一夜，兩人各懷心事。

大清早，下起了毛毛細雨，而且很可能會演變成大雨。

陸鹿簡單梳洗後，就在廊下觀望天氣。「唉！這破天氣，能不能上路呀？」

「能。」段勉走過來，肯定回答。

陸鹿淡漠道：「世子爺早。」

段勉跟她並排而立，負手廊下望著細雨霏霏。「轉回益城都是官道，不礙事。」

「哦。」陸鹿輕輕嘆氣。要是一切順利，今天該坐船了吧？

「水路的話，情況比較麻煩。這寒冬天，又下雨，肯出行的船不多。」段勉像聽到她的心聲一樣。

陸鹿噎了下，側頭望他。「你、你怎麼這麼說？」

「因為妳在這麼想。」段勉也回望她，嘴角噙絲似笑非笑。

陸鹿轉正臉色，嘀咕道：「見鬼了！」她一個堂堂正正現代女盜，竟然被個古人識破情緒？

「世子爺、姑娘，請用膳。」夏紋過來請。

陸鹿轉身就進了客廳，與段勉同桌也是第一次，她倒沒什麼不自在的，默默用餐，段勉卻顯得情緒外露，格外歡喜。

早餐是侍衛從外頭買回來，還熱乎乎的，都是家常小吃，比不得府裡精細。

陸鹿忽然想起什麼，問段勉。「這宅子，也是事先就打聽好的？」

這話沒頭沒腦，段勉卻一下就聽懂。他點頭。「是，這宅子是位京官的鄉居，只在夏日用來避暑之用。白空著，不如借來暫歇一夜。」

陸鹿臉上浮現獰笑。「所以客棧根本沒有客滿。這幫吃裡扒外的傢伙，通通留不得！」

段勉看她一眼，淡淡道：「也好。妳身邊要重新換一批人。」

「呃，你不是打算插手吧？」陸鹿傻眼了。

「我幫妳挑幾個可靠忠心的放身邊吧，我好更放心。」

段勉說得輕描淡寫，陸鹿聽得卻是咬牙切齒。這傢伙什麼居心啊？挑他認可的人放身邊，這不是變相監視她的舉動嗎？突然靈光一閃，陸鹿岔開話題。「段勉，你跟曾先生還有鄧先生認識嗎？」

段勉眉毛都沒挑一下，若無其事地否認。「不認識。」

真的？陸鹿現在對他的話都大打折扣，要擠擠水分了。現在仔細想想，曾夫子出現在身邊是沒什麼疑點，但鄧夫子的出現太過巧合了。

寒雨凍人。陸鹿又重新坐上馬車返程了——在段勉的護送下。這回，馬車內燃起暖暖的火盆，春草和夏紋兩人鬆口氣。還好，事態沒有朝更嚴重的方向發展，姑娘要真坐船南下，她們得一輩子提心吊膽。

陸鹿沒有昨天逃出牢籠的慶幸，而是默默地摳指甲。由段勉送回去，頂多挨一頓罵，陸靖不敢把她怎麼樣。現在當務之急是怎麼擺脫段勉的糾纏，怎麼打消他非娶她不可的決心呢？

窗外雨聲急促，小雨轉大了。段勉緊急叫停，停靠在路邊臨時歇腳的路亭內。

這種路亭多是四面透風，只有頭頂蓋著瓦片而已，是以，陸鹿剛開始不肯下馬車，寧可躲在車內避雨，然而雨越下越大，噼哩啪啦敲在車窗，縫隙裡還滲進雨水。

沒辦法，陸鹿才攏上厚厚裘衣趕緊跳下馬車，躲到亭內。

段勉帶有親衛十來人，個個都騎著高頭大馬，戴著斗笠，很有秩序的散在四周，不忘警戒。

嘖嘖嘖！訓練有素啊！陸鹿攏著手爐，饒有興趣的打量。

鄧葉和王平迎上她的視線，不明白她雙眼放光打量他們這班侍衛是什麼心態？

「妳看什麼？」段勉也忍不住了，將她眼睛一擋。

陸鹿指指他的侍衛，笑。「看起來個個驍勇善戰的模樣，好奇才多看兩眼。」

這丫頭凡事好奇，就對他沒興趣！段勉嘴角抽了抽。

「姑娘呀，瞧這雨下的，只怕今天回不了益城呢，怎麼辦？」夏紋憂心忡忡問。

「聽天由命唄。」陸鹿不著急，轉頭望亭外淅淅瀝瀝越下越大的雨。這寒冬臘月天，真冷啊！她拽緊外套，還把帽子罩頭上，專心致志的賞雨。

段勉側頭望她，笑笑，小聲問：「冷嗎？」

「冷。」

段勉叫來王平，低聲吩咐幾句，王平領命而去。

「他去哪兒？」看著王平冒雨而行，陸鹿好奇問。

段勉笑而不語。很快，王平就回稟。「世子爺，前方有農戶，已騰出間屋子歇腳。」

段勉點頭，向陸鹿道：「走吧。」

去農戶家歇腳確實強過在這四面透風的路亭躲雨。可是怎麼去？馬車還能載人嗎？

春草檢查後發現，車內雖被飄雨淋濕一片，大致還是可以載人的。

可惜，人算不如天算。孟大郎的車技實在不敢恭維。尤其是在這麼惡劣的天氣之下，眼前雨霧濛濛，又冷又看不清路，歪歪扭扭的趕得不成樣子。等段勉發現時，已經晚了。

馬車唏哩嘩啦的被沖向路邊，恰好這裡是道陡坡，底下是不算寬的河流。雨水充足，河流的水也高漲，「轟隆隆！」馬車傾地，車門被撞開，車裡主僕仨因為慣性作用，也加上沒有防備，咕嚕嚕的滾出車門，向陡坡而去。

「陸鹿！」段勉從馬背上躍身而起，足尖一點掠過去救人。他動作很快，卻仍沒趕上，眼睜睜看著三團身影滾落坡道，撲通栽進河中。

「陸姑娘……」毛賊四人組嚇壞了，失聲驚呼。

王平、鄧葉等人也緊急跳下馬，向坡底衝去。

段勉最先到河岸邊，目光犀利四下一掃，深吸口氣向王平等人喊道：「救人！」他當先脫掉厚重外套，第一個跳進水裡。水涼刺骨，段勉打了個冷顫，撥開冰寒徹骨的水搜尋陸鹿。

河不寬，可至少也有兩公尺深，段勉也是冷血，旁邊不遠春草和夏紋兩個在拚命掙扎也沒搭理，只盯著那抹靈動的綠影。他記得陸鹿穿的是綠襖，外罩淺藍的大裘衣。

陸鹿落水後，也是猝不及防，一下子口鼻被灌下不少凍人的寒水。不過，水寒也令她頭腦清醒過來。她在水下換氣，拖著厚重的衣裳開始自救，接著她聽到撲通撲通落水聲，猜測可能是段勉的人下水了，她心念一轉，也沒顧得上去搭救春草和夏紋，用力划水開始向下游遁逃。

——沒錯，她覺得水遁機會來了！意外事故嘛，如果沒撈著人，等把河道堵上，也要幾天後吧？她正想找個機會再跑呢！

衣服真是累贅呀，越來越划不動。陸鹿滿心著急，憋著一口氣，只想快速遊離。身後有清晰的水聲划動，她暗叫不妙，雙手划得更快。

誰知，擺動的雙腳被人捉住，嚇得她在水裡尖叫一聲。「啊！有水鬼！」

很快反應過來，不是水鬼拽腳，而是段勉追過來了。

段勉那個氣呀！明明這妮子會水，卻不冒頭，而是趁著混亂向下游逃去？她是多想逃離呀？就這麼一個不明顯的機會都要抓住？攔腰將她一提，兩人同時冒出水面，大口大口喘著氣呼吸寒雨冷氣。

陸鹿臉色凍得青紫慘白，還不忘斜瞪著同樣臉色慘白的段勉。

段勉抹一把水漬，惡狠狠吼：「妳還想逃？」

「沒有。我摔糊塗了，辨不清方向而已。」

「摔糊塗了不該像她們那樣嗎？」段勉手一指側後方，春草和夏紋正被打撈起，已處在昏迷狀態，哪像陸鹿這樣生龍活虎的？

陸鹿胡亂抹把臉，游近岸邊，大聲問：「她們怎麼樣了？」

王平高聲答：「沒事，活著。」

「哦。」陸鹿鬆口氣，牙齒打顫，真切的感受到刺骨寒意席捲全身。

段勉憤怒地看著她，久久不語。陸鹿則根本懶得理他。

幾經周折，終於安全轉移到農戶家中，屋裡生起旺亮的火盆，搭著濕答答的衣物，陸鹿披著農家大嫂的舊外套，端著熱茶看著火苗，嘆氣。

春草和夏紋也都醒過來，驚魂未定地守著她。段勉一干人等都在外屋，也將就著換好衣物，將外套架在火上烤。

最忐忑不安的是趕車的孟大郎，縮在角落瑟瑟發抖等著發落，不過，誰也沒顧上收拾他。

陸鹿在想心事，段勉也在沈默。

深秋初冬本來就白晝短夜長，更何況是雨天。看著天色越來越暗，春草和夏紋又多了重擔心。「又得在外面過夜了，姑娘，老爺、太太只怕急壞了！」

「有段勉，他會搞定的。」陸鹿不擔心這個，段勉自然會編藉口矇陸靖。

誰知晚飯時，兩人再碰面，段勉垂眸沈聲。「我打發鄧葉去跟令尊交代一聲，妳跟我在一起，不回府裡，直接先去京城。」

「什麼？」陸鹿錯愕。他改主意了？

「是，我改變想法了！反正令堂明天會隨著常夫人進京，索性我先帶妳回去。」

陸鹿不語，仍是愕然。

第二天，雨停了。重新上路的陸鹿靠在馬車內，沈默不語。

照這樣下去，她是非嫁給段勉不可了。離家不歸，夜宿在外，並肩而回……這個社會不是以她的標準來衡量，所以抗爭不了，只能認命了吧？可前世那孤寂絕望的境地，她記憶猶新，怎麼可能再跳入火坑呢？

挑起車簾一角偷瞄，段勉英姿颯爽的騎著高頭大馬就在旁邊，似心有靈犀，轉眼望過來衝她微微一笑，笑容雖淡，卻也很暖。

陸鹿面無表情的放下車簾，回身靠壁望天嘆氣。

春草也嘆氣。「姑娘，這可怎麼辦？」

「走一步看一步嘍。」陸鹿沒精打采的。

夏紋也苦惱。「老爺、太太定饒不了我跟春草兩個。」

「放心吧，沒事的，我保妳們。」

能保得了才怪！夏紋還是憂心忡忡。

忽有急促的馬蹄得得漸近。馬車放慢速度，有所警惕，段勉勒馬迎上前。道路上泥水飛濺，數十騎人馬風捲殘雲般越來越近，這絕對不是普通的過路客商。

「好像是常公子？」王平眼尖，小聲嘀咕一句。

段勉也看到了，嘴角微勾。「還有陸度。」

常克文和陸度率騎而來，正好撞見段勉一行人，雙方勒馬見禮。陸度拱手，不客氣問：「段世子，我家鹿姐可在？」

段勉指指馬車。「陸大姑娘接回來了。」

陸度繃著一張黑沈的臉，上前敲車。「鹿姐，妳沒事吧？」

「大哥。」陸鹿搓搓臉，努力堆起驚喜之意，然後接下來就是虛弱地回應。「有事。我、我不舒服。」

「妳哪裡不舒服？」

「我、我頭暈，好像著涼了，頭重腳輕，犯睏……」陸鹿一項一項列。

段勉在旁聽了，關切著。「妳怎麼不早說？有沒有發燒？」

說著，他的手就往陸鹿額頭探去，後者連忙閃躲，楚楚可憐地看向陸度。

「多謝段世子，我這就帶鹿姐去看大夫。」陸度忍著火氣，淡淡向段勉拱拱手，便要接替護衛一職。

段勉不置可否。「那就一起先回益城再做打算吧。」

「我、我想先回家。」陸鹿小心翼翼地看看他的臉色。

段勉抿緊唇。「先瞧大夫。」

「哦。」陸鹿快快縮回身。現在情勢已不是她能控制的，索性由著他們去鬧吧，不過，她滿心好奇想知道陸府的反應，想了想，開了車門向陸度招手。「大哥哥，你進來，我有話問你。」

陸度看一眼板著冷臉的段勉，陰沈的臉稍微舒展。「好。」

人家兩兄妹有話說，段勉自然也不好攔阻，一面吩咐繼續趕路，一面向常克文打聽。

「益城那邊怎麼樣？」

「回世子爺，還算平靜。」常克文一面說話，一面望著他曖昧的笑。

段勉不鹹不淡甩他幾個冷眼後，常克文才收斂點，繼而回看一眼馬車，小聲挑眉問：「哎，跟陸大姑娘相處如何？」

段勉扭臉不搭理。

「一天兩夜呀～～這豔福不淺啊！」常克文到底忍不住感慨。

「豔福？你小子腦袋裡想什麼呢？」段勉很不滿。

「不好意思，在下想歪了。」常克文滿不在乎地道聲歉，然後又忍不住道：「這下，陸老爺沒轍了吧？」

段勉避而不答，反問：「有他們消息嗎？」

常克文搖頭。「奇怪了，三皇子那邊並沒有特別的動靜。」

「益城那幾處暗點呢？」

「也毫無動靜。」常克文摸著下巴沈思。「若說陸府只是商戶，他們不在意就算了，可衙門裡來往也少了，好像那邊發生什麼重大變故一樣……」

「京城有消息嗎？」

常克文想了想。「沒什麼有價值的消息。倒是前兩天，你前腳走，後腳就有密報說三皇子在自家騎射場失足落馬，不過並無大礙。」

「嗅？」段勉勒著韁繩，目光放遠。

三皇子府有專門的騎射場，兼之他偏愛騎馬射箭，養著好幾匹價值連城的名駒。可失足落馬……這是意外吧？畢竟是自家的騎射場，近衛也都是精挑細選信得過的人，縱然要做手腳，想必也不是那麼容易的。

讓人感到奇怪的，是三皇子對益城這一塊的消極。他不是很看好益城的地理位置嗎？離京城最近，距港口也不遠，富饒繁華，怎麼這兩天如此平靜？

馬車內，陸鹿眼睛閃著興奮之光，催促陸度。「大哥哥，府裡怎麼樣了？」

不像著涼、凍著的病人嘛，瞧這打聽勁！陸度無語看著她。

「亂成一鍋粥了。」

「呃，我爹沒發脾氣吧？」

「妳說呢？」陸度橫她一眼。

陸鹿不好意思對對手指，猛然想起什麼，驚問：「沒罰小懷吧？」

「妳還有閒工夫關心一個小廝？」陸度冷笑。「妳還是想想自己該怎麼辦吧！」

「大哥、好哥哥，你快點告訴我，府裡如今怎麼樣了？」陸鹿拉著他的袖子撒嬌。

第六十二章

陸度翻翻眼，奈何不了陸鹿，只好從頭說起。

陸鹿去常府這事是批准的，中午沒回來並沒人在意，黃昏也沒回來，府裡只道常府是留了晚飯的。

沒想到，常夫人派了親信婆子過來知會龐氏一聲，說好過兩天同上京。龐氏就隨口問了陸鹿在貴府如何？常府的婆子大吃一驚，直言不諱告知——並沒有看到陸府大姑娘上門。

這一下，府裡就吃驚了，急急忙忙派人去找，緊急通知了陸府幾個老、少爺們。掌燈時正亂著，段勉派人送的信正好到了。

說詞跟段勉編好的一樣，說陸大姑娘在去常府路上遇到心有不軌的劫匪，在被劫持出城時恰好遇到路過的段勉，被他所救。然後，天氣原因，進不得城，請陸府放心。

陸靖得到這樣的消息，不但不放心，還煩惱上了。城裡被劫就夠頭疼了，還遇上段勉？這倒也罷了，及時送回來就好，偏還要在外面過一夜，這叫什麼事啊？

陳國公那門暗中策劃的親事莫名被攪黃就令人生疑，偏生段勉存在感太強，又跳出來，還要單獨跟陸鹿過一夜？這叫陸靖怎麼辦？為了名聲清白，除了把嫡女死賴上段勉外，唯一的出路就是讓陸鹿出家當姑子或自盡全清譽了。

一夜忐忑中度過。

第二天雨一直下個不停，陸靖在廊下望天發愁，清客們都小聲勸：「老爺，這事只怕要跟京城說一聲為好。」

陸靖陰沈著臉點頭，招來陸應、陸序兩兄弟冒雨出城接一接，再安排陸度去益城三皇子據點彙報一聲情況。要知道，陸鹿可是三殿下指定的聯姻女主，三殿下一直希望陸鹿與他所指定的世家聯姻，確保陸府一心一意追隨。這下好了，段勉強勢地半路殺出，造成木已成舟的局面，陸靖很不好交代。

小懷和叔叔鄭坨兩個得了段勉的授意暫時先躲起來，等段勉將陸鹿攔截回來後，再裝作車損壞、人受傷的假象一起回府，這樣一來，託詞對上了，只要不露出破綻，他們的責任大致沒多少。

誰知，第二天雨越下越大，陸鹿那兒的馬車出事故耽擱了。

但小懷不知道，他還按照原定計劃跟叔叔鄭坨兩個事先把馬車弄得髒亂損壞，只等著段勉把陸鹿帶回來，再換乘這輛馬車回府，就萬事大吉了。

他也想過後果——大不了事後被陸鹿指著鼻子臭罵而已。陸大小姐其實心眼不壞，不會打他，也不會把他拉出去發賣，這點他很肯定。正胡思亂想著，卻感覺側道有一雙眼睛盯著他。

小懷後背一涼，惴惴不安地回頭一看，正巧對上陸度疑惑的眼。於是，小懷跟叔叔鄭坨就這麼被陸度拎回陸府，而陸鹿是私自離家，並非被劫匪劫持的真相就這麼在陸靖眼皮子底下暴露了。

好在，小懷心眼多，沒供出毛賊四人組，否則陸靖連殺人的心都有了。

只是這個真相也沒讓陸靖多高興，反而快氣出病來。自家嫡女私自離家，串通外人隱瞞……簡直想吐血。正趕上陸應兩兄弟在城外沒接到人，空手而回，陸靖便把怒火撒在小懷身上，這叔侄倆被各打了五十大板。

「啊？五十大板？這不要人命嗎？」聽到這裡，陸鹿急了。

陸度斜眼看她。「主子私自離家，奴才不但不報，還幫著竄逃，只是五十大板算仁慈了。」

說到這裡，他兩眼橫向安靜的春草和夏紋。春草和夏紋聽聞幫凶小懷被打五十大板，而陸度還眼角掃過來，不敢吱聲，畏縮著閃避在角落，大氣都不敢出。

「是我的主意，他們都是聽我的，要打要罰，衝我來！」陸鹿義氣地嚷道。

陸度眼神古怪地看她。「妳以為不會罰妳？別以為有段勉撐腰，家裡就不敢罰妳，府裡家法可不是擺設。」

「切，罰就罰，一人做事一人當。」陸鹿橫他一眼。「什麼叫有段勉撐腰，他跟我沒關係。這兩天兩夜，我跟他可是清清白白的，你不要亂說。」

「誰信？」

「這麼多人可以作證呀。」陸鹿手指一圈。

陸度指外面。「世人怎麼想？」

「別人怎麼想關我什麼事？總之，我私自離家是我一個人的主意，不關別人的事。再者，段勉正好跟我遇上，然後勸回，就這麼簡單。」

「妳說簡單就簡單呀？知不知道人言可畏？妳還想撇清跟他的關係？」陸度都要氣樂了。都這樣了，她還想劃清跟段勉的關係，這不是自尋死路嗎？

「我知道流言可殺人。不過，大哥放心吧，我心理承受能力超強，不會輕易崩潰，我會好好活著的。」陸鹿反過來安慰他。

陸度看白癡一樣的看她。

陸鹿迎著他怪異眼神，不解反問。「怎麼？我這樣說有什麼不對嗎？」

「咳，妳打算怎麼好好活著？」陸度懶得跟她講大道理了，早就試過，就像雞同鴨講。

「就是每天好吃好喝好玩，順便曬曬太陽、逛逛街什麼的。總之就是衣食無憂、家庭幸福、兒孫繞膝、四代同堂，大抵是這樣。」陸鹿嚴肅認真的回答完畢。

陸度瞧著她，沈默了好一會兒。

「大哥？」陸鹿輕聲提醒。「怎麼不說話了？」

「鹿姐，妳是聰明人，怎麼糊塗了？發生了這樣的事，妳還想置身事外，當什麼也沒發生，可能嗎？」

陸鹿稍加沈吟，便請教。「那，我爹什麼態度？」

「呃，不知道。」陸度說的是大實話。

陸靖若是憐惜女兒的名聲，順水推舟跟段府聯姻，那勢必要得罪三皇子。可不聯姻的話，陸鹿這荒唐舉動傳出去，誰還會上門提親呢？那就只好把她送廟裡去清修一輩子，最不濟的下策就是給她條白綾自盡，全了未出閣姑娘家的名聲，也保全陸府的臉面。

「哦。」陸鹿念頭一轉，也大致明白什麼，反而燃起希望之光。只要能不嫁段勉就行，她會慢慢再想辦法逃走。手托著腮，陸鹿在斟酌著怎樣向陸靖添油加醋，誇大得罪三皇子的後果，打消陸靖與段府聯姻的無奈之舉。

「鹿姐，妳到底怎麼想的？」眼瞅著她陷入沈思，陸度坐不住了，好奇問。

陸鹿展眉一笑。「沒怎麼想呀，大哥，我其實就是一時衝動想甩開家人出去瞧瞧，沒別的想法。」

「妳就帶著兩個丫頭出去瞧瞧？」陸度惱怒了。

「嗯，人太多，不好行動。」

陸度快被她氣死了，忽然腦海閃過片段，拔高嗓門叫。「哦？原來妳找我看什麼地形圖也是早有預謀的？」

「嘿嘿，看看又不會怎麼樣。」陸鹿還嬉皮笑臉的。

陸度都想打她了！太胡來了！也太無法無天自以為是了！她怎能膽大到這地步？

兩兄妹正說著話，馬車忽穩穩停下，接著就聽到段勉說話。「到了。」

這麼快？陸度有些不信。他跳出馬車，舉目一看，確實在益城街道，但不是陸府門外。

「回春堂到了！」常克文也跳下馬車道：「我去傳相大夫。」

陸度看一眼板著冷峻臉的段勉，不好過多指責。誰叫陸鹿剛才嚷著著涼生病了！既然生病，第一時間找大夫也沒錯，就算回陸府也是要請大夫的嘛。

陸鹿也鑽出馬車，扶著春草的手跳下來，深深呼吸幾口冷氣，忍不住打個噴嚏，嘀咕。「真冷啊！」話音剛落，一件帶著溫度的厚實披風就罩下來，將她裹得更嚴實。

段勉冷著臉，道：「進去吧。」

「哦。」陸鹿也不在意，反而把脖子都圍上，跟著舉步進門。

留下陸度目瞪口呆，內心在咆哮——這還叫清清白白？騙誰呢！一個事事留心，輕輕一句抱怨就隨手解下披風自然的就給披上了；另一個更是想當然的就接受了，一點沒客氣沒做作，好像天經地義，本該如此一般。果然女人都是口是心非的！

回春堂在益城也算一塊有名的醫術招牌，主治相大夫經常出入富貴人家，診金貴不說，還拿腔拿調的，一點不仁心仁術。饒是這樣，回春堂依舊門庭若市，上門求醫的有不少都是體面的富戶。

悠閒坐著喝茶烤火的相大夫被知府公子喚起瞧病人，不敢怠慢。看到上樓進客堂的還有段勉和陸度，讓相大夫著實大吃一驚，老眼骨碌轉動——到底誰病了呀？怎麼勞動這幾尊大佛同時駕到？

這一群人簇擁下閃出包裹嚴實的陸鹿，朝他客氣見一禮。「有勞相大夫了。」

這就是那位舉止出格、行動怪異，且跟段勉傳過緋聞的陸大姑娘？望聞問切之首，望之氣色還行呀？相大夫瞪圓了眼，再一聽陸度上前說明詳情，心思百般迴轉。

「大夫，我是不是著涼了？」陸鹿把手放上枕墊讓他把脈。

相大夫老眉皺皺，道：「讓我看看舌苔。」

「啊～～」陸鹿毫不避諱吐出舌頭，眼珠子卻在四下張望。

「沒什麼大礙。」相大夫嘀咕一句。

陸鹿急了，忙抓著他。「相大夫，你再仔細瞧瞧。我怎麼覺得頭暈目眩、四肢乏力、畏寒怕冷，還犯睏呢？」

這幾項，只怕是睡眠不好吧？相大夫瞅著她白裡透紅的臉，因為在室內燃著火盆，原先的凍紅轉為暖紅。

「這樣吧，我開幾副藥，回去熬成一碗湯汁，吃一天要是不見效，陸大姑娘再來找老夫便是。」相大夫在常公子、陸大公子、段世子的注視之下，不敢肯定地說眼前這位一點事沒有，便敷衍著給她開點安神祛寒的湯藥打發了事。

「謝謝大夫。」陸鹿一喜，又問：「請問大夫，我這病，不適合遠行吧？」

「靜養為上。」相大夫保守回答。

陸鹿眼角一挑，得意地向段勉一瞥，意思是——她病了，不能出門。

段勉啼笑皆非，露出古怪神色。玉京城離益城只有一天的路程好吧？她這明顯是藉故拖延。

「相大夫，請問，陸姑娘這病能去京城嗎？」段勉客氣的上前一步詢問。

相大夫受寵若驚，還站起身回答。「能，能，當然能。」

只有陸鹿嘴角在抽搐，狠狠瞪著段勉。

「如此，多謝大夫。」段勉沒問題了。

「不謝不謝，世子爺客氣了。」相大夫滿臉堆著笑點頭哈腰的，看得陸鹿直咬牙切齒，這還是醫術精湛的益城名醫嗎？

病看完了，接下來就該決定陸鹿的去留問題。陸度堅持要送陸鹿回家見過長輩，兩天兩夜未歸，陸靖很擔心。段勉堅持要立即帶她上京，因為他不知道陸鹿回去後會起什麼么蛾子，尤其她鬼名堂多，萬一又跑了呢？

「我想回家！段世子，不如這樣吧？我明天上京如何？晚一天不礙事吧？」折衷一下，陸鹿好言好語地向段勉商量。

段勉看著她，垂眸想了想。「我送妳回去。」

「不要吧！你忙你的去，我有大哥送就行了。」

「走吧。」段勉根本不聽。

陸度和常克文對視一眼，後者聳聳肩攤手。世子爺有霸道脾氣，平時只是掩藏得好。

馬車一路緩駛，來到陸府。陸靖收到消息大吃一驚，段勉真的親自送回來了？

龐氏已經跟著常夫人啟程去京城了。外書房，陸鹿認認真真的帶著歉意給陸靖請罪行禮，要不是段勉就在旁邊，陸靖又要朝她扔鎮紙石了。

「平安回來就好，妳先回房。」陸靖揮手令陸度送陸鹿回內宅。

「是，爹爹。」陸鹿知道他跟段勉還有話說，估計是討論怎麼安置她的事，她既不方便在場，也就告辭轉進後宅。

易姨娘和朱姨娘出來迎接，見她神色平靜，也不好多說什麼，只吩咐後廚備膳。

易姨娘因龐氏不在家，由她和朱氏暫時處理家務，先笑道：「姑娘來得不巧，太太今早才出門。」

「我知道。對了，易姨娘，妳怎麼又蹦躂上了，不是在祖祠嗎？」陸鹿一點面子不打算給她。

易姨娘面色一青，難堪道：「老爺、太太憐我並無大錯，且府裡無人主持內宅，便令我幫幾天忙，姑娘要瞧不慣，我這就請老爺收回成命吧？」

「好，去吧。」陸鹿從來直言直語。

易姨娘一呆，她就是客套虛詞而已，還當真了？

朱姨娘打圓場。「好了好了，姑娘在外奔波這兩日，累了吧？快回園子歇歇。」

「我不累，我先瞧瞧病人去。」

「誰？」易姨娘和朱姨娘面面相覷，府裡沒病人呀？

陸鹿口中的病人自然是指小懷叔侄倆。小懷這是第二次因為她的事被連累了，陸鹿是真心過意不去，她原本都打算得好好的，就是怕牽連自己人，尤其是小懷，他一直機靈的在為她跑腿，從沒出過差錯。

小懷年紀小，五十大板下去，皮開肉綻的，又是大冷天，躺床上奄奄一息的，偏生也沒請個好大夫照顧。

陸鹿馬上讓人去把那個回春堂的相大夫請過來診治，還特意安慰小懷。「放心，事不過三，我以後絕對不連累你。好生養傷，若有什麼差錯，我養你一輩子。」

「多謝大姑娘。」小懷又感動了。一個小廝而已，為主人揹黑鍋挨打不是家常便飯嗎？沒想到這女主人這麼通情達理，義氣為先，就著枕頭磕頭。「姑娘放心，小的不該說的一個字都沒說。」

「我知道你機靈，我很放心。你好好養傷，其他的不要管。」

「是，姑娘。」小懷抹一把眼淚。

陸鹿還不放心，讓春草去把竹園的小青喚來，吩咐。「這幾天妳專管著小懷還有他叔叔的傷情。有什麼不對，妳馬上告知我。藥費方面不用替我省，只管開口，還有吩咐廚房，他們叔侄的伙食錢由我單出。」

「是，姑娘。」小青歡喜。

竹園諸人其實這兩天都過得不安生。自家主子兩天兩夜不歸家，老爺、太太還不曉得其去向，麻煩大了。

衛嬤嬤都暗地裡哭好幾回了，倒是曾夫子和鄧夫子兩個又驚又哭笑不得。竟然在她們眼皮子底下溜走，還溜成功了。這叫什麼事？陰溝裡翻船了吧？

自然的，陸鹿回竹園，得到的除了歡喜還有埋怨。

「嗚嗚嗚……姑娘妳可總算平安回來了！再晚回一天，老奴也不活了！」衛嬤嬤當著陸鹿的面就哭開了。

陸鹿一面洗漱換衣一面平靜地聽著。

「這麼大的事，姑娘竟然只帶著春草和夏紋兩個小丫頭，倒把老奴撇一邊，這讓人怎麼想……」衛嬤嬤繼續哭訴不公。

陸鹿雙眼翻上，輕描淡寫道：「衛嬤嬤，我這也是為妳好。這大寒天的，妳一把老骨頭禁不起折騰呀。」

「嗚嗚，姑娘是嫌我老了服侍不動了嗎？」

「當然不是。我這一去，這園子好歹也要有人照看，別人不放心，我就信妳。」陸鹿安慰。

衛嬤嬤吸一下鼻子，眼神似信不信。

春草和夏紋也趕緊勸。「嬤嬤快別哭了。姑娘平安回來是好事，妳這麼一個老嬤嬤怎麼還帶頭哭哭啼啼的？」

「就是，幸好太太不在家，否則定然要不高興。」

衛嬤嬤狠狠埋怨。「妳們兩個小蹄子站著說話不腰疼！」

「好啦好啦，出去出去，我要休息了。」陸鹿歪身和衣倒在榻上，準備好好補個眠。昨夜在農戶那裡，她認床，煩惱又多，一夜不曾好生睡。

大夥魚貫退出，正好遇到陸度又上門來。

陸鹿懶懶的起身，皺眉問：「怎麼了？大哥哥還有話說？」

陸度嘆氣。「妳準備一下，一會兒上京。」

「啊？不是說好明天嗎？我這會兒睏得要命。」

「伯父同意了。」

陸鹿神情一滯，不可思議。「我爹他同意段世子的提議了？段世子說今天上京，還是由他護著？」

「是。」陸度表情怪怪的。

段勉這是一刻不耽誤，急個屁呀！陸鹿望天吐氣。「大哥，你還聽到什麼消息沒有？」

陸度眼神微閃，卻搖頭。「沒有，我什麼也不知道。」

「好吧，那我拜託大哥一件事。」

「妳說。」

陸鹿希望他照應一下毛賊四人組。雖然這四人成事不足，敗事有餘，但並無大過。

這次匆忙上京，衛嬤嬤自然是要跟去的，最奇怪的是，曾夫子也在名單之中。捱到午時，一切準備就緒，這次護送還有陸翊和陸序，比龐氏上京規模還大。沒辦法，誰讓段勉在側呢？怎麼著也不能讓這少年男女多接近吧？

這次的馬車寬大舒適而溫暖。

春草和夏紋由衛嬤嬤帶著乘坐小車在後，陸鹿跟曾夫子同坐一車，便詢問道：「是我爹的主意嗎？」

曾夫子平和笑答：「自然是陸大老爺的主意。」

「我爹怎麼會讓先生也跟來呢？」

「陸老爺怕妳在貴人面前失態吧？」

陸鹿「哦」一聲。真是這樣？她怎麼覺得有讓曾夫子保護她的意思呢？可，陸靖完全不知道曾夫子會武呀？是段勉嗎？段勉跟曾夫子好像不熟吧？

曾夫子寬慰她。「妳還是多想想，上京後怎麼辦吧？」

「能怎麼辦？走一步看一步嘍。」

曾夫子指著車外。「段世子這麼一登門，可是滿益城皆知，再加上妳兩夜未歸……」這次的流言，必定不同往日。

「他故意的。」摳摳鼻，陸鹿冷笑。故意這麼招搖，故意不加掩飾，就是要逼她，逼陸府不得不按他的想法走。

「就算是故意的，也是上心了。」

「不稀罕。」陸鹿無奈吐氣，悶悶歪著。

曾夫子湊近，好奇地問：「真的不稀罕？」

「嗯，怎麼，妳想要呀？拿去吧。」陸鹿還隨意揮手，態度敷衍。

曾夫子忍不住擰一下她的臉，氣惱。「妳瞧妳這張嘴，都說什麼話。」

「肺腑之言。可惜沒人信。」陸鹿拽過一只靠枕，歪著想打盹了。「昨夜沒睡好，我先歪躺會兒，先生莫怪。」

「沒事，妳躺吧。」曾夫子還找來毯子幫她蓋上，然後坐邊上若有所思地喃喃。「大姑娘，妳若真無心，那就要快刀斬亂麻。否則這一上京，只怕就更脫不開身了。」

「我懂呀。」陸鹿眼眸一睜一閉，嘆氣。「可惜胳膊擰不過大腿。」

曾夫子噗哧就樂了。

陸鹿瞪她一眼，很是沒好氣。「我好不容易悄悄培植的勢力也讓他給察覺了，跑腿小廝小懷那麼忠心於我，也讓他給收買了。妳說，我勢單力薄，能怎麼辦？」

說到這裡，她只顧唉聲嘆氣，卻沒看到曾夫子面上閃過一絲複雜表情。

「要不，妳就認了吧？」曾夫子試探。

「不要！我才不認。一個人不能在同一地方跌兩次。」陸鹿騰地坐起，臉色嚴肅。

「什麼意思？跌兩次？」曾夫子顯然沒聽懂。

陸鹿當然不解釋，而是抓著她，小聲道：「曾夫子，妳可會騎馬？」

「會。」

「找個機會教我。有沒有能快速上手的方法？」陸鹿眼裡有期待之光。

「妳是打算……」曾夫子一下領悟，隨後搖頭。「不行。」

「怎麼？妳不肯教？妳不是說還要教我暗器嗎？」陸鹿急了。

「我是說，就現在教也來不及。騎馬看似簡單，饒是妳天資聰穎，恐怕短時間內也不能用於跑路。」

「啊？」

曾夫子又心平氣和勸。「何況現在重重防衛，妳怎麼學？寒冬臘月，妳去哪裡學？這可比不得武技，小小一塊空地就可以練起來。」

「好吧，那就……」陸鹿放棄學騎馬獨自跑路的想法。這天時地利人和，她一樣不占，趁早打消不切實際的點子。

「除非進宮。」曾夫子忽然冒出這麼一句。

陸鹿眼睛一下圓睜，然後頭如撥浪鼓一般亂搖。「不行不行，打死我都不會走進宮這條路。真要進宮，我還不如嫁給段勉呢。」

曾夫子更奇怪了。「如果有機會進宮，妳不想嗎？」

「當然不想。一堆吃飽撐著的女人，整天的心思就是圍著一個男人轉，最大的目的就是為了讓唯一的那個男人多睡她幾回。嘔！想想我都要反胃了。」

「啊？妳怎麼……」話也太糙了吧？睡什麼的，是一個未出閣姑娘能說的詞嗎？當下曾夫子臉色都慘白慘白的。

陸鹿不好意思搓搓臉。「嘿嘿，我、我從鄉下婆娘嘴裡聽來的俚語，妳不要放心上。」

這是俚語嗎？這是有傷風化的粗俗下流語言吧？別以為曾先生看起來是個知識分子就矇她。在她逃亡那幾年什麼人沒見過？什麼野話、下流話沒聽過？

接收到曾夫子無語的眼神，陸鹿扭開臉裝沒看見。反正她說得是太快了點，想收回也懶，解釋更是多餘，索性就這麼著吧。

「那妳沒出路了。」曾夫子扯回原先話題，道：「段府世子要娶妳，天下除了皇上能阻止，怕是沒第二家了。」

陸鹿身子一歪，又倒在寬大座位上。

外頭，陸翊大聲吩咐。「打尖住店。」

陸鹿奇怪。「這麼快就天黑了？」

曾夫子搖頭感慨。「一看就是沒出過門的小姑娘。真要等天黑再打尖，可就沒店了。」

「哦，原來是這樣。」

一隊人馬停在道旁一間看起來規模還算大的客棧外，進出的車馬並不是很多。因為冬天黑得早，還不到申時，四周就慢慢染上暮色，確實該歇宿了。不然，再往前頭去，就沒這麼好的住宿客店了。

陸鹿等女眷暫時待在馬車內沒出來，待陸翊等人去安排妥當了，再進去不遲。就這麼會兒工夫，陸鹿靈感一現，雙手擊掌，眼眸乍亮。「哈，我想到了。」

曾夫子放下車簾，回頭問：「想什麼呢？」

「想到一個擺脫段勉的絕妙好法子。一舉多得，還不會得罪段家。」陸鹿眉毛一挑一挑，顯得信心十足。

「說來聽聽，或許我可以幫上忙哦。」

第六十三章

「嘿嘿，這事說來，怕是要借助先生之力呢。」陸鹿咧嘴笑。

曾夫子就更感興趣了，笑咪咪催促。「如此說來，我是非聽不可了。」

「來，我告訴妳……」陸鹿臉上布滿笑意，俯身湊在她耳邊嘀嘀咕咕幾句，曾夫子的表情也精彩繽紛了起來。

「什麼？陸三姑娘……妳要？」曾夫子那雙好看的眼睛也睜大，不可思議地看著她。

陸鹿猛點頭。「明姝一向就暗中愛慕段勉，又是姓陸。反正要嫁過去，世人只知段府迎娶陸家女子，大姑娘、三姑娘的，他們也不會真在意。這招叫金蟬脫殼。人，段府得了；陸、段兩家也不傷和氣，對吧？」

曾夫子眼神呆滯地搖頭。「太匪夷所思了。妳這是要將好好一個段世子拱手讓給三姑娘？」

「不然呢？難道讓給陸明容？這樣段府還不雞飛狗跳？我沒這麼缺德。」陸鹿喜孜孜地盤算。「正好，明姝也跟著上京來，就差東風了。」

「妳這不是才起一個頭嗎？怎麼就萬事俱備，只差東風了？」

陸鹿陰險笑。「在我看來，萬事已備。曾夫子，妳行動方便，又不像春草、夏紋兩個無知見識少。我託妳辦件事。」

「說吧。」曾夫子越發興趣濃厚。

「上京後，趁著機會，妳出門去買點能迷惑人的藥來。」陸鹿眉毛一挑。

曾夫子立刻猜到她打什麼主意了，差點驚叫起來。「妳、妳想照搬別院，藍嬤嬤她們的損招？」

陸鹿抖了下腿，嘴角浮現算計的陰笑。「哼哼，生米煮成熟飯，我看段勉還好意思糾纏我？」

「所以，這就是妳想到的擺脫段世子的絕妙好辦法？」曾夫子牙酸。這是餿主意吧？殺敵一千，自損八百，得不償失啊。

「怎麼樣？絕不絕？妙不妙？」陸鹿鼓掌樂著。

曾夫子靜默無語地瞅著她。

客棧一切就緒，衛嬤嬤帶著春草和夏紋趕上來扶陸鹿進店。

段勉在大堂看著她進來，意外她頭上竟然戴著一頂紗帽，把面容遮得嚴嚴實實的，只露出那雙靈活俏皮的眼睛。

衛嬤嬤老臉嚴肅的挽著陸鹿快步入房，然後就一直沒露面。對衛嬤嬤這樣嚴防死守，亡羊補牢的做法，春草和夏紋還是大力支持的。自家主子太會鬧騰了，就該有人管管了，不然，得翻天去！

曾夫子啼笑皆非。衛嬤嬤以為這樣就能挽回點陸鹿名聲？

從掌燈時分到夜深，陸鹿所有活動都被侷限在客房，由衛嬤嬤親自監督著。

「好像坐牢哦。」陸鹿小聲抱怨。

「呸呸，大吉大利。」這下，連春草都聽不下去了。

「我又不算什麼千金小姐，幹麼足不出戶呀？」陸鹿問衛嬤嬤。

衛嬤嬤指揮夏紋將床鋪換上自帶的鋪蓋，威嚴道：「姑娘，妳數數妳惹了多少禍事？要不是老爺疼妳，早就被趕去廟裡了，要惜福。」

陸鹿支著下巴，喃喃自語，語氣不無遺憾。「我還沒去過廟裡呢。」

「又胡說八道！」衛嬤嬤恨其不爭氣，苦口婆心勸：「姑娘，這往後呀，可千萬別再鬧騰了。妳如今虛歲十六，過完年就十七，論起來是大姑娘了……」

「我不才滿十五嗎？虛太多了吧？」陸鹿詫異。

衛嬤嬤被她打斷，一肚子教導的話堵在嘴邊，鬱悶到不行。「都是這麼算的。滿十五、進十六、虛歲十七。眼看就要出閣的大姑娘了。」

「哎喲，出閣？我還小呢！」陸鹿故意扭捏著。

還小？那跟段世子怎就那麼親暱呢？春草和夏紋兩人對視一眼，愣愣地想。

「不小了。聽老奴一句勸，可別再像在鄉莊那般胡鬧折騰了！好在老爺、太太寬厚，這要換了別家……」換了別家，她不敢想。有多少閨閣女子若是品行名聲有半點不好，家裡早拘得死緊，根本不會再放出門拋頭露面了。

「知道了。衛嬤嬤，妳都唸八百遍了，妳不煩，我耳朵都起繭了。」陸鹿起身閒走到窗前，想推開。

衛嬤嬤老步搶上前。「使不得。」

「又怎麼啦？我透透氣。」

「這黑天瞎火的，又在這野外客棧，少開窗開門，免得引起麻煩。」

「怎麼會呢？客棧大都是咱們的人。有叔叔、序弟帶著家丁護衛，再不濟還有段世子的親衛呢，怕什麼麻煩？」

「就是這樣，才更要小心謹慎。」衛嬤嬤把她拉回來，按坐在火盆前，道：「老實坐著。再略等會兒，就歇了吧！」

「還沒到戌時呢！」陸鹿抗議。她一個夜貓子，真心不適應這麼早上床。

「早點養足精神，明兒還要早起趕路。正午之前就到京城了，到時就得忙了。」衛嬤嬤很有經驗的規勸。

想到再見玉京城，陸鹿沈默了。前一世，她嫁入段府，在京城可謂時日不短，可京城真正長什麼樣，她卻是茫然不知的。因為是個不得寵的棄婦，一直孤守冷園，也算不上正妻，她是沒機會出門的。

真正走出家門，還是和國人殺進城的時候，她跟春草兩個在屍橫遍野的玉京城亂竄。那時看到的京城生靈塗炭，形如地獄。

哎，對哦。朝堂之中，到底是主戰派還是主和派贏了呀？陸鹿猛想起這麼一檔事來。

是夜，寒風呼嘯。段勉聽著窗外風聲，低垂臉，捧杯茶沈默。

這次突然回益城，耽誤的時間有點久，不知二皇子那邊處理得怎麼樣？皇上還未表態，是不是要進宮面聖？至於眼前的煩惱，陸鹿態度始終捉摸不透，兩人都算親暱過了，又陪在身邊一天兩夜，怎麼說也算定下終身了吧？可瞧她的神色，還是拒人千里之外。只怕想逃跑的念頭未絕。

「咚！」窗格發出輕微擊響。

王平和鄧葉兩個機警，去看了看，以為是寒風吹動樹梢拂過，結果「咚咚」又是兩下。

段勉一怔，想到什麼，起身。「你們守在這裡，我去去就來。」

「世子爺小心。」

段勉推開後窗，強勁的冷風倒灌進來，他攏攏外套，躍身隱入漆黑的冬夜中。

客棧面向官道，背靠一座不大高的山丘。山上疏林枯枝，寒鴉入眠，只有淺月如蒙了毛邊，發出微弱的昏光。段勉耳聽四方，從容邁向一株樹下。黑影中，走出了曾夫子。

「什麼事？」段勉輕輕皺眉。有什麼急事不能等到白天傳遞，非得大晚上的？還好曾夫子年紀偏大，不然，真以為是月下私會呢。

「有件急事，我猜你感興趣。」曾夫子聲音平靜沒有起伏。

「說吧。」段勉眼觀四周，確認沒有尾巴。

曾夫子忽輕笑。「陸大姑娘，又想到擺脫世子爺的法子了！」

「哦？」段勉神色稍動，但夜色很好的掩蓋住了，話語之中聽不出他的情緒。

曾夫子走近一步，聲音帶著笑意，說：「世子爺請聽……」她刻意壓低聲音。兩人之間距離不算很近，不過，以他們的武學造詣，是完全可以聽清楚的。

寒風呼呼大作，段勉聽罷，沈默良久。
曾夫子拱手。「我所知道的就這麼多了。」
「多謝。」
「不必，禮尚往來嘛。」曾夫子倒謙虛了下。
段勉救下鄧夫子，還把她放回來，目的確實是為了交換條件。兩位先生負責保護陸鹿，主要還是得彙報陸鹿的行蹤給他。只不過，前兩天出了疏漏，竟然讓陸鹿成功從眼皮子底下溜了。
好在段勉有兩手準備，否則，陸鹿早坐船下江南了。為了彌補過失，曾夫子決定向段勉連夜報上陸鹿的絕妙好計。當然，進京後可能就再沒機會碰頭也是個重要原因。
曾夫子見他不語，便想告辭。「世子爺，若沒什麼事，我先回去了。」
「稍等。」段勉開口阻攔。
「還有事？」
段勉扭臉望向客棧方向，緩緩道：「她不是託妳想辦法購得亂七八糟的藥嗎？」
「是，陸大姑娘的確是這麼盤算的。在京城，她不大方便出行。」
「按她說的辦。」段勉沈聲道。
曾夫子錯愕。「啊？」
「我會讓王平或者鄧葉，轉交給妳。」段勉勾勾唇。想算計他？好呀，陪她玩。
這是鬧哪樣呀？曾夫子嘴角抽抽。「世子爺，你是說，姑娘要的藥，由你提供？」

「嗯。」

「這個……妥當嗎？」曾夫子心裡有些沒底。萬一是不知名的怪藥，陸鹿真用上了，出了事怎麼辦？

「妥當。」段勉說完這句後，向她微微點頭。「有勞曾先生了。」

「呃……」曾夫子有些發愁。這兩個傢伙在鬧彆扭，她夾在中間好為難啊！看吧，這件為難事又落到她頭上了。

段勉向她做個「請」的手勢，便無多話。曾夫子只好施禮，道：「我知道了，告辭。」

目送她消失在濃濃夜色中，段勉仍佇立寒風中望著客棧方向發呆，心底很酸澀。到底是有多討厭他？逃跑還不算，準備把他跟自己堂妹生米煮成熟飯拱手讓人？她到底討厭他什麼？娶為正妻還不夠嗎？承諾絕不會再娶她人也不行？他做錯什麼了？讓她這麼厭惡。

情緒相當糟糕的段勉慢慢回了客棧，卻立在陸鹿窗下望著，怎麼都想不通。他不覺得冷，只是胸膛中冒出一團憋屈的悶氣，想衝進去拎著陸鹿質問——真的要把他讓給別人？

在如此鐵板釘釘的情勢下，她還準備算計他，目的就是為了不用嫁他？陸鹿，妳心是不是鐵做的？怎麼都焐不熱是吧？難道真是他做得還不夠好？那他該怎麼做？

吹了半宿寒風的段勉，第二天破天荒著涼了。

第二天大清早，鄧葉、王平就急著叫老闆燒薑湯祛寒，又令親衛快馬加鞭先行一步請大夫隨時候命，鬧得大夥兒都知道段勉生病了。

「哎喲，稀奇呀。他也會生病？」陸鹿聽說後，在房裡還說了句風涼話。

旁邊跟她同桌共食的曾夫子表情怪怪的看她一眼。

「衛嬤嬤，代我慰問一聲去，好歹是世子爺，又是護我上京，這禮數總不能虧吧？」陸鹿還考慮周到了。

衛嬤嬤高興答應一聲。「姑娘懂事了，原本就應該的。」

陸鹿鼻孔朝天翻個白眼，笑著對曾夫子。「曾先生，妳看我表現可以吧？」

「嗯，不錯，繼續努力。」

「多謝。」陸鹿笑納了。

早飯後，稍事休息，繼續上路。陸序繞過來詢問。「大姊姊沒事吧？」

「挺好的。序弟，世子爺病情如何？」

陸序攤手。「世子爺說無礙，可以上路。」

「哦，那就走吧。我也想快點進京，瞧瞧這大齊國京城是如何繁富。」陸鹿滿懷期待。

被簇擁著出店門，登上馬車那一刻，陸鹿看到段勉已經戴著簡易口罩騎在高頭大馬上，兩人視線在空中交錯。陸鹿很快收回目光，扶著春草的手鑽進馬車內。段勉仍怔怔看著，神情落寞。

這一幕落在曾夫子眼裡，詫異又莫名感慨。這世道，還有如此癡情專一的貴公子哥兒，簡直是踩狗屎的好運啊！

越往京城走，天氣也漸晴。陸鹿明顯感覺到車外馬蹄陣陣，路人說話也漸增，漸漸熱鬧。

她用指尖挑起車簾偷看。

果然已近城門，官道上人來人往的路人迎著寒風向京城而去，路邊還種著不少高大的樹木，在寒冬依然青翠，更遠處是矮矮的群山。城牆一眼望不到頂，蒼苔深厚呈青黑色，城垛上插著旗子，獵獵作響，守城士兵三步一崗五步一哨。

畢竟有段勉摻和在其中，他們這一行人進城很順利。

這一進城，陸鹿也算開眼界了。城市格局比益城宏大，道路四通八達，且人流量非常密集，入耳皆是談笑聲，商鋪招牌五花八門，極盡招搖顯擺，大多都是兩層樓房，三層、四層高樓也有，多是酒樓。

雖然看不到裡面的商品，但看商號鋪面林林總總，什麼都經營，男男女女穿著時新，不愧是天子腳下。

「還是老樣子呀！」旁邊曾先生也感慨地偷眼瞧著外頭的景致。

「怎麼，曾先生以前來過？」

「嗯。」何止來過，打小就生活在這裡好吧！曾先生看著眼前熟悉的一切，眼眶不由泛紅，要是家人都還活著，她今天也不會淪落如此地步。

馬車七拐八彎的，很快就來到一處圍牆高聳的庭院。等陸鹿進院拜見過龐氏，這才曉得這是陸府在京城的別府，想也知道，陸靖在京城肯定是置辦了產業的。

龐氏早到一天，已經大致安置妥當了。此刻，後院屋裡熱鬧又溫暖。

龐氏、陸端、陸明容和陸明姝加上表小姐兩個，都湊在一起閒話家常，然後陸鹿就跟曾先生進屋來了。大夥兒靜默片刻，一致上下打量，目露鄙夷之態。

「請母親、姑母安。」陸鹿大大方方見禮。

衛嬤嬤，春草和夏紋也上前行禮，曾夫子這才落落大方地拜見主人家。

龐氏有些意外。「曾先生也來了？」

「是的，太太。」

「妳們暫時下去，我有話單獨跟鹿姐說。」龐氏揚聲吩咐。

「是。」其他小輩們行禮後，紛紛規規矩矩的退出屋。

陸端不肯走，她也想知道陸鹿這三天兩夜幹麼去了。她是姑太太，龐氏自然不好哄走。

陸鹿乖巧地垂頭。「母親還有何吩咐？」

「這幾天，妳到底幹麼去了？」龐氏拉下臉。

「遇到劫匪，然後在城外偶遇段世子，因天雨路滑，耽誤了進城。」陸鹿不得不把這一套搬出來遮掩。

陸端疑心道：「但我們等到第二天，卻不見你們回來。」

「是，第二天偏巧馬車壞了，我又受驚著涼，行動不便，於是又耽擱了一夜。」

龐氏和陸端兩個對視一眼，臉色變了變，齊聲問：「一直跟世子爺在一起？」

「是。得世子爺庇護，還算順利的回了家。」

陸端神情更古怪了。龐氏看著她，一時不知說什麼好。

這也太明顯了吧？生日當天送禮、城外巧遇、在外頭過夜、下元節又特意送請柬？

這……扯不清啊！陸靖到底是怎麼想的？如今還把她送上京來，不是該關起來嗎？

「誰送妳上京的？」

「序弟、二叔，還有……段世子。」陸鹿如實回話。

陸端又倒抽口氣。「段世子？」

龐氏也瞪大眼，陸序送姊姊上京，這說得通，但陸翊怎麼也跟來湊熱鬧呢？還有，段勉把人送到家就該打轉回京呀！怎麼還一路相伴？得，她得趕快把陸序叫進來問清楚。

陸鹿退下後，龐氏便急召陸序進來詢問。陸序專程帶了陸靖的口信，向龐氏傳達。

「什、什麼？這門親事，真定了？」龐氏吃驚。

陸序點頭。「是，母親，爹爹說，貴人那邊遲遲沒有回信，段府這邊又動作明顯，不如就順水推舟。」

「可是貴人那邊怎麼交代？」

陸序微微笑。「二叔上京，就是專為此事。」

原來陸翊隨馬車上京並非重視陸鹿，只是想當面見一見貴人，好拿個主意。到底這陸家大小姐的親事，決定權是不是要下放給陸府？

陸鹿回到後院，比竹園還小，但足夠她們四、五人居住了。陸明姝就在斜對角的小園子住著，熱心的邀陸明容和兩個姑表妹過來看望，小小園子頓時明媚熱鬧。

還是喬遠璐嘴快，直接就再問：「大表姊，妳這兩天兩夜在外面過夜，怕不怕呀？」

「怕什麼？有春草和夏紋陪著嘛。」

「可到底是女流之輩呀。」喬遠瑟小小聲嚷。

陸明容鼻哼一聲。「這不有段世子護著，姊姊怎麼可能會怕？只會更喜吧？」

於是，四隻眼睛都好奇盯著她。

陸鹿撩撩頭髮，笑咪咪地衝陸明容炫耀。「對呀，怎麼樣？氣死妳！」

「我氣什麼？」陸明容翻個白眼。

「哦，那妳語氣酸酸的又是為什麼？」

「我哪有？」陸明容反駁道。

「妳有。」陸鹿輕描淡寫，伸手在虛空一點。

「哼，不自愛！」陸明容甩下這句話，起身就走。

陸鹿大喝一聲。「站住！把話說明白，不然妳休想出這個門。」

望著笑咪咪的表姊瞬間變臉，兩位表小姐都愣然呆住了。

「我就出，妳能把我怎樣？」陸明容心裡還是怵著陸鹿的，不過，她也盤算過，當著兩位表小姐還有陸明姝的面，她不至於動手吧？

她算盤打得好，陸鹿也暗中計算了下。沒有外人，正好陸明容湊上來找死，而易姨娘又打不到，那就只好把氣發洩在陸明容身上了，誰讓妳們母女同一條壞心！

「呵呵，我這樣。」陸鹿跳上前，朝著陸明容肚子就起腳踹去。

「哎喲。」陸明容臉色霎時變了。但陸鹿還沒停，趁她彎腰抱肚子，舉起巴掌對著她臉左右開弓猛搧耳光，嘴裡嚷：「我就會這樣！這下明白沒有？」

「啊！妳、妳又打我？」陸明容自然也尖叫一聲想要反擊。

陸明容其實比陸鹿高半頭，營養不錯，身體發育也好一點。她面容凶惡的騰出手去抓陸鹿，但後者根本不給機會，後退一步，抬腳又是一踹。

就這麼會兒工夫，春草和夏紋齊聲衝上來。「姑娘小心！」

陸明姝三個目瞪口呆，完全沒反應過來，傻傻看著她們姊妹倆打架。

屋裡婆子、丫鬟齊上陣，七手八腳把兩人拉扯開。

「嗚嗚！」陸明容損失最慘，頭髮都亂了，臉上五指印很快浮出，捂著臉咬牙指陸鹿。「妳、妳等著。」

「去呀，去告狀呀，我就等著。」陸鹿抬起下巴，拿鼻孔看人。

陸明容推開過來攙扶的丫頭，掩面淚奔。屋裡一時靜寂。

乖乖，這還沒歇過來就開始打架，那些傳聞看來都是真的了。

「不好意思，讓兩位表妹看笑話了。她就那個德行，時不時撩我幾句，我不揍她一頓她就不舒服，呵呵呵。」陸鹿面向圍觀者笑呵呵解釋。

陸明姝無語地看她一眼，嘆氣。「我去看看二姊姊吧。」好歹人是她拉過來的，早知這樣，她鐵定不拉陸明容過來看望。

「去吧去吧。」

喬遠璐兩姊妹齊齊後退一步，異口同聲嚷：「大表姊一路辛苦了吧？妳歇著，我們就不打擾妳了。」

「沒事，我沒事呀，妳們再坐坐吧。」陸鹿客氣的留客。

「不了，我、我們，呃……我們還有件要緊事忘了跟我娘說。大表姊歇著吧！」她們兩個拉著手，避開陸鹿，慌慌張張就跑出門。

陸鹿撇撇嘴，翻個白眼。「這就怕了？膽小鬼！」

衛嬤嬤瞪著她，恨其不爭氣。「大姑娘，妳也太不像話了吧？怎麼剛安歇下就跟二姑娘打架呢？這、這傳出去……」這可是京城，不是益城啊！還嫌在益城的名聲不夠丟臉嗎？

「傳出去徒增笑料而已，我承受得起。」陸鹿嘻嘻笑。

衛嬤嬤反身就想抽雞毛撣子。

一直旁觀看熱鬧的曾夫子笑吟吟過來。「好啦，衛嬤嬤，事情也發生了。現在不是責罰大姑娘的時候，是不是得派個人去前頭打聽二姑娘是怎麼向太太告狀的？」

「對呀。」衛嬤嬤一拍大腿想起這茬來，急急喚。「夏紋，快去。」

耳根子總算清靜了，陸鹿歪到榻上，向曾夫子道：「先生坐。」

「起來。站沒站相，坐沒坐相，妳這是當面下我的臉呀？」曾夫子不滿地拍她。

陸鹿軟骨頭似的撐起，又趴在榻几上，笑問。「曾先生，瞧我那一腿力道怎麼樣？」

「妳倒會挑事！就像衛嬤嬤說的，這兒是京城，可比不得益城陸府。妳們姊妹之間的破事，指不定很快就傳到街面上去呢！」

「傳唄！傳得越快越好。」陸鹿巴不得。最好段老太太聽了，打消見她的念頭。

曾夫子坐到她對面，問：「妳是故意的吧？」

「不是，臨時起意。主要是陸明容太討打了，不長記性。」

曾夫子卻不信。太討打，也不至於一言不合就真的上手呀？還當著兩位表小姐的面，這讓人怎麼下臺？

陸鹿卻不管陸明容怎麼下臺，只要段老太太知道她乖張就行了。

段府。段老太太破天荒的接見了拜訪的知府常夫人。

良氏和顧氏明白老太太的意思，也過來作陪，順便聽聽益城趣事。

這趣事，自然包括陸鹿的眾多傳言。別人說來，她們可以似信非信，由知府夫人說起來，可信度就高多了。

常夫人說得格外賣力。她也不方便隱瞞，就把陸鹿在益城一些街知巷聞的事一一說來，不貶也不過分褒，只不露痕跡的誇她熱心、膽大，雖常有驚人之舉，卻都在合情合理範圍。

「我怎麼聽說，她跟自家姊妹在書院打架呢，還把陪讀的姑娘打傷了？」顧氏不緊不慢，帶著疑惑笑問。

常夫人忙笑說：「說來這事，也不怪陸大姑娘。都欺到頭上了，泥人都有三分火性，何況是大姑娘這般直率的人。何況，我也細細問過，是那位楊姑娘先動手的。」

段老太太卻頻頻點頭。「卻也難得了。不是那鋸嘴的葫蘆，可見是個真性情的姑娘。」

「可不就是。老太太妳明兒一見便知，的確是真性情不作偽的好姑娘。」

顧氏一旁輕笑。「這般好，常夫人怎不求了去呀？」

常夫人噎了下。是呀，這麼好，她家常克文偏又年紀相當，怎麼不上門求親呢？好在，她也是官場太太圈混過的，急中生智，淺淺笑。「倒想求來著，可惜拿八字合過，卻是不相宜，遂作罷。」

段老太太忽然心念微動，問：「夫人可知這陸大姑娘八字？」

「是，知道的。」常夫人好歹身為一方官夫人，別的不在意，轄下有名有財的那幾位官商家小姐生辰八字都是知曉的。何況，前些日子才參加過陸鹿的及笄禮呢。

段老太太笑了。有八字在手，可是塊金字招牌。若合，則萬事大吉；若不合，自然也好叫她的乖孫徹底死了娶商女為正妻的心。

掌燈時分，段老太太對著拿到手的八字，先自個兒研究了下，越看越琢磨不透。

正好段征和段律兩人進來請安。段老太太人老，腦子卻轉得快，於是平和不帶一絲情緒地說了些家常話，便問：「國師天靈子可回了京城？」

段征聞言笑道：「母親問得及時。天靈子前些天正好回京，如今還在聖上面前未出宮呢。」

「哦。」段老太太心一喜，便向兒子下指示。「打聽著，若國師出宮，請過來瞧一回你父親這怪病。」

「是，母親。」

第六十四章

齊國都城號玉京，又稱京城，其實面積也並不大。

西寧侯請益城首富女眷上京觀下元節祭禮的事，很快就在權貴世家中傳開了。

下元節還差一天。遠離益城，身邊人也不得力，陸明容吃過幾次虧後便躲著陸鹿，偏巧大清早接到顧瑤的請柬，欣喜若狂，特意邀上喬遠璐姊妹登門拜訪。於是，京城陸府裡就只剩陸鹿、陸明姝兩個。

「好機會！」陸鹿搓著手，笑得陰險。衛嬤嬤聽從龐氏的話，把她看管得很緊，曾夫子也假模假樣的在小院教導她得體的舉手投足。

這正好給了陸鹿機會，悄悄展眉低聲。「曾先生，機會來了。」

「什麼？」曾夫子還沒想到那一茬。

「咱們在馬車上說好的呀。」陸鹿拉著她小聲道：「妳現在找個藉口出去一趟，買到適合的藥，我想法子去約段勉過來。」

曾夫子臉色一僵，驚愕問：「真的要這樣？」

「千載難逢的機會呀。長輩不在，陸明容和喬家表妹不在，就剩我跟明姝，妳說是不是天賜良機。」陸鹿還得意的挑眉。

曾夫子很無語，嘆：「妳可想好嘍。這可是醜聞！」

「發生在別家是，在陸府不是，而是順水推舟的美事。」陸鹿不以為然，向衛嬤嬤高聲道：「衛嬤嬤，曾先生要去看一個多年前的舊友，我放她一個時辰的假。」

「去吧去吧。」衛嬤嬤對曾夫子一點防備心沒有。女先生在大齊國也是受人尊敬的。

曾夫子深深看一眼喜孜孜的陸鹿，點頭出門。

陸鹿使喚夏紋過來。「妳去幫我送封信。」

「送誰呀？姑娘。」

「等我寫好再告訴妳。」陸鹿命她磨墨。

正咬著筆頭思量用詞，小丫頭報。「姑娘，羅嬤嬤來了。」

「羅嬤嬤？」陸鹿都差點忘記這個人。

還是衛嬤嬤欣喜吩咐。「快請快請。」

春草也湊過來納悶。「宮裡出來教禮節的羅嬤嬤？不是走了嗎？還來？」

「妳個小丫頭片子懂什麼，一邊去。」衛嬤嬤斥她一句，整整衣襟，親自去迎接。

陸鹿只好暫緩寫信，攏著手在廊下等著。

很快，羅嬤嬤健步如飛的進院子來了。賓主寒暄著落坐、奉茶，客套一番。

羅嬤嬤意味深長地看著陸鹿說：「陸大姑娘膽色越發壯了。」

「多謝誇獎。」陸鹿好奇問：「羅嬤嬤沒在益城收學生？」

「原本在益城落腳，無奈京城原先的主人家相召，老身推託不過。」

「哦，妳家舊主誰呀？」

羅嬤嬤老眼閃著興奮之色，壓低聲音。「韋國公府。」

韋國公是什麼來頭？沒聽過。陸鹿茫然。

看她這呆相，羅嬤嬤也愣了。真真鄉巴佬，韋國公都沒聽過？她端起茶，輕描淡寫透露。「也就是宮裡貴妃娘娘的府裡。」

韋貴妃？陸鹿只轉轉眼珠，一點驚豔之色都沒有，平平淡淡的「哦」一聲。

羅嬤嬤差點要翻白眼了。無奈，她有要緊事過來，不然也不可能緊巴巴的跑來見一個無禮的商女。她轉向屋裡丫頭們擺手。「妳們先下去。」

下人出屋，順手帶上房門，就只剩陸鹿跟羅嬤嬤兩個了。

陸鹿手裡攏著手爐，慢條斯理問：「羅嬤嬤，開門見山說吧，什麼事？」

「嘿嘿，姑娘好眼色。」

「這用得著眼色？妳一個自恃宮裡出來的教養嬤嬤，從我這裡沒討到好，忽然就這麼走了，突然又這麼來了，沒古怪才怪。妳真當我是徒有膽色、沒腦子的鄉下土妞？切。」

羅嬤嬤老臉卻展開笑，皺紋如菊花。

「好，陸姑娘爽快，老身也就直說了吧。」她清清嗓子，小聲問：「姑娘可願進宮？」

「哪個宮？皇宮？」陸鹿一頭霧水。

羅嬤嬤鄭重點頭。

陸鹿還笑嘻嘻道：「我還沒去過皇宮呢。不過，以我的身分這輩子都無緣吧。算了，過幾天我就在皇城邊上轉一圈，就當不白來一回就是了。」

羅嬤嬤掛上不置可否的笑，搖頭。「何必如此麻煩。我這裡有個萬全法子，可保妳順利入宮，盡可飽覽皇宮美景。」

「要多少錢？」這是陸鹿能想到的唯一可能。難道這羅嬤嬤兼職一項導遊副業？只要交了錢，誰都可以皇宮一日遊？目標群就是各地各府沒見過世面的富家女眷們？

「不要錢。」

「有這種好事？」陸鹿皺眉不信。

羅嬤嬤笑得詭異。「是，天大的好事。」

「妳仔細說說，不然，我懷疑這是個騙局。」陸鹿對她是沒什麼顧忌的，想到什麼說什麼。

「哈哈哈……陸姑娘原來還會開玩笑。」羅嬤嬤繃不住臉，失口笑了。

陸鹿卻一點笑容也沒有，正經地背誦著至理名言。「天下沒有免費的午餐，天上不可能掉餡餅，很可能掉的是陷阱和圈套。貪小便宜，吃大虧……」

「停停，這都什麼亂七八糟的。」羅嬤嬤按按太陽穴。跟這鄉下姑娘說話真累，非得掰開揉碎了說才明白。

「好吧，羅嬤嬤，請講妳的來意。我鄉莊長大的，麻煩儘量說得通俗易懂，不然我聽不明白，更可能會誤會您老的本意。」

羅嬤嬤靜靜看著她。陸鹿扭臉看看屋裡，靜悄悄的，只有火盆裡銀絲炭微微燃響，屋外廊下有小丫頭走動的聲音，還有春草和夏紋嗑瓜子的細微聲音。

「是這樣的……」羅嬤嬤開始壓低聲音娓娓道來。
陸鹿臉上的表情開始精彩紛呈的變化。
院中，寒風捲起落葉，堆砌在臺階之下。
春草看一眼掩上的房門，小聲向夏紋。「怎麼沒動靜了？」
「要不要去看看？」
兩個貼身大丫頭剛開始還能聽到屋裡細細的說話聲，這會卻安靜得可怕了。正要舉步，卻聽屋裡陸鹿發出一聲失控的尖叫。「啊——」
「姑娘，怎麼啦？」春草和夏紋兩個嚇白了臉，連忙推開門闖進去。
羅嬤嬤安安穩穩的端起茶盅抿一口，而陸鹿呢，卻瞪圓了眼，胸脯一起一伏的顯然在壓抑情緒。
「妳、妳竟然是打這樣的主意？」她指著羅嬤嬤咬牙說。
怎麼了？春草和夏紋兩個面面相覷。
「妳們先出去。」陸鹿扭頭向兩個丫頭發話，臉色很難看。
「是。」兩丫頭急急再次退出，這回更是掩上門，站得離門遠了點。
羅嬤嬤放下茶，以手帕按按嘴角，板著臉。「大驚小怪，沒見識的鄉巴佬。要不是看妳膽色過人，這等好事，豈能便宜妳？」
「呸！便宜妳的頭。」陸鹿按下暴打她一頓的衝動，冷笑。「我就說嘛，像妳這種自持身分的老太婆，在我這裡吃了癟後，怎麼可能就那麼算了？原來是這裡等著我呀。」

「妳以為呢？像妳這樣目無尊長、不守規矩、當面頂撞長輩的商女，以為我真的就饒過了？」羅嬤嬤也不甘示弱地嗆聲。

「饒過？妳這死老太婆何曾饒過我？我還不是被我爹打板子了。」陸鹿嫌惡翻個白眼。「說什麼教不好，就此別過，原來妳設下更大的圈套等我鑽呀。啊呸！」

「不識好歹的玩意兒！進宮服侍皇上、娘娘，怎麼叫設下圈套？」羅嬤嬤也怒了。

「去妳媽的。韋貴妃自己不得寵了，就想進獻民間女子，利用男人的獵奇心理固寵吧？這在民間叫拉皮條，懂不懂，老鴇子。」陸鹿啐她一口，不客氣的罵。

羅嬤嬤忍無可忍，霍然起身，老眼噴火。「妳敢罵娘娘？」

「就罵了，怎麼樣？一個年老色衰的怨婦，想重新爬上一個男人的床，想重新討得歡心，自己跟那群後宮女人鬥去呀！幹麼把惡毒的目光盯在民間，禍害別人家清清白白的大姑娘？以為進獻幾個民間女子就能重新贏得歡心？這是多蠢的腦子才想得出來的賤主意，簡稱又蠢又賤！」陸鹿氣忿忿的惡氣咒罵。

羅嬤嬤揚起身邊的枴杖就要當頭劈下來。

陸鹿不躲不閃，一把拽住，往她身邊一推搡，冷笑。「妳跟妳的舊主子這麼蠢，是怎麼在後宮混上貴妃位置的？用的是媚術吧？蠢女人！」

「妳死定了！」羅嬤嬤惡狠狠地抽拽著枴杖。她是萬萬沒想到，以為這商女聽自己這麼一個主意，必定會歡喜得當場就答應。只要她答應，接下來的事就好辦了，沒想到，卻遭來這連串的辱罵。

「呸呸呸！老不死，我看妳才是活得不耐煩了。」陸鹿逼近她，陰笑道：「妳跟妳的舊主子有沒有想過。如果我真進宮得寵了，第一個就拿妳主子開刀，把她徹底打入冷宮。」

羅嬤嬤眼裡閃過狠戾的光。

「還有個法子，我第一個就投靠皇后娘娘，把妳舊主子這種陰險蠢貨賤人給掃出貴妃行列，取而代之。別懷疑，我真做得出來。」陸鹿眼神陰冷，神情卻是從未有過的嚴肅。

羅嬤嬤嗤笑反駁。「妳也不照照鏡子。」

「這很難說。皇上也是男人，看膩了妳舊主子那套嗲嬌做作的風格，快噁心死了，說不定就喜歡我這樣直率不做作的自然田園農家風呢。」陸鹿也嗤笑。「真以為把我弄進宮，我就是妳們的人？妳不就是看中我的膽色嗎？怎麼，不相信我的膽色能做出這等舉動來？那妳真是老糊塗了！」

「放手。」羅嬤嬤驚愕地發現自己抽不出枴杖。

陸鹿使了使勁，然後突然鬆手，羅嬤嬤差點一個趔趄，往後一跌。

「妳妳妳！不識好歹，鼠目寸光，一輩子就是個廢物土包子。娘娘肯召妳入宮，竟如此不識抬舉，真是我白瞎眼！」她說得痛心疾首。

「我樂意做個自在的土包子。也不願像妳的舊主子，為了跟眾多女人搶一個男人的爬床權，勞心勞力的算計成深宮怨婦，妳這眼瞎耳聾的老廢物！」

「大膽！」羅嬤嬤勃然大怒，又想舉枴杖了。

陸鹿伸展上肢，冷笑。「臭不要臉的老東西，這裡是我的院子我的屋子，妳一個宮裡放出來的退休嬤嬤，哪裡來的底氣呼來喝去的？看來以前狗仗人勢慣了。以為人人都怕妳這條狗腿子？」

「好，記住妳今天的話，給我等著。」

羅嬤嬤也是好漢不吃眼前虧。打吧，這丫頭片子會真還手；罵吧，好像還罵不過？她口裡的污言穢語比她這上年紀的老太婆都多。識時務者為俊傑，她活這麼大年紀能不死在宮鬥中，顯然明白什麼時候該示弱，什麼時候該逞強的道理。

於是，她放下最後一句狠話。「妳，等著，有妳哭的日子！」

「滾！」陸鹿早對她失去耐性，大吼一聲。「有多遠滾多遠。」

眼看羅嬤嬤狼狽而出，衛嬤嬤送完客，轉身就想教訓不懂事的陸鹿。雖然不是教習嬤嬤，好歹是宮裡出來的長輩，怎麼也要尊敬一下吧？

「別理我，煩著呢！」陸鹿豎起手掌，打斷衛嬤嬤的長篇大論，也不理會春草的欲言又止，歪身倒在榻上。「讓我一個人靜靜。」

「姑娘妳這是……」

「出去。」陸鹿冷冷出聲。

最親近的三人對視一眼，陸鹿從來對她們都是笑嘻嘻的，沒真生過氣，似乎也沒把她們當下人看待，一直是和氣有餘，很少像這樣拉長臉。

屋裡再次安靜下來，陸鹿卻猶在生悶氣。雖然把羅嬤嬤這個死老太婆罵走，但她心裡卻沒有一絲欣喜，反而堵得慌。

羅嬤嬤的來意簡單明瞭，直白點說，就是從民間挑清白少女幫韋娘娘固寵。這當然引起陸鹿的極大反感，一言不合就翻臉給羅嬤嬤看，還出言不遜痛罵一回。至於後果，她才顧不得，也不怕！陸鹿氣悶在榻上還覺得自己吃了虧、被羞辱了，當時應該再順手抽羅嬤嬤幾個巴掌的。

「可惡！大意了。」陸鹿翻身而起，擊掌惱怒。

「姑娘，曾先生回來了。」春草在門外輕聲報。

「哦，請進來。」陸鹿抿抿頭髮，突然憶起還有這件大事等著她實行。

曾先生除下外套披風，一眼就看出她興致不高的模樣。

「先生回來了，辛苦了。」陸鹿哂笑著，親自張羅奉茶。

曾先生回看一眼跟進來的春草和夏紋，小聲擠眼笑。「買到了。」

「呵呵，這事……出了點意外。」陸鹿搔搔頭吩咐。「夏紋，磨墨。」

「哦。」夏紋重新磨墨，侍候陸鹿執筆。

曾夫子奇怪。「姑娘妳這是……」

「天色還早，還來得及。」

正咬著筆頭思考用詞，外頭又有小丫頭過來回話。「姑娘，三姑娘著涼了，章嬤嬤說要去請大夫瞧看。」

「啊？明姝病了？」陸鹿扔下筆，向小丫頭道：「別急，我過去看看。」

真是屋漏偏逢連夜雨。她正要行動，女主角就生病了，難道老天也在跟她作對？

「要不，去我屋裡躺吧？」陸鹿皺眉瞧著陸明姝，忽出主意。

陸明姝擺手。「不麻煩姊姊了。」

「不麻煩，去我屋，我更加好細心照顧妳呀。」

章嬤嬤在一旁阻攔。「多謝大姑娘好意，只是三姑娘身子乏，還是靜養為先，且萬一過了病氣，更是過意不去。」

「這點病怎麼會傳染？」陸鹿嘻嘻笑不在意，卻覺得鼻子癢，不由自主打個噴嚏。

這下衛嬤嬤也有話了。「姑娘快回院子吧！三姑娘這邊等太太回來去請大夫，別妨礙三姑娘休息。」

這也太明顯了吧？不過是打個噴嚏嘛，幹麼大驚小怪的？

陸鹿才斜看一眼衛嬤嬤，鼻子又一癢，連打好幾個噴嚏，她只能告辭回來。撐著肘望天發呆，陸鹿腦子亂紛紛的。這麼好的天時地利人和，卻計劃流產，都怪那個死妖婆！

「陸姑娘，不按計劃行事了？」曾夫子湊上前小聲問。

「擱淺唄。明姝生病了，這事就不好辦了。」陸鹿嘆氣。「多好的機會呀！要沒有那個死老太婆，只怕，計劃已經在進行中呢。」

「羅嬤嬤？」曾夫子一怔。她已經從春草口中得知羅嬤嬤過來的事。

「曾先生，我來給妳講個笑話。」陸鹿招手，氣恨恨道：「這事，我還只能跟妳說，春草她們都說不得，說了，她們也不懂。」

「行，妳說。」曾夫子決定當一名合格的傾聽者，坐她對面靜靜看著她。

陸鹿咬牙，壓低聲音。「妳知道那個老太婆為什麼跑來見我嗎？」

曾先生搖頭。

「哼，我就奇怪，明明大張旗鼓的挑唆著我爹過別院來罵我，偏生到最後，這死婆子卻輕輕放過我，就那麼走了……不對，她那天走時，笑容就陰險古怪！」陸鹿猶未解恨，還在回味前些天別院的情景。她的直覺一向很準，當時就覺得羅嬤嬤息事寧人太過突兀，而且笑容古怪，原來真有名堂。

「那今天她來幹麼？還特別挑一個太太不在家的日子？」曾夫子幫她拉回思緒。

「哼哼，黃鼠狼給雞拜年，不安好心唄。」陸鹿唾棄一口，便湊到她耳邊，將羅嬤嬤來意一五一十講給她聽。

「啊？有這種事？」曾夫子也驚著了。

陸鹿磨牙。「我當場就罵她了。」

「妳怎麼回的？」曾夫子很好奇她的反應。

「我呀，這樣回的……」於是，陸鹿又滔滔不絕把自己罵羅嬤嬤的話原原本本學給她聽，末了恨道：「我真後悔沒抽她兩個巴掌。」

「這、這、這也太……」曾夫子眼神都發生了變化，張大嘴，愣愣道：「妳，當真就這麼罵她？」

「是呀，我還後悔罵太少了。真是恨啊！氣死我了！」陸鹿敲著桌子。

曾夫子吞下口水，輕輕鼓了鼓掌。「罵得好！罵得痛快！」

「嘻嘻，謝謝。」

「不過……韋國公府，陸大姑娘，妳真得罪不起呀！」曾夫子同情地看著她。「那可是皇親啊！妳雖然逞一時嘴快，可曾想過後果？」

「沒想過，當然是快意恩仇重要！」陸鹿直言告知。

「唉！」曾夫子撐額。

陸鹿小心問：「這國公府很厲害？韋娘娘不是失寵了嗎？」

曾夫子抬起頭，無語地瞅她。「韋國公府是京城諸侯之首，當然，比起西寧侯人緣是差了點，可架不住宮裡有人呀！韋娘娘失沒失寵我是不知道，可到底是皇上的人，妳這麼罵她，難保不會傳到她耳中去，後果嘛……」

後果肯定很嚴重，枕邊風的威力一向是無窮的。陸鹿吸吸鼻子，聲音帶絲顫音問：「我、我闖禍了嗎？」

曾夫子無語，但堅定的點點頭。

「那怎麼辦？」

曾夫子眨巴眼，她也還沒想好。

齊國律法有沒有辱罵皇親的罪？就算沒有，羅嬤嬤肯定也會添油加醋傳進宮裡去吧？宮裡的女人一向吃飽撐得慌，沒事也要找出件事來擺擺威風的，而陸鹿只是一名商女，更是輕鬆碾壓不在話下。

「為今之計，只有逃了。」陸鹿一擊掌，冒出這句話。

「逃？跑得和尚跑不了廟，妳跑了，陸家怎麼辦？交不出人，可是要治罪的。」

陸鹿嘴一歪。「啊？罵人也連坐？不是只有造反才株連嗎？」

這下輪到曾夫子身子一歪，愣愣看著她。「妳罵的可不是普通人，那是娘娘，宮裡皇上的女人！」

「知道。所以，還是逃吧？」陸鹿眼珠轉轉，試探性看向曾夫子。「這一次，曾先生，妳可要再幫我一次。」

「我？」曾夫子茫然。

「幫我弄輛馬車，先逃回益城，然後再跟孟大郎一夥會合。這回，走陸路。」

曾夫子眼珠一轉，道：「好吧，我可以幫妳去外頭打聽打聽馬車行情。」

「就這麼辦。」

商議定後，就到了正午。一直到快酉時，陸明容和兩個表妹才喜孜孜的從顧家回來，興高采烈的向龐氏和陸端述說在顧家的待遇。

陸明容還覺得不過癮，特意把陸鹿請過去聽她們說，故意要叫她豔羨得流口水。多長臉面的事啊！顧家啊，京城清貴書香世家嫡小姐邀請益城商戶庶女作客，偏沒請嫡女，這是活生生的輕視呀！這是妥妥的打臉吧？快氣死沒有？

沒有！陸鹿拈著塊點心，興致很高笑咪咪的聽著陸明容眉飛色舞說她怎麼在顧家被當上賓款待的事。

龐氏有點不耐煩了，好歹也是富家千金，怎麼眼皮子這麼淺呢？顧家算什麼？她們今日去拜訪的那幾家，誰家不是家大業大，府裡像皇宮富麗，她也沒那麼大驚小怪呀。

陸明容向聽得津津有味的陸鹿歉意笑。「不好意思大姊姊，顧家小姐沒請妳，只怕是疏忽了，肯定不是故意的。可惜大姊姊沒去，不能一飽眼福。」

陸鹿抿嘴笑。「她是不是故意的待考證，妳就一定是故意的嘍。真要感到抱歉，就不該撇下大姊姊去了，回來還特意讓個婆子借母親的名義請我過來旁聽妳吹牛。」

此言一出，滿屋皆靜。

「哦，妳唾沫橫飛這半天，光顧著誇人家的花園、人家的點心、人家的擺設物件、人家的穿戴，不知情的以為妳鄉下來的，一副沒見過世面的窮丫頭嘴臉呢！至於嗎？陸府少妳吃還是少妳穿了，這麼一副窮酸相，不愧是姨娘養的。」

說完，陸鹿翻個白眼，捋捋頭髮。身旁好幾道抽氣聲，就連陸端都見鬼似的看著她——這話，說得真刻薄啊！

「妳、妳、妳……」陸明容氣得渾身發抖。

想上前，又怵著她的手辣，眼淚奪眶而出，反身撲在龐氏跟前嚷：「母親聽到了吧？大姊姊總是故意挑我的語病，常常三言兩語就含沙射影的罵我，我也不知是哪裡得罪姊姊了，總是這樣跟我過不去。嗚嗚，母親，妳要為我作主啊！」

「鹿姐，閉嘴！」龐氏按按眉心，瞪著陸鹿。「妳怎麼說話的？明容是妳妹妹，妳就不能和氣一點？」

「是，母親。」陸鹿笑咪咪應一聲。

陸端搖頭。「鹿姐，妳怎麼說話這麼涼薄？明容雖跟妳不同母，到底是同一個父親的，怎麼就眼裡容不下人了。」

「姑母再看看，我眼裡容不容得下？」陸鹿嘻皮笑臉的睜大眼睛湊近。

陸端卻板著臉，揮手。「去去，別耍賴皮。好好跟明容賠個不是。」

「賠什麼不是？」陸鹿可不幹了。

陸端臉色漸沈，道：「妳罵她就不對。顧家請客，沒請妳，單請明容，那是顧家的事，妳就不該遷怒到明容身上。去，賠個不是，大家就這麼散了吧！」

陸明容抽抽鼻子，眼眶還殘留著眼淚地看著陸鹿。好吧，口舌上占不了上風，打架也打不過。讓她當面賠罪雖然不夠解恨，但也多少挽回點面子。

第六十五章

「明容妹妹，妳哭什麼呀？我哪句話說錯了，妳指出來，我當場就改好不好？」陸鹿轉向陸明容，語氣委屈，卻直起後背，就是不彎腰。

「妳、妳罵我……」陸明容輕聲抽泣。

「哪句？姨娘養的算是罵嗎？這不是事實嗎？」陸鹿又回頭向龐氏和陸端確認。「母親、姑母，這句沒錯吧？那我就可以不用道歉了吧？」

「滿口歪理！」陸端滿臉慍色。「鹿姐，不許瞎胡鬧。」

「窮丫頭？這也不算罵呀。妳經常罵我鄉下丫頭，我也沒生氣、沒見少塊肉呀。」陸鹿繼續扯皮。

陸明容狠狠地瞪著她。

「好啦，不要把眼睛瞪這麼大，知道妳眼睛大，接下來分析上一句，說妳吹牛？這算罵？比喻而已吧！」陸鹿還不屑翹鼻子。「真是玻璃心。」

「妳、妳這是羞辱我！」陸明容忍不住地指著她大聲嚷。

「嘖嘖，妳呀，庶女的命、公主的心。妳們母女仨聯合起來暗算我時，我不也這麼挺過來了？怎麼到妳這裡，我只不過說了幾句實話，就叫羞辱妳呢？那妳要是真覺得受到羞辱，可以去撞牆投河、上吊、吞金自盡以示不屈呀。」

陸明容臉色頓時白了白。

陸端拍桌而起，怒道：「越說越不像話！鹿姐，不許胡攪蠻纏，乖乖給明容賠個不是，這事就這麼過去了。」

「姑母，我沒錯，為什麼要賠不是？」陸鹿委屈地眨巴眼。

「妳還頂撞長輩？」陸端大吃一驚，原來她怎麼胡鬧且不管，但這會兒目無尊長可是與禮法不合。陸端本身就是偏迂腐保守的女人，眼見哥哥家的嫡女這麼頑劣不化，竟然痛心起來。

「沒有啊，只是問一句，我沒錯，為什麼要賠不是？」陸鹿皺起眉頭。

陸端看向龐氏，搖頭嘆氣。「她一向如此？」

「嗯，已經比原先才接回來好多了。」

「來人，取戒尺來。」陸端要行使長輩的特權了。龐氏是繼母不好管，那她這個嫡親的姑母就來管一管。

陸明容暗暗心喜。這樣最好，多打幾頓就老實了！

翻個白眼，陸鹿無奈，她好久沒裝病了，為了躲過長輩教訓，她決定再次祭出最後的絕招。撐著額頭，她表情痛苦地嚷：「哎呀，頭好痛！母親，姑母，我只怕是被明姝過了病氣，頭忽然痛起來……」

這麼巧？龐氏嘴微張，愣了。

「啊啾！」陸鹿張嘴瞇眼不秀氣的大打一個噴嚏，吸吸鼻子虛虛弱弱的撐著肘。

「如意，叫人請大夫來給大姑娘診診。」龐氏淡定吩咐。

如意答應一聲，便走出內堂。

陸鹿還歪靠在座位上裝病，腦子卻在轉——怎麼辦？被揭穿後，該怎麼圓謊？

龐氏使眼色。「還不扶大姑娘去裡間歇著。」

「是。」多順和多貴上前扶著陸鹿轉入屏風後的暖榻上，等大夫過來診看。

如此安排了，陸鹿便也安心的等著大夫上門。她這樣一鬧，前面的事都沒人提了，陸明容委屈得快哭了，她抹著眼角，絞著手帕，恨得牙癢癢。又讓她逃過一罰？怎麼就這麼輕易揭過呢？

外間報。「太太、姑太太，大夫來了。」

「請廂房等著。」

龐氏的正屋，自然是不會放不熟的大夫進來。丫頭們便把陸鹿挪去東廂房，準備就緒後，再將大夫請進來隔著床帳診脈。這位大夫來自京城仁和堂，老態龍鍾，身後跟著一名小廝，揹著藥箱，看起來很正規。

陸鹿心不在焉的攤出手，琢磨著是不是還得嚷頭痛矇矇這個老傢伙呢。

「嗯，思慮過重，舊疾復發……」老大夫忽然開口了。

旁邊站著的衛嬤嬤忙問：「大夫，可嚴重？」

「且等老夫金針刺脈。」

「那有勞大夫了。」

老大夫卻看一圈這屋裡的人，搖頭。「房屋閉塞，氣息不通，不利病人休養，妳們且下去幾位。」

衛嬤嬤一看，除開春草、夏紋，還有龐氏身邊的幾個丫頭都侍立在側。人不多呀？千金小姐看病，哪個不是這樣團團圍住的？便為難道：「大夫，你看這……」

老大夫捋捋白鬍子，慢慢起身。「那就只有請貴府另請高明了。」

「別，大夫留步。」衛嬤嬤揮手。「妳們外頭候著去。」

屋裡就只剩下大夫、小廝和衛嬤嬤、春草幾個。

陸鹿心裡覺得不對勁，沒聽說誰看病，大夫把人趕光的。這是想幹麼呀？她悄悄掀起床簾偷看：老大夫白髮白鬍，穿著講究，至於那個小廝也太壯實了點吧？面孔還曬得黑黑的，眼神怎麼還特別凌厲？

哪裡不對勁？陸鹿又多看了老大夫幾眼，忽然發現他的皮膚緊繃結實……難道不是大夫？

「衛嬤嬤，妳來。」陸鹿忙喚。

「姑娘，怎麼啦？」

「我頭不痛了，就不勞大夫施針了。」

衛嬤嬤狐疑。「不痛了？大夫說舊疾發作，姑娘原先是真有這毛病，可還記得在鄉下，姑娘打秋千……」

「停。」陸鹿忙擺手。「衛嬤嬤快別說了，請大夫回吧，我真沒事了。」

「妳有事。」老大夫忽然嚴肅正色地站過來，冷靜道。

陸鹿從帳裡探出半邊臉，眼睛瞬間就瞪圓了。這聲音忽然一變，聽起來耳熟，而這眼神，一點也不老態龍鍾。然後，大夫向她眨了一下眼。

「呃……衛嬤嬤，妳跟夏紋去門外守著，別放人進來。大夫要為我施金針術醫治我這多年頑疾，不可讓人學了去。這可是祖傳秘方，對吧，大夫？」

「沒錯，陸大姑娘考慮周全，老夫甚是欣慰。」

衛嬤嬤看看大夫，老得很。不過，他身邊的小廝怎麼不像小廝，反而像是護衛？

「你也去守著。」老大夫看出來，衛嬤嬤對他這個老人家跟姑娘家共處一室多少是放心的，只不放心小廝，便也吩咐出去。

「是。」小廝恭敬地應一聲。

衛嬤嬤一看，還有個春草留下侍候著，便也不情不願的帶著夏紋轉出門，而小廝就守在她們旁邊。

陸鹿調皮的歪頭看看門口，霍然起身一把就揪著老大夫花白的鬍子，咬牙低聲。「裝得挺像的呀？」

「姑娘……」春草嚇懵了。

老大夫卻笑咪咪的反手就把陸鹿扣在掌心，道：「認出來了？」

陸鹿抽手，恨恨道：「你還真會演戲，這聲音是怎麼回事？」

「口技而已。」老大夫嘆息。「我當年時常喬裝潛入和國，自然精通變幻術。」

「哼！本事不少嘛。」陸鹿酸一句。

春草回過神來，愣愣看著這花白鬍鬚的老大夫，錯愕道：「聲音好像是……」是段世子？但她不大肯定，這太過匪夷所思了。

「就是他，外界流傳那有厭女症又高冷不近人情的段世子。」陸鹿笑嘻嘻揭破謎底。

「啊呀？」春草失口驚呼，忙醒悟到事關重大，急忙捂嘴。

「春草，淡定。妳先一邊坐著安穩下情緒，我跟段世子有些要緊話。」

春草忙不迭點頭。

「你怎麼這副模樣進來了？」陸鹿小聲問。

段勉整理一下被她揪亂的白鬍子，壓低聲音道：「時間緊迫，只能如此。」

「你怎麼知道我生病？我裝病可是臨時起意的。」陸鹿又問。

段勉避而不答。

「不會吧，你們在這院裡也有暗線？」

「算是吧。」段勉含糊支吾著。

「我靠，你手也伸太長了吧？你是監視我吧？」陸鹿震驚了。

段勉不樂意了。「我這是保護妳。」

「切，這叫保護？」陸鹿一點也不認同，不過算了。

「那你喬裝進來，到底想幹麼？不是關心我的病吧？那不值得跑這麼一趟呀！」

段勉擺手。「妳太冒失了，怎麼就惹上韋國公府的人？」

「啥？」陸鹿跌回床上，直愣愣瞪著他。「你怎麼知道？」

「正好遇到曾先生在打聽，她全都告訴我了。」這一點，段勉不用掩飾，反正曾夫子的確替陸鹿跑腿出門打聽情況的。

「正好遇上？真有這麼巧？」陸鹿懷疑是曾夫子特意去求助的。

段勉面不紅心不跳的點頭。「是，碰巧遇上的。」

「然後呢？」

段勉攤手。「然後叫人去處理了，接著府裡傳出信說妳病了，我便趁這個機會易容進來跟妳當面說說。這件事，可大可小，處理不好，很麻煩。」

陸鹿茫然。「怎麼麻煩？」

「韋貴妃現在是不得寵了，可她仍是貴妃娘娘，韋國公府也一向得皇上看重，妳罵羅嬤嬤不要緊，可不能連著娘娘一起罵。這要是傳到她耳朵裡，後果不是妳能擔得起的。」

「我現在跑路還來得及嗎？」陸鹿眨眼，認真問。

段勉無語了，又想跑？「妳跑了，陸府怎麼辦？」

陸鹿無所謂。「自然會沒事吧？反正陸府錢多，大把撒出去，估計連累他們不多。」

「哼，說得輕巧。言語冒犯皇親至貴妃娘娘，妳幾個腦袋都不夠砍的。」

「那怎麼辦？」陸鹿摸摸自個兒的脖子，她是很惜命的，可不想無緣無故被砍頭！

段勉笑她。「現在知道怕了？」

「嗯，有那麼點後怕的感覺。」

「當初就不要那麼逞口舌之快嘛。」

陸鹿撇嘴。「我還嫌罵得不夠狠呢。那死老太婆，打的什麼鬼主意，我還恨怎麼不甩她幾個巴掌……氣死我了！什麼玩意兒！」

段勉聽她恨恨罵完，不怒反笑，低頭笑笑。「好，妳想甩她幾個巴掌都可以。不過，鹿兒，妳性子實在太急躁，也太直接，要學會委婉。」

「啊？我聽不大懂。」

「算了，不懂沒關係。我想告訴妳，不用擔心羅嬤嬤進宮告狀了。」

陸鹿眼珠子骨碌一轉，歡喜問：「你是不是暗中把她給……」做個抹脖子動作，眼裡閃著興奮之光。

段勉苦笑。「我是那種殘害老弱婦童的惡人嗎？」

「那……就是把她軟禁了？」陸鹿馬上又想到另一種可能。

這次，段勉點頭。「是。」

「好耶！」陸鹿鬆口氣，拍手笑。

段勉微笑。「我幫妳解決這麼件麻煩事，可有謝禮？」

「有有有，你要什麼？」陸鹿堆起滿面笑容，討好問道。

段勉湊近，捏捏她下巴，輕笑。「妳。」

「呃……」陸鹿甩開他的手，避開他的眼神，閒閒道：「你這是趁火打劫呀！不能這樣索要回報的。」

「妳問，我答，有什麼問題？」

「有。我問是客氣，你也該客氣回絕才符合主流風俗。」

段勉直勾勾盯著她，淡笑。「主流風俗是吧？那妳是不是也要符合一下主流風俗，安靜在家當千金小姐，大門不出、二門不邁呢？」

陸鹿被反問得啞口無言。

「明天下元節，好好準備一下，我祖母、母親妳都會見著，不要怕，她們很和氣的。」段勉也沒多糾纏不清，直接跳轉下一個話題。

「我可以裝病不去嗎？」陸鹿小小唬一跳。

「不能。」段勉一口否了。

陸鹿望天想了想，轉開念頭。也好，段老太太這人比較難以琢磨，可良氏守舊古板，前一世就不喜歡她，想必這一世也不喜歡她，就在她面前好好裝瘋賣傻吧？

「妳別打亂七八糟的主意。別以為在我祖母、母親面前舉止出格、言語粗魯就能打消我娶妳的心思，趁早收起。」

陸鹿齜牙。「你、你怎麼這麼說？」

「哼哼。」段勉磨牙，看到她轉著眼珠就知道在打什麼歪主意。

「好吧，我去。」完蛋了！只要過了段老太太這關，那這門親事，她甩不掉了。

下元節的來歷與道教有關。

道家有三官，天官、地官和水官。所謂天官賜福，地官赦罪，水官解厄。三官的誕辰分別是農曆正月十五、七月十五和十月十五，這三天被稱為上元節、中元節和下元節。

下元節是水官暘谷帝君解厄之辰，在民間，也有工匠祭爐神的習俗。這一天，天氣陰沈，多風，京城各家各戶紛紛忙碌著修齋建醮。

道徒會在家門外豎天杆、掛黃旗，寫些風調雨順、國泰民安等等消災降福的字樣，一般人家則會用新穀磨了糯米粉，做成包了素菜餡的糰子當成供品，在大門外「齋天」，同時焚「金銀包」，以祭祖先、拜神靈，並於叩拜後焚化。

京城陸府也早早擺開了香案，沐浴整衣，灑水祭拜先祖。為求肅穆莊重，人人都換上深色外裳，不作喜慶打扮。

簡單用過早餐後，知府常夫人便請陸府一眾女眷出發前往無量觀。無量觀在京城西北方向，不是皇家祭壇，卻是世家權貴的首選。

大夥兒明知西寧侯段老太太一行人必定要巳時兩刻出發，可人家是誥命皇親貴婦，從來只有別人等她，誰敢讓她等呢？就是皇上都對她恭敬有加，其他世家夫人們自然更不敢怠慢她的邀請。

無量觀早就佈置好，莊嚴又肅靜，觀裡子弟們早早就迎在觀門前。

下馬車後，陸鹿發現還有比她們更早到的，是顧家。一行人被引入道觀大殿之中，待大夥兒也洗手禮拜之後，便轉入早就安排好的位置。

顧家果然派了個老婆子過來帶著顧瑤的口信，說是顧家小姐請姑娘們過去敘舊。被人請過去，那自然不能推託，龐氏叮囑幾句便讓她們去了。

陸鹿左右看了看，發現曾夫子，便衝她使個眼色。曾夫子輕輕點頭，瞅個空檔悄悄退出去了。

顧瑤早就等在偏殿，看到陸明容馬上堆起笑。「陸姑娘，可還好？」

「顧小姐。」陸明容施了一禮，也頗為高興的樣子。「原來妳也過來了。」

「那是當然。西寧侯同樣也請了我們顧家。」

顧瑤將她拉過一邊，小聲問：「聽說陸鹿又跟妳吵起來了？」

「是，她忿不過我出門作客，偏留她在家，所以就酸了幾句。」

「哼！她也配？」顧瑤陰冷道。「這等賤婢，竟然還厚臉皮跟著來？」

陸明容沒接腔。

「陸二姑娘，妳想不想讓她出個糗？」顧瑤話鋒一轉就進入正題。

「出糗？」

「對，就是出糗而已。」顧瑤笑指無量觀說：「畢竟在道觀，捉弄一下就好了。」

這個嘛，陸明容還是有些心動。雖然她有時很想陸鹿去死，可她膽小。能讓她大庭廣眾出糗，那是再好不過。心思百轉千迴，最終她忍不住問：「怎麼出糗法？」

聽她這麼一問，顧瑤就咧嘴笑了。然後從懷裡交出一小方包道：「這裡是癢身粉，妳找個機會撒在她身上或者衣服上就行了。」

陸明容接過，狐疑。「癢身粉？」

「嗯，就是癢身粉，死不了人的，妳放心。」顧瑤斬釘截鐵地回道。

陸明容不由自主想聞聞，顧瑤急忙制止。「哎，別聞！小心妳被染上癢癢。」

「哎，這麼厲害？」光聞就會癢？

顧瑤齜牙笑。「是呀，到時撒到陸鹿身上，她受不了撓癢癢，醜態百出，我們就等著笑話，怎麼樣？妳敢不敢？」

「要撒在身上？」陸明容現在不大敢挨近陸鹿。

顧瑤拉下臉色，瞪她。「膽小鬼，難怪被她欺負得死死的。」

「我？她、她不會輕易讓我挨近……」陸明容結結巴巴解釋。

「妳怎麼這麼笨呀？妳找個機會把茶什麼的潑她身上，然後借著道歉的名義幫擦洗不就行了。」

這樣好像可行？陸明容便沒作聲了。

顧瑤想了想，又吩咐。「妳要是能倒入她杯中，那是最好不過了。」

「啊，還可以喝？」

顧瑤得意的一挑眉頭。「入水無色無味，我特別為她挑選的。」

「好，我知道了。」陸明容下定決心似的猛點頭。

「對嘛，這才是我的好姊妹嘛。」顧瑤親暱地伸手一攬陸明容，又嘀嘀咕咕一陣。

帶著激動期待的心情，陸明容滿面紅光的回來。斜看一眼陸鹿，嘴角勾起猙獰笑容。這回若在段老太太面前出醜，看妳還好意思蹦躂？趁早一死了斷去吧！

那邊曾夫子對陸鹿俯耳說悄悄話，嘴邊逸著一絲淺笑。陸鹿聽罷，也帶著笑輕微點頭，然後又趴在曾夫子耳邊小小說著什麼，然後兩人一起捂嘴偷笑。

哼，笑吧！趁現在還能笑得出來，馬上就有得妳哭了！陸明容腹誹著，轉過頭竊喜。

半個時辰不到，外面傳來一陣喧譁，聽得有人報。「老太太來了！」

於是，在座的每一位都起身爭先恐後的去迎接。

陸府是商戶，自覺不搶前排，慢慢跟在後面等著。陸鹿更是一點興趣都沒有，只朝曾夫子使眼色，兩人眼神空中交會，表示明白。

顧瑤也趁著混亂朝陸明容使眼色，暗示她最佳機會來了！

陸明容拍拍懷中的小方包，深吸口氣，便帶著丫頭快速掉頭出列，因為太過緊張，行路匆匆，差點撞到別人，抬眼一看，竟然是曾夫子。

「不好意思，陸二姑娘，妳這麼急去哪裡？」曾夫子伸手扶了她一把。

陸明容忙笑笑道：「我、我方便一下。曾先生，妳怎麼在這裡？」

「哦，我落下一件東西，回來取。」曾夫子手裡晃著一只手爐。

「曾先生快過去吧，老太太已經進觀門了。」

「好，二姑娘也快去快回。」曾夫子笑咪咪回應，先行離開。

看著她轉過廊柱，陸明容拍拍心口，急匆匆的趕到原來殿內兩側的座位上。

陸鹿的水杯肯定要撒些進去，為保險起見，又撒了些在座位上，最後，陸明容還怕她沾不到，將擺在小案上的素果盤也索性撒上。完事後，她拍拍手，得意的笑。

錢嬤嬤和兩個貼身丫頭乾看著，一頭霧水，後來才聽陸明容說清原委，俱是一驚。這萬一得手，追查起來，陸明容可不是又被當槍使了？

不過，也來不及了，這時一大群人簇擁著段老太太進殿來。

段老太太長得福相，身子骨看起來也很硬朗，面色紅潤有光，眼神明亮。由良氏和顧氏一左一右陪著，加上其他貴婦的簇擁，真是前呼後擁的派頭。

無量觀的老道長前頭開路，將她這位貴客恭敬地迎進來，在正殿前沐手敬三官。

忽視那些冗長的寒暄禮節，陸鹿漫不經心的摳著手指。這一世再次看到段老太太，精神如昔，而良氏，還是那種端起架子的貴婦樣，眼神高高越過眾人，自帶優越感。

此外，又看到不少熟人。這一次，段府的小姐們全體出動，比在益城見到的還多，打扮多是莊重素淨的。

段勉和堂弟段又冕兩個護著自家這群女人來到後，自覺地退出內殿，只遠遠在人群中看到最不在狀態的陸鹿一眼。陸鹿可沒看到他，也懶得越過人群特別去看他，而是專心的摳著手指，隨著人流向殿內移動。

老人家大多是喜熱鬧的。

段老太太坐定後，便有親戚舊友的貴婦上前正式見禮，她興致高昂的每個人都說了幾句話。這麼一輪下來，差不多又過去兩刻鐘，最後才輪到陸家女眷行禮。

「請她們過來。」段老太太打起了精神。這陸府是她親自下帖邀請的，不可不見。

龐氏、陸端帶著小輩輕手輕腳的過來，規規矩矩的見禮。

陸鹿感受到數道別樣的眼光投射到身上，渾身不自在，只垂著頭，跟著龐氏的動作，見禮、起身，退侍一側，安靜又乖巧。

段晚蘿依在祖母身邊，悄悄指。「就是她，穿淺紫色那個。」

「哪位是陸大姑娘？」段老太太眼睛看著陸鹿，還故意問。

龐氏推上陸鹿，賠著笑。「讓老太太見笑了。」

「過來，我好生瞧瞧。」

陸鹿磨蹭著上前，稍稍抬眼，笑。「老太太好。」

身量還在竄升，面皮紅潤白淨，眼睛很好看，眼神卻太過跳脫靈動，五官看著還算養眼舒服。段老太太瞇起眼睛，細細近距離打量。「聽說妳從小養在鄉莊？」

「是的。」

「唔，倒沒那些小家子氣。也難得可貴了。」

這算誇嗎？陸鹿一怔。她眼角同時接收到來自良氏的挑剔瞪視，不方便回瞪，只微笑。

「謝謝老太太。」

「嗯，是個嘴巧的。」

陸鹿便閉嘴什麼都不想說。

段老太太又問了些家常雜事，便擺手。「難得來一趟京城，好生玩吧。」

「是，老太太。」

陸鹿自覺退開。陸家見禮完後，無量觀便開始進行下元禮祭拜水官儀式。

儀式過程中，陸明容一直目不轉睛的盯著陸鹿，眉頭越皺越深。

陸鹿只悄悄打著哈欠，低頭摳指甲。

一直進行到正午。無量觀特別準備了素食精齋，下午另有安排活動，就是在觀前擺開流水席，周濟各方百姓和道友。

無量觀擺開素齋，老太太自然是眾人擁簇著坐上首，其他各位按品級身分兩旁落坐。陸府是在座之中最末流的，自然排在靠門邊。

陸鹿與旁邊的曾夫子用眼神交流，後者不露痕跡的低低下巴。

怎麼回事？怎麼藥效失靈了？陸明容苦惱的絞著手帕，看看若無其事的陸鹿，又看看斜前方的顧瑤，心裡直打鼓。顧瑤則遠遠瞪著陸明容，輕動嘴唇，好像在罵人。

素齋擺上，顧瑤先喝水漱口。溫水入喉，就有股淺淺的香味，雖不明顯，但縈繞鼻端。她還奇怪了下，對身邊另外的女伴說：「沒想到，無量觀這次的茶水特別好聞。」

「好聞嗎？」女伴是遠房親戚，並不覺得。

「咦？怎麼好熱？」顧瑤摸摸臉，感到熱乎乎的。

第六十六章

「殿內燒著炭火，當然熱嘍。」

「不對。」顧瑤扯著衣領。「不對勁，身體好熱，好難受……嗯！」

女伴奇怪地看她一眼，沒搭理。

顧瑤感覺到口乾舌燥，那股熱勁不是外熱所致，是從身體裡面散發出來的。她渾身發癢，要扭來扭去好像才不那麼難受，她嬌嗔一聲，軟軟糯糯。

「不行，我受不了……熱死了！」顧瑤額頭細汗直冒，臉色緋紅，眼神迷離，微張著嘴使勁扯著衣襟似哭非哭地嚷：「啊～～難受，又癢又熱……」顧不得形象問題，她在座位上扭來扭去快扭成麻花了。

「哎，顧小姐，妳怎麼啦？」有人發現她不對勁了。

顧瑤頭腦空洞，眼神無法聚焦，只是嘴裡「啊啊嗯嗯」哼著，身體扭擺著嬌喘吁吁。

「瑤兒！」顧家長輩也看到了，急忙過來扶起她。「哪裡不舒服？」

「哦，舒服了……」顧瑤站起來，兩腿扭來蹭去，脫口而出。

「我的天啊……來人！」

對面發生狀況，陸鹿看得一清二楚，陸明容自然也看到了，先是迷茫的看著，而後想到什麼，眼睛瞬間瞪大，扭頭看向陸鹿。

陸鹿衝她展顏一笑，問：「哎，妳說她當場發騷是不是因為看到了段世子？」

陸明容嚇得慌忙又扭回頭。

「不要～～」顧瑤被人扶著，還在哼哼唧唧的發嗲，外套已被她脫下，只露出裡面中衣，還自己在身上亂摸，表情愉悅又痛苦。

婆子們嚇壞了，在顧家長輩的吩咐下霸蠻的攙扶下去，誰知越多人手挨近顧瑤，她就越興奮，啊啊嗯嗯不斷，還四下拋媚眼，沒有一點大家閨秀的風采。

段老太太在上首坐著，眼神陰沈，轉頭對顧氏吩咐。「去問問怎麼回事？」

「是。」

堂堂無量觀怎麼能出這種岔子了？顧瑤不可能無緣無故在大庭廣眾做出這種醜態，還好發現及時，再不制止，還不曉得她會做出什麼舉動來！

騷動過後，大家都心神不寧的重新歸坐。

段老太太一句話又令人提心吊膽。「仔細檢查入口的杯碗勺筷。」

這項工程就浩大了！各家婆子、丫頭齊齊上陣重新擦拭替換，還驚動了無量觀當家老道長。當家老道長雖然七十多歲，也不方便陪同進餐，一直在另一邊的殿內，聽說這邊出事了，才匆匆趕過來。

顧瑤被扶到偏殿內室，顧瑤的母親抱著她就哭。「我的兒呀，妳這是中了什麼魔障？」

一邊的顧氏冷靜些，吩咐。「快取冷水。」

冰冷的水潑上顧瑤的臉，令她打個寒顫，她意識稍微清醒些。「我怎麼在這裡？」

「阿瑤，妳不記得方才的事了？」

「什麼事呀？」顧瑤扭蹭身體拉著顧母。「母親，我身體怪怪的，又熱又癢呢！哎喲，又來了。」一股麻酥感如電流般從她尾骨竄上，顧瑤忍不住嬌吟。

顧母飛快捂著她的嘴鼻，衝婆子道：「多取些冷水來。」

更多冷水取來，丫頭們拿了毛巾給顧瑤擦背降溫，她還被逼著喝下一點溫度都沒有的生涼水。寒沁入喉，體熱才降了不少。

「我怎麼啦？」她自個兒還糊裡糊塗，驚慌得快哭了。

「阿瑤，妳是不是吃了什麼不該吃的東西？」

顧瑤搖頭，看向自己丫頭，後者忙上前。「回夫人，並沒有。小姐的吃食都是跟大家一樣，茶杯也是自帶的。」

「是啊，姑母，我今天胃口並不好，早起也只吃了一碗米粥，入觀後，偶爾嚐了兩塊點心，並沒有多吃什麼。點心，我記得就放在桌上，其他人也吃了。」

「茶水呢？」顧氏疑。

顧瑤被冷水抹身後，體內那股怪怪的癢感減輕一些，到底還是有的，夾著兩腿艱難的歪頭想了想。「茶水？是小玉去觀裡續在壺中的，壺是公用的，其他姊姊妹妹也有用。」

顧母想了想。「妳吃喝都算極小心，全都是公用，但別人沒事，偏妳有事，那就是茶杯的問題。」

顧瑤更想不通了。「茶杯可是我家常用慣了。」

顧氏抬下巴吩咐婆子。「去找人檢查茶杯。」

「找什麼人？請世子爺查查就曉得了，真要有人做手腳，必定瞞不過世子爺。」顧母顯然認為請專門的人檢查太過耽誤時間，段勉的多才多能親戚舊友都知曉。

顧瑤桌上的東西都被撤下去了。

段勉神情凝重的檢查一應物件，眉頭緊擰，拿起茶杯聞了聞，並沒有特別的氣味。

「怎麼樣？」顧氏催問。

段勉吸吸鼻子，看向顧瑤脫在旁邊的外套，平淡回道：「是媚藥的味道。」

「什麼？」顧氏失口驚叫。

隔壁屋的顧瑤也豎起耳朵聽，她本來不好意思面對段勉的，可聽到他的判斷，當即就衝出來，大聲問：「你說什麼？再說一遍。」

段勉看她一眼，淡定從容。「茶杯裡有媚藥的淺味，只有茶杯有。哦，衣服上還帶有癢身粉的怪味，但也極淺。」

「啊！」顧瑤突然抱頭尖叫。

段勉後退一步，離她遠遠的。

顧氏和顧母兩個急忙又哄又勸。「瑤兒，別怕別怕，這事肯定是有人故意要害妳！等著，我們會為妳出這口氣。」

「是她，一定是她！」顧瑤面容扭曲地嚷。

「誰？」

「陸鹿那個賤婢！」顧瑤咬牙切齒。

段勉一聽，挑挑眉頭，然後稍加沈思，又露出恍然大悟的表情。定是顧瑤想害陸鹿，反而被陸鹿以其人之道還之，所以她才會一聽是媚藥就不假思索的指證陸鹿。因為，原本要在大庭廣眾出這些醜態的人，應該是陸鹿。

顧瑤還在聲嘶力竭的咒罵，段勉冷著臉橫她一眼。「嘴巴放乾淨點。」

「世子表哥……」顧瑤瞬間閉嘴。

顧氏和顧母也瞪大眼看向他。

「我親眼所見，今日陸大姑娘都沒有靠近妳，妳再這樣紅口白牙胡言亂語，別怪我不客氣。」段勉語氣不是開玩笑。

「世子爺，你怎麼可以這麼對我家瑤兒說話？」顧母急了，抱著顧瑤道：「她才是被算計的那一個！」

「是嗎？誰算計誰，她心裡清楚。」段勉用非常輕視的眼神看向顧瑤。「搬石頭砸自己腳的事，妳怕是第一次遇到吧？」

「你、你怎麼可以這麼說我？我、我哪裡比不過那個賤人?!」顧瑤狂喊出聲。

段勉懶得理她，看向顧氏點點頭。「嬸子，我會去跟老太太說明的。」

「等等，阿勉，你要怎麼說？」顧氏急了。

段勉冷橫一眼顧瑤道：「實話實說。」言罷，轉身出門。

「嗚嗚嗚……我、我不活了！」顧瑤跌地傷心大哭。

顧母慌忙抱起她，也哭道：「我的兒呀，妳可千萬想開點。」

「娘，我就喜歡世子爺，我就喜歡世子表哥，為什麼他會這麼討厭我？嗚嗚嗚……」顧瑤此時也顧不得別的，把心裡話都倒出來。

顧氏一旁看著，臉色沈下來，問：「阿瑤，妳說，究竟怎麼回事？」

「姑太太，瑤兒都這樣了，妳就不要逼問她了。來人，收拾包裹，我們回家。」顧母覺得丟臉，沒法再待下去了。

「娘，我不要，我不要回去！我若回去，只怕以後就再也見不到世子表哥了。」顧瑤心心念念還在段勉身上。

「乖女兒，放心，娘會想辦法的。」顧母伸手為她抹淚，又看向顧氏道：「姑太太，煩勞向老太太說一聲，我們娘幾個就不過去告辭了。」

顧氏嘆氣，到底是娘家姪女，看著長大的，便應了。「嗯，我會跟老太太說的。不過，阿瑤呀，妳再怎麼喜歡阿勉，也要收斂點。妳看這樣弄得，他越發憎惡妳，倒叫我跟妳娘怎麼幫妳完成心願呢？」

「啊，姑母，妳願意幫我完成心願？」顧瑤一下收淚。

顧氏看看屋裡，都是自己人，便放低聲音道：「妳乖乖聽話，還有機會。這親上加親，段府也是默認的，千萬別再像今天弄巧成拙了。」

「今天這事……」顧瑤還要辯解。

顧氏打斷她。「唉，妳別說了。阿勉說得對，從頭到尾陸大姑娘就沒挨近過妳，妳怎麼能一口斷定是她所為呢？茶杯與外套，能是外人可以挨近取得的嗎？」

「可就是她做的呀！除了她，我沒跟其他人結怨。」顧瑤不服氣了。

顧氏冷笑。「那就是她身邊有高人嘍？」

「一定是她身邊的人暗中下手。」顧瑤認可這個推測。陸鹿的確沒靠近過她，根本不可能接近她的私人用品。她頭腦一轉，想到最大嫌疑人。「陸明容，一定是陸明容反水了。」

顧氏和顧母一聽，雙雙對視一眼，齊齊制止。「打住，有什麼話回去再說。」反水？這詞一出，她們也就印證了事實。

收拾齊備，在離開無量觀的路上，顧家母女同乘一輛馬車，顧母細細問清了顧瑤的手法後，搖頭。「大意了，也冒失了。」

「娘，我這不是聽說老太太特意請陸府的女眷上京，就為了相看那賤婢嗎？所以急急想出這個主意，就是要她在老太太面前出醜。」

「主意是好，可惜所託非人。」顧母還是搖頭。

顧瑤卻肯定道：「不是呀，我打聽過了，陸明容恨死她這個嫡姊了。」

「就是再恨，到底是一家人。」

「不是的，娘，我當初跟陸明容說的是癢身粉，她沒起疑。她笨得要死，到現在還認為我是真心要結交她呢。」說起這個陸明容，顧瑤心情舒坦些了。太笨了！一個商戶庶女，還天真的以為她真想跟她做朋友，真是笑掉大牙。

顧母眼色暗下，若有所思。「這麼說，從一開始，妳這個主意就讓人聽了去？妳想想，當時旁邊可有其他人？」

顧瑤仔細回想，慢慢搖頭。「我既然想到這條主意，自然也是格外留神的。跟陸明容說話時，還特意找個僻靜的地方，婆子、丫頭都散開去，聲音也放低了，實在想不到會有人聽見，只可能是陸明容反水了。」

「就算反水，為什麼會同時出現兩種藥粉？」

顧瑤也一下聽出重點。「對哦，我交代給陸明容的明明是癢身粉，其實卻是媚藥；就算對方反制於我，癢身粉又是怎麼出現的？」

顧母眼光閃動，抿緊嘴冷冷道：「看來，她也是有備而來。」

「好狡猾惡毒的女人！」顧瑤握緊拳頭，恨恨咒。「一定是陸鹿，她見老太太疼我，多說了幾句話，心生嫉妒，也做好讓我出糗的準備。」

顧母沒作聲，陸鹿怎麼樣，她暫且擱一邊，還有個關鍵問題，她得問清楚。「瑤兒，妳跟娘說實話，妳從何得來媚藥的？」一個小姑娘家家的，知道有這種藥就夠丟臉了，還能拿到？誰給的？

「……娘！」顧瑤一怔，嘴角抽了抽。這、這不大好說呀！難道真要供出提供藥物的人？大意了！

「說！」顧母也毫不留情。事關重大，兒女該疼就疼，該嚴厲也自然要嚴加管束，何況這等關乎大戶小姐名聲清譽的大事。

「我、我……」顧瑤支支吾吾。

車輪滾滾，駛過街坊，帶起零星殘枝敗葉。

無量觀內，因為發生顧瑤這麼一件鬧劇，氣氛有些難堪。

加上段勉回來，俯耳對著老太太一頓嘀嘀咕咕，老太太情緒顯然受到影響，看一眼若無其事的陸鹿，又看一眼自家長孫，鬱悶說：「年紀小小就會這些不入流的手段，真真是看錯她了。」

「祖母息怒，還好有驚無險。」

「哼，小小年紀，倒會以其人之道還治其人之身，她身邊有高人呀！」段老太太是全信了段勉的話，又補充一句，眼光巡過陸鹿身邊。

段勉掩飾道：「她是吉人天相，哪有什麼高人在側？」

所謂薑是老的辣，段老太太幾十歲的人，什麼人沒見過？真要較真起來，誰能矇得了她？她眼光掃巡了陸鹿身邊人後，指著曾夫子。「那是誰？」

「據說是教導陸大姑娘禮儀的先生。」

段老太太面上浮現了然。「原來如此，這招高明。」

祖母，您老人家真當得起慧眼如炬啊！段勉眉頭一挑，心中感慨。

祖孫倆說著話，觀內素齋繼續。

少了顧家女眷，並沒有什麼不同，只是徒增一點茶餘飯後的笑料罷了。

茶餘飯後，段老太太便藉口乏了，後續交代給良氏和顧氏在無量觀繼續應酬，由段勉和幾個不大喜歡道觀的孫女輩陪著先回家。

段老太太一走，一些貴婦也離開了，氣氛卻也比原先活躍多了。

陸鹿跟曾夫子兩個躲在角落的避風處說悄悄話。「先生哪裡搞來的癢癢粉？」

曾夫子早就想好對策了，笑著解釋。「昨天妳不是說要去弄迷藥嗎？我順便就弄了些其他古怪的藥帶在身邊，以防萬一。」

「哦，還是先生考慮周到。」陸鹿表示佩服。一般媚藥令人發騷，但萬一在大庭廣眾下失效呢？配上癢身粉，雙管齊下，不愁顧瑤不脫衣服。

「還是妳機警，說要防著二姑娘，果然有名堂。」

陸鹿冷笑。「呵呵，顧瑤那麼勢利眼的女人，怎麼可能真心結交一個商戶庶女？她一定懷著不可告人的目的，而且多半是衝著我來的。」

曾夫子默默點頭。「想不到如今的千金小姐壞水這麼多，這可是最下流最毒的法子，毀人清白，這是要把人往死裡逼呀。」

「哼，跟沒見過男人似的，為了段勉，至於嗎？」陸鹿相當鄙視。

曾夫子卻苦笑。「若說為段世子，至於。這個位置，許多人家搶破頭的。」

「唉！搶去唄，只要不算計到我頭上就行了。」陸鹿望天嘆氣。

曾夫子沈吟說：「看今天妳的表現中規中矩，不知道入了老太太眼沒有？」

「估計沒入。」陸鹿又歡喜起來。「吃飯時，她拿眼巡掃我，極不友善的。」

「不友善嗎？我倒覺得她看我的眼光，是在審視呢。」曾夫子喃喃自語。

「哈哈，管她呢。反正，沒留下好印象不正合我意？走，我們去後邊瞧瞧可有好景致。」陸鹿只怕入了段老太太眼，她知道，一旦老太太不喜歡，段勉再怎麼堅持也沒用。如今段府當家作主的，還是段老太太。

段府，段勉護著老太太回來，剛到門口，就有家人報：「老太太，國師來了。」

「這真是太好了。快請！」段老太太一掃疲倦，精神大振。

國師天靈子在太上觀主持完儀式，便直接來西寧侯府串門。一來是段老太爺的病也揪著皇上的心，到底是皇親；二來，段征、段律都手握要權，再加上一個從邊關回來的段勉，同國師多少有點交情。

段老太太與國師相互見禮後，分賓主落坐。先是寒暄了一下無關緊要的瑣事，從段老太爺的病扯到宮裡太后娘娘的身體健康方面，又說起太上觀和無量觀的節禮儀式。最後，段老太太才緩緩轉入段勉的婚事上。

天靈子笑了。「世子爺也到了說親的年紀，這是好事。」

「可惜他那個怪脾氣，別說外頭女孩子們，就是家裡姊姊妹妹，都不耐煩搭理。」

「那是沒遇見對的人。」天靈子安慰。「我觀世子爺，紅鸞星動，怕是最近有喜事將近了。」

「果真如此？」段老太太心裡一喜，欠身笑。「國師不愧是能掐會算。最近倒有門親事，只怕要結上了。姑娘家的八字也拿到了，煩請國師相看相看可合緣？」

「也好。」天靈子倒挺樂意的。

段勉都快二十的人，沒娶親就算了，親事也沒訂一個。雖說他有厭女症，但人品、家世擺在那裡，怎麼著也能挑出一戶中意的吧？別說段府急，宮裡太后也急。差點就要逼皇上指婚了。

太后和段老太太是堂姊妹，也憂心著段府男丁單薄的事，盼著他們家早點開枝散葉，也好為皇族多添助力不是？

陸鹿的八字很快取了過來。天靈子仔仔細細看過，滿面堆笑。「恭喜老太太，這是天作之合的姻緣呀！」

「哦，天作之合？真的這麼配？」

「沒錯，天造地設的一對，難得的佳偶。此女宜家宜室，且夫運高升，是不可多得的一樁姻緣。」

段老太太聽他這麼說，都懷疑他是不是收了陸府好處？

「那，她自身運道如何？」她這麼問是想考考天靈子到底多靈。

天靈子又瞄一眼八字，搖頭。「幼失生母，生長艱難，兄弟姊妹運也是一般般。好在，命中帶貴，晚年享福。」

這倒也符合陸鹿的經歷，生母早亡，成長在鄉莊，家裡兄弟姊妹聽說關係一般般的。段老太太輕微點頭——沒錯，對得上。

天靈子頗感興趣。「不知此女如今可在京城？」

「她還真就在京城。國師要見，便請她過來見見就是。」段老太太笑。

「莫非是侯府遠親？」天靈子微吃驚。說請就請，肯定不是權貴世家的小姐，只有寄住在段府的遠親近友怕是能隨請隨到。

段老太太淡然一笑。「國師難道沒算出她的出身來？」

天靈子回想了下恍悟道：「原來不是名門世家千金，怪道命格有些古怪。」

「怎麼個古怪法？」

「一生衣食無憂，可幼年艱難，還有一次血光之災，若避過，萬事大吉、鬼神皆避……」停頓下來，天靈子思索了下，又道：「貴人運極好。不過……」

他隱約覺得這個命格有早亡的先兆，可是看生辰，卻已活過十五歲，那就表示此後又一路順風了。怪，忒古怪了！他強烈的想見見本人。

段老太太當場就想拉長臉了。開頭說得好好的，什麼天作之合、命中帶貴，越到後面卻說出真相，什麼血光之災，這算什麼？段家要娶的女人不但要清清白白的家世，運道也要平平順順的！

天靈子卻早早斜了段老太太一眼。廢話，妳們這班貴婦老太太不都喜歡聽場面話嗎？我自然要挑好話說在前頭，難不成一開始就全盤托出此女命格奇怪？

「國師，這個血光之災怎麼消？」

「老太太放心，此女命中的血光之災已避過，此後一生無憂。」

「哦，原來已消災了。」段老太太提起的心又慢慢放回原位。

看看窗外，天氣陰沈沈的，起風了。陸家女眷應該還在無量觀吧？段老太太不大放心，還是著人去把陸鹿請過來。

段勉有些緊張不安。若是祖母和母親反對，他可以據理力爭；但若是國師天靈子瞧出不對勁，反對這門親事，那只有最後一招——進宮求聖旨了。

沒多久，陸鹿就由著龐氏等人陪同前來。

段勉剛想去迎，打算悄悄叮囑幾句注意事項，卻被段老太太那邊的婆子攔住了。「世子爺，老太太和國師正等著呢，你請外邊等吧。」

段勉拗不過，只好遠遠向陸鹿看去，希望她看過來，好使個眼色什麼的。

陸鹿卻懶得理他，跟著老太太的人就進了內宅。這是她今生第一次進段府，卻沒有絲毫的熟悉，只有陌生，這一庭一廊一磚一瓦對她沒有其他的意義。平心看去，莊嚴肅重，有舊式大家的恢弘：往裡走，可見精緻設計，說一步一景有些誇張，十步一景卻是有的。

段老太太的堂屋，陸鹿仍然記得，還如記憶中一樣富麗卻不浮華，處處精心佈置，彰顯了大戶人家內宅的氣派。

庭廊之下，來往穿梭的婆子、丫頭最多，衣著皆新式整潔。

段晚蘿幾個平時都在祖母處湊趣，今天卻被請在廂房，她們也不知道祖母跟國師天靈子說了什麼，直到傳出派人去請陸鹿，這才好奇地湧過來聽最新消息。

段晚蘿的丫頭扯扯小姐，低聲悄悄說了幾句話。

「哦？大哥要打聽消息？」

「是，鄧葉傳進來的，說是煩勞小姐幫著打聽一下老太太因何招陸大姑娘過來敘話？」

「我懂了。」段晚蘿心下了然，微微一笑。於是，湊熱鬧最起勁的一眾堂姊妹庶姊妹中，就數她了。

施禮見過段老太太，陸鹿這是兩世為人，也是第一次見到傳說中的國師天靈子。沒什麼特別嘛！長袍寬袖，執拂塵，黑髮黑鬚，個子中等，身材也有些臃腫，並不如陸鹿想像中的仙風道骨，就是一般修道中人。

國師天靈子也很意外。這丫頭眼神不閃不躲，堂堂正正打量自己，不敬不畏，好像還透出失望之色，啥意思？鄉莊養大的，難道沒聽過他的名頭？不該畏畏縮縮、驚惶不安嗎？

「妳們先下去吧，我跟陸大姑娘說幾句話。」段老太太怕國師天靈子認錯，因為來的小姑娘太多了。所以，單獨留下陸鹿讓國師好好相看相看。

「是。」龐氏施了一禮，又向陸鹿悄聲叮囑。「別亂說話。」

「知道了，母親。」

龐氏一行人被請到另一堂屋好生招待著。

段老太太也不避諱，直接道：「國師，可看清楚了。」

天靈子圍著陸鹿轉了兩圈，不露聲色點頭。「嗯，不錯不錯。」

看牲口是吧？陸鹿臉上不耐煩了，趁著現在沒有其他人在旁，她正好表明心跡，免得真把她跟段勉送作堆。「老太太，我也有話說。」

段老太太和氣地道：「說吧。」

陸鹿看一眼天靈子，欲言又止。

「國師不是外人。」姜老太太笑咪咪擺手。「再說也沒什麼事能瞞得了國師。」

「哦。」這麼神奇？妳信，我才不信呢！

斟酌了片刻，陸鹿才小聲上前道：「老太太，多謝妳喚我進來開開眼界，這是我第一次見識世家高門風采，果然不是我等富商人家可比的。」

「嗯哼。」這話段老太太愛聽。

陸鹿繼續謙虛道：「雖然只匆匆一眼，可園子裡的景致真真好看。」

段老太太但笑不語。當然比妳家好看嘍！就妳那鄉下人眼界，不驚豔才怪。

「不過，景致好看歸好看，瞧瞧五步一哨、十步一崗的規矩，實在太過嚴苛。」

第六十七章

「妳說什麼？」段老太太聽得直皺眉頭。她竟然挑起毛病來了？

「我說，大戶人家規矩就是多，這大冷天的，屋外廊下站滿了丫頭、婆子，擺設還是排場呀？」陸鹿眉梢微挑，笑嘻嘻問道。

段老太太眼神頓時就陰沈下去。

「反正我是沒想通，有手有腳的，卻要這麼多人服侍，感覺很不好。老太太，您說是不？」

見臉色，段老太太已經對她不喜了。陸鹿要的就是這種效果，她不喜，這門親事就結不成了。

「哎呀，還是小門小戶過得舒坦，四處走動，不用跟著一群尾巴，太不自由了，沒勁！」陸鹿還在大放厥詞，神色嚮往道：「尤其是在鄉間，下河摸魚，上樹採野果，冬天圍爐烤地瓜，夏夜捉螢蟲，神仙日子呀。」

段老太太冷笑。「那妳去過妳的神仙日子吧！」

「多謝老太太。」陸鹿立即認真的施一禮。有妳這句話就成！

神情相當不悅的段老太太看著她退出門外，轉向天靈子，語氣正色。「勞駕國師白跑一趟。」

「老太太客氣了。」天靈子撫撫鬍鬚，若有所思地笑道：「這位陸大姑娘倒是特立獨行，想不到商戶人家竟有此等奇女。」

「奇女？如此乖張，確實少見。不過，這門親事嘛，是萬萬不可結。」

天靈子笑了，說：「老太太，他們二人八字相當合，真真是絕配佳緣。」

「我們侯府當不起這等乖張出格的奇女子。煩勞國師了……」段老太太心下主意已定，起身欲送客。

天靈子卻緩緩道：「八字合在其次，此女還有一等好處，只怕老太太感興趣。」

「哦？」段老太太眉頭皺得深。「就她，還有好處在身？」

「沒錯。據貧道觀相，此女善生養。」天靈子輕描淡寫。

「什麼？」段老太太臉色瞬間變了，驚喜問：「可瞧出生男生女？」

這是段府的魔咒，男丁單傳好幾代，也就段老太太生出兩個兒子，往上祖宗們都是一根獨苗，而段律和段征納妾不少，也只各得一位嫡子，反而女兒們不少，愁死段家長輩了。

「善生男。」天靈子拿起八字看了看，又瞇眼算了算，估守估計。「至少可連得三男。」

「哈哈哈……好，好，好！」段老太太拍腿大喜。管她乖張還是古怪還是調皮不懂事，保證能生男娃就行了！單衝這一條，就鐵定要迎進家門！多少年了，段府多少年沒有三男出生了？天可憐見的！

陸鹿還以為把段老太太給唬到了，出來跟龐氏會合時，滿面輕鬆自在，還在喜孜孜盤算。親事結不成，但自己名聲好像不大好，那就自覺點請陸靖把她送到姑子廟去唄。然後，等嚴冬過後，再跑路。對，就這麼辦！

主意已定，陸鹿臉色如沐春風，陸端不禁低聲問她。「老太太跟妳說什麼了？」她帶著乖巧的笑。「也沒說什麼，只問了些平常的話。」

兩個表妹興奮問：「國師呢？有沒有跟妳說什麼？」

「哦，國師還誇我面相好，晚年有福，命中有貴人相助呢。」陸鹿隨口胡扯，眼角瞄向安靜的陸明容。

陸明姝也小心問道：「大姐，國師為什麼給妳相面？」

「這個嘛，大概是看我骨格清奇吧。」

這句就是典型的胡扯了，大夥兒都聽出來了，四個平輩都想送她一記白眼。

沒多久，段老太太親自送國師出院門，然後回頭熱情招待了龐氏一行人，直到黃昏才放行。

「不對勁啊！」坐在馬車內的陸鹿小心思又琢磨開了。「段老太太的舉動非常不對勁。」

陸明姝和曾夫子跟她同坐一車，對視一眼又問：「哪裡不對？老太太今次算是破格款待了吧？」

「就因為破格，這麼熱情款待，才不對勁。」陸鹿想不通。把國師送走後，不是該把她們一家也趕緊送走嗎？款待個屁呀！

陸明姝掩齒輕咳一聲。「大姊姊，妳又說胡話了。」

「陸大姑娘，我說句實話。」曾夫子斂下臉色，道：「這次入侯府，妳跟段世子的親事十之八九是成了。」

「糟糕透頂。」陸鹿用四字評價。

陸明姝難掩惆悵，嘆氣。「恭喜大姊姊。」

「明姝，妳不要難過，容我再想想辦法。」陸鹿還安慰她。

陸明姝苦笑。「這等好事，大姊姊還想怎麼樣？」

「我原先跟妳說過，這滿天下都可嫁得，除了皇宮和段府，就這兩處不行。我不是騙妳，我是認真的，所以，我是真苦惱。」陸鹿保證。「我可不是矯情。」

明姝嘆氣，低頭不語。當初陸鹿是這麼說過，今天也親眼驗證了，段府是夠富麗堂皇的，可那一屋子段小姐們是真嚇到她了。原來去益城避暑的段小姐還只出來一半呢。真的有這麼多庶小姐呀！還好兩位夫人生了嫡子，不然，看著這滿滿庶女，夠心塞！真不是每個正室都是石氏那般寬厚的。

「陸大姑娘，妳也別苦惱了，安心待嫁吧！」曾夫子也掩齒打趣。

「我這心是不可能安得了了！」陸鹿絞著手指。「到底哪裡出差錯了？是不是我說得還不夠出格，太含蓄了？」

「大姊姊，妳說什麼出格話了嗎？」

「沒有。我是說，我在老太太面前表現得不是很好，她不應該喜歡我才對。」

曾夫子笑。「我瞧老太太是格外喜歡妳了，臨走不是還單單賜妳一串手珠嗎？」

說到這個，陸鹿很無語地從懷裡翻出來。是串石榴醉紅晶石串珠，難得的是顆顆如一，光澤誘人，一拿出來時，段家幾位小姐都不禁起了騷動，想必價值不菲。

「妳們誰要？我轉贈。」陸鹿嫌棄地拎起來。

曾夫子和陸明姝兩個瞪眼望她。

「大姊姊，好生收著，這是段老太太所贈，不能轉贈的。」

「麻煩大了！」陸鹿往後一倒，靠在車壁上沮喪的長長嘆氣。

京城陸府，喜氣洋洋。不同於外頭的歡天喜地，陸鹿回到小院子，就撲在榻上垂頭嘆氣。是真的無法挽回，還是仍有一線轉機呢？動腦子想想，一定有法子的！

法子還沒想到，岔子卻來了。陸鹿本來把主意又打在陸明姝頭上，她料定今晚段勉可能會潛入，就去找曾夫子取藥，結果春草卻回報道：「曾先生不在屋裡。」

「去哪兒？」

「不知道。小丫頭說曾先生早早安歇，不許打擾。」

陸鹿不信邪，自己跑去敲曾夫子的門。結果，真的不在。

「奇怪了！曾先生會去哪裡？」陸鹿百思不得其解的回房，也不是很擔心。畢竟曾夫子會武，縱然偷溜出去，也能自保。只是，她的計劃又泡湯了！

陸鹿在燈下又開始打其他的歪主意。

要不要把陸明姝騙過來說閒話，然後等她睏極就邀她一起睡，等段勉來了，趁他不注意敲昏他，把兩人放一起呢？這法子極損，可能得不償失。萬一段家把她們兩堂姊妹一娶一納呢？再想想……

她又想了好幾個，都一一否決了。連春草都打哈欠勸道：「姑娘，歇了吧？高興勁過了，明天還要早起呢！」

「誰說我高興了？」陸鹿訝異。

春草更吃驚。「姑娘跟世子爺的親事，難道不是板上釘釘？姑娘這麼晚沒睡，不是在高興，莫不是難過？」

「春草不賴嘛，學會反問了？」陸鹿輕巧白她一眼。「不過，觀察力還有待提升，我一點都不高興，當然也不是難過。」

春草默然看著她。

「算了，這種感受妳不會懂，妳先去歇吧。」

「姑娘，妳也歇了吧，這大冬天，這麼乾坐著，不難受嗎？」

「我知道，我等等曾先生。」

「姑娘知道曾先生去哪裡了？」春草大驚。

陸鹿嘿嘿笑。「不知道，所以才要為她留一盞燈嘛。萬一曾先生回來，黑天瞎火的摔一跤怎麼辦？總之，春草，妳先去睡吧，我好著呢。」

春草還要堅持相陪，架不住今天起太早，睏意強烈襲來，終於沒熬過陸鹿。在窗前晃來晃去的陸鹿伸展活動四肢，聽著呼呼寒風，腦子胡思亂想。曾先生大晚上跑哪兒去了？段勉這傢伙到底來不來？要是來了，怎麼打探消息？

就在陸鹿昏昏欲睡之際，窗欞傳來她久等的叩響。

第一時間激靈一醒的陸鹿撲過去打開窗，寒風撲面，顧不得冷，抬眼一看果然是段勉，還問：「怎麼才來？」

段勉嘴角勾勾，泛起個無奈的笑，站在窗外，壓低聲音。「妳在等我？」

「嗯，我知道你今晚肯定會來。」陸鹿退開一步，讓出位置。

段勉卻沒有跳進來，而是沈下臉色問：「曾先生在嗎？」

一來就打聽曾先生，什麼意思？陸鹿錯愕，以為聽錯了。「她，好像不在……」

「那糟了！」段勉輕輕擊掌。

「出什麼事了？」

「曾先生可能要出事。妳先歇著，我走了。」

「哎，等下。」陸鹿撲出窗臺去扯他外衣，正好讓她拽住了。

側身看著陸鹿半邊身子探出窗臺的段勉哭笑不得，玩笑道：「這麼捨不得我走？」

陸鹿將他拽扯得靠近一點，然後撩撩頭髮低聲道：「把話說清楚，什麼叫曾先生可能要出事？你怎麼知道的？為什麼一來就打聽曾先生？你不是說跟兩位先生不熟嗎？」

對著她連珠炮式的提問，段勉不答，而是推託道：「不關妳的事，回屋暖和去。」

「她是我先生，怎麼不關我的事了？段勉，你最好把話說清楚，不然……」陸鹿眼珠轉轉，不然怎麼辦呢？

段勉輕輕一笑。「呵，不然怎麼樣？鹿兒，我祖母那一關，妳也通過了，安心在家待嫁吧！」

「這件事，我也很好奇，為什麼令祖母這麼容易就通過了？她不是個那麼好講話的人呀！」

段勉握住她拽外衣的手，笑。「我祖母一向很好說話，等妳以後進門就知道了。現在，乖，去歇吧，我還有事。」

「說清楚再走！」陸鹿固執地堅持不肯放手。

段勉將她推進窗內，柔聲道：「等我辦完事再跟妳說可好？我再不走，曾先生真要出事了！」

「這麼嚴重？好吧，那你只告訴我一句，她去哪裡了？」

段勉微沈吟，低沈道：「她可能去行刺仇人了！」

「啊？」陸鹿脫口驚呼。曾先生在京城有仇人？這個念頭一閃而過，陸鹿馬上又追問：「你怎麼知道的？仇人是誰？」

段勉微微掙開她的手，好言安慰。「等我回來再說。」

「好吧，我就信你一次。段勉，小心點，要把曾先生安全帶回來。」陸鹿也是明理的人，懂得事有輕重緩急。

段勉伸手撫撫她的臉，柔聲道：「我知道。」

「去吧。」陸鹿偏頭躲開他不老實的手。

段勉深深看她一眼，退開，躍身消失在夜色裡。

陸鹿卻再也平靜不了。先是在火爐邊坐等，支著腮，冥思苦想曾先生最近的表現，挺正常的。今天一起坐馬車回來，也一點異常都沒有，還說說笑笑的，怎麼晚上就潛出去行刺了？

後來，實在等不起，又鑽回被窩繼續過濾曾先生的一言一行。忽然有個大膽念頭竄出來，陸鹿失口自問：「難道曾先生也被段勉收買了？」

從益城別院回城後，兩位先生就好心好意的搬來跟她同住，還以為真是為她著想呢！原來這一切是段勉的授意？

被這個念頭嚇到的陸鹿倒吸了口氣。如果假設成立，這個段勉還真是對她下血本呀！但也太不尊重人了吧？不但把毛賊四人組給唬住了，小懷收買了，還把兩位先生給收服了，特意安插在身邊，為的是監視她吧？可惡！

最後，陸鹿懷著這種憤憤不平的心情入眠。等她一覺醒來，天已大亮。

洗臉梳頭的工夫，陸鹿問：「曾先生可在？」

夏紋回報。「曾先生受了風寒，已經吩咐廚房熬藥了。」

「哦，我去看看她。」

內室，龐氏笑瞇了眼。段府派人送了時鮮的瓜果點心來，還有一碟點心指名給陸鹿。

陸明容一旁看得手帕都要絞爛了，咬唇死死瞪著滿臉開心的陸鹿，心裡大恨——憑什麼？

「哇，紅豆糕？我最愛吃。」陸鹿也不客氣，道聲謝接過。

龐氏笑話她。「這以後，還怕少了妳的？」

「嘿嘿。母親，我們幾時回益城？」陸鹿哂笑。

陸端回答：「暫時不回了，先等妳爹過來再說。」

「啊，我爹也會上京來？」

「這是自然的。」

龐氏揮手驅趕一眾人。「這些天會比較忙，妳們不用早中晚過來請安，就在屋子裡玩吧。這大冷天趕過來，凍著了不好。」

「是，母親。」能不用過來請早安，陸鹿是最贊成的。

陸明姝笑著向陸鹿道：「大姊姊如今怕是要在屋裡好好練練針線活了。」

「可不是呢。鹿姐，妳針線活手藝如何？」陸端關心問。

陸鹿咧咧嘴。「還行吧？」

「那可不成，別的暫且都不管，這針線活馬虎不得。」陸端還算了算。「被面枕套什麼，都得自己一針一線的繡出來；還有鞋襪……」

陸鹿聽明白了，這是為嫁妝做準備，她深深垂頭。「嗯，姑母說的是。」八字沒一撇呢！妳們怎麼就操勞起來了？

一撇很快就來了。

當天下午，便有官媒上門提親，正好趕上風塵僕僕的陸靖進屋。西寧侯向陸府提親的事很快就傳遍京城的角角落落，引發新一輪的八卦大討論。

陸鹿手裡塞著衛嬤嬤給的針線活，心不在焉的發呆。她沒想到段府動作這麼快，提親的速度這麼迅速。真就這麼定下來了？不再合計合計嗎？她可不是好媳婦的人選呀！段老太太當時面色都相當難看了，怎麼她出屋沒多久就改變了態度？

是不是天靈子說了什麼好話？這個天靈子跟她毫無瓜葛，為什麼要幫著說好話？難道是段勉提前跟他通了氣？可惡呀！她的命運又跟前一世接軌了。這可不是她想要的日子！她拚了老命就是要擺脫這種局面，怎麼兜兜轉轉又跌在同一個地方呢？

「唉！怎麼辦呀？」陸鹿深深嘆氣。

衛嬤嬤在旁監督著。「姑娘，不要多想了，好好把這面繡活趕出來。」

「知道了。」陸鹿不耐煩應。算計陸明姝是不可能了！只能舊話重提，再度跑路。怎麼跑呢？身邊全是段勉的眼線。連曾夫子都不例外，她能跑出去才叫見鬼！

「唉……」又發聲長嘆，陸鹿低頭穿針引線。但手太生了，沒兩下就把嬌嫩的手指戳出針眼來，大呼小叫的嚷痛，急得衛嬤嬤一迭聲叫著請大夫。

「算了，衛嬤嬤，這點小傷請什麼大夫呀？咱可不是那種輕狂的人。」連陸鹿都覺得衛嬤嬤這是拿著雞毛當令箭。不就是跟段府結親嘛，一下子就矜貴起來了？

衛嬤嬤正色。「姑娘，別看是小傷，稍不留神就是後患，還是小心為上，妳如今身分可不單是陸府嫡大小姐了。」

陸鹿嘴角抽搐，嘆氣。「衛嬤嬤，話不要說太過。免得被不懷好意的拿住把柄。」

「我看這屋裡誰敢不懷好意亂嚼舌根。」衛嬤嬤橫起眼睛掃射屋內服侍的一干人等，被她眼光掃到的，個個都低下頭。

春草和夏紋兩個哭笑不得。段府才派官媒提親而已，衛嬤嬤就硬氣起來了。

陸靖跟龐氏在忙著接待京城聞風而動的商號掌櫃，以及想結交的官員，還要抽出空來去安排人手購置嫁妝。雖說有些早，但仍要提前準備，嫡大小姐出嫁名門世家，那嫁妝抬數起碼要再增加一成。他陸府要風光大嫁女兒，以示疼愛和不捨。

第一夜，陸鹿等了等，段勉沒來。

第二天，陸府來往拜會的熟舊親友更多，絡繹不絕，還外加一些帶著自家姑娘過來瞧瞧段府挑選這麼多年的媳婦究竟是什麼樣的。各懷心思的來來去去，陸鹿不勝其煩，藉口不舒服，把這些招待小姐們的工作全交給了陸明姝和兩位表小姐。

這舉動，自然又引起一陣竊竊私語，暗示她不懂禮節。於是，她鄉莊長大的過往又被重新翻出，許多人嘖嘖稱奇——挑剔的段家竟然會娶這樣的女人？真是怪事！

下午，天氣轉晴，丫頭送來一張請帖，是上官珏特意單邀陸鹿去京城冬園看早梅的。早就想出門透氣的陸鹿也不裝病了，稟告陸靖和龐氏，得到兩夫妻的首肯，便帶著一眾僕婦駕車出門。

冬園是百姓大眾的叫法，其實它還有個文雅的名字——雪醉園。

面積不算最大，但風景卻非常好，有一片獨特的梅林，還有匠心獨具的遊廊曲橋，一步一景，尤其是秋日還可以登高園中一處高峰，可盡賞大半京城風貌。

也因為風景好、地理位置佳，此處常來往的多數是有錢有權人家，平時有官兵把門，雖不收門費，但一般平頭老百姓根本進不去，除非有人帶著。

陸府的馬車抵達後，是直接進去的。

上官玨早就等在一處前堂廊下，看到陸鹿，笑嘻嘻迎上前。「好久不見了！」

「上官小姐好。」陸鹿小小納悶。無量觀時，怎麼不見她們母女。

上官玨挽起她的手笑說：「沒想到，以後就成一家人了。」

「呃……」陸鹿更沒想到她這麼直接，偷眼看她。

「放心啦，妳以為我是顧瑤呀。雖然我是極仰慕世子表哥，不過流水無情，我也沒什麼好說的。」上官玨輕輕嘆氣。

「不錯，拿得起放得下，女中豪傑！」陸鹿由衷誇。

上官玨驚喜。「真的呀？我是女中豪傑？」

「妥妥的。」

「那，陸大姑娘，能不能商量件事。」上官玨笑嘻嘻湊近她。「我呢，騎馬射箭最近有長進多了，就只有鞭法越來越難練，能不能幫我在世子表哥耳邊吹吹風，讓他教教我？」

「這個……我好像愛莫能助呀。」陸鹿極度為難。

「妳行的。世子表哥為了娶妳為正妻，都跟外祖母、舅母吵起來了，他以後一定很聽妳的話。」

陸鹿錯愕望著她。「有這事？」

上官玨肯定點頭。「絕對有。我偷聽大舅母跟我娘抱怨，還說非妳不娶，跪在外祖母面前發誓。哦，還說要是娶不到妳，他也不想娶別人。」

「不會吧？」陸鹿震駭了。

「反正我是這麼偷聽到的。」上官玨歪頭笑笑。「這話，倒像是世子表哥會說的。他很固執，想做的事，誰也攔不住。就比如當初去邊關吧……」

陸鹿耳朵裡已聽不清上官玨說其他的，滿腦子都是段勉為了娶她差點跟府裡兩位最有權勢的長輩吵翻的事。難怪，好端端的，段老太太竟會親自派人下益城請她們進京，就是想當面看看，是什麼樣的女人能把自家大孫子迷成這樣的吧？

怪道顧瑤不擇手段也要破壞她的形象。段勉如此堅決，就只差段老太太最後點頭同意了。他這是何苦呢？自己實在沒喜歡上他呀，不值得他這麼做吧？

「陸姑娘，妳在想什麼？」上官玨念叨半天沒得到回應。

「哦？我、我在看這冬園的景色，真不錯。饒是冬日，卻滿園綠樹青蔥，一草一木皆為景。呶，還有那座六角亭，看著好別致。」陸鹿胡亂指著四周。

上官玨掩齒笑。「這算什麼好？來，我領妳去融玉峰。登高望遠，那才叫好看呢！」

「好雅致的名字！」

「可不是。這園名外加裡頭的各處匾名都是當年的狀元爺韋國公親筆所題呢。」

陸鹿又是吃驚。「韋國公還是當年狀元爺?」
「是呀。」
「就是韋娘娘的娘家?」陸鹿又再次確認。
上官珏掩齒笑。「對呀，妳也打聽到了吧?」
媽呀，韋國公原來不是靠著裙帶關係發跡，竟是有真材實料的呀?陸鹿悄悄抹抹額汗。她好像真的闖禍了!好在，段勉及時收到消息，將羅嬤嬤給控制住了，不然，依她那番大不敬的言論，九條命都不夠死!還要連累上陸府。幸好幸好!
得，又欠了段勉一個天大的人情!陸鹿心情複雜。
福郡王小姐遊園，估計也是稍微清了下場，這一路行來，所見遊客並不多，安安靜靜的。上官珏興高采烈地挽著陸鹿朝融玉峰走去。
陸鹿今天心思特別多，顯得心不在焉。前些日子跟曾先生攤牌，得知段勉因為曾先生受傷的事，不曉得上官珏知不知道，要不要問問看?
「咦?有人先到了?不可能呀!」來到雪醉園的自然山峰下，上官珏眼尖的發現通往峰頂唯一一條石階山路兩旁，站著四名精悍的錦衣男子，虎視眈眈的把守著不讓人通過。
雪醉園的融玉峰是座孤峭的自然山峰，並不是由假山堆砌而起。
面積不大，但高峻孤立，草木皆矮，唯一山道的兩旁俱是光滑石壁，唯有峰頂有一株如傘蓋的古柏樹，還有一座四面是窗的精美八角閣，除此之外再無多餘。此時閣子只開了一面窗，向著不遠處的早梅叢，閣內燃起淺淡的薰香。

上官玨和陸鹿一步一步沿著石階而上，赫然發現，這峰頂護衛們可真夠多的，差點把這不寬大的平臺擠爆。

沒多久，閣門忽然打開，裡頭走出兩名上了年紀的僕從，向上官玨和陸鹿微施禮道：「我家老爺請兩位小姐進閣暖和暖和。」

「你、你是……」上官玨眼睛睜得大大，吃驚地指著其中一僕。

僕從低頭道：「上官小姐，裡頭請。」

「啊？」上官玨下巴還沒收起，張大嘴指著他。「老、老爺……」

「是，老爺與少爺，特請兩位小姐入內。」

上官玨還特意整整衣束，這才牽著陸鹿往山閣去。閣門外只有三級白玉臺階，才踏上去，陸鹿就感到一股暖烘烘的熱氣由內散發出來，又開始胡思亂猜。

這麼強勁的熱氣，只怕在後世，空調都未必能把熱氣散出。閣裡到底生著多少盆火呀？

第六十八章

「三爺，上官小姐和陸家大小姐已帶到。」

「進來吧。」一聲音溫和並無一絲張狂，聽聲辨人，估計是上了點年紀。

門打開，便有另外兩個俏婢挑起厚厚的簾子請她們進去，春草等人只能在廊下等。

咦？並不怎麼熱嘛！陸鹿邁步入內，再一看，唬了一跳，閣內靜悄悄的，還以為沒什麼人，誰知牆根角、屏風前到處是人，老年僕從加俏美丫頭，一眼看不過來。

「這是誰呀？」陸鹿小聲嘀咕。

上官玨猛扯她一下，輕聲道：「別說話。」

閣內的擺設錯落有致，件件精美，價值不菲。繞過一架比人還高的紫檀屏架，又是另一番景象。窗戶開著兩扇，不時有冷風進來，溫度卻不減，照樣暖乎乎的，可乍看卻只在四角擺著幾只仙鶴香爐，反正陸鹿是沒看出來屋子裡沒生炭盆卻仍這麼暖和的原理。

靠牆一架矮榻上，坐著一名四十多歲的男子，臉形略長，眼睛明亮，神采炯炯，而在榻下坐著另一年輕男子，看起來相貌平平，唯有一雙眼睛犀利凌厲。

上官玨斂容正要行禮，邊上老僕從乾咳一聲。「這就是我們三爺。」他把三爺兩個字咬得極重。

上官玨眉毛一挑，想到什麼，趕緊恭恭敬敬照平時的禮節道：「見過三爺。」

陸鹿自然也客氣的行一禮，大大方方。「見過三爺。」

「坐。」榻上中年男子笑咪咪地打量陸鹿。

上官玨猶豫了下，還是拉著陸鹿慢慢坐在男子對面。

「這位可是益城陸府大小姐？」榻上中年男子問。

上官玨忙起身代答。「回三爺，正是。」

「唔，也不過如此嘛。」喚做三爺的搖搖頭。

你誰呀？輪到你來嫌棄？陸鹿一聽就翻他一個白眼。

「琴棋書畫，可都精通？」

上官玨還沒代答，陸鹿就磨著牙回。「都不通。」

「哦？那女紅針線活……」

「馬馬虎虎。」

中年男聞言，好笑的問：「那不知陸大小姐擅長的是……」

「打架和罵人。三爺有想打或想罵的人不？我可以代勞，保證罵人不吐髒字，當然打架目標僅限女人，收費便宜，童叟無欺。」

「噢？哈哈哈……」三爺脫口失笑。

上官玨卻臉色慘白，伸長脖子倒抽口冷氣，一把捂住她的嘴帶哭腔。「別胡說。」

三爺一笑，屋裡侍候的僕從美婢們都附和著笑起來。

陸鹿難受的甩頭，上官玨到底是活潑好動練過武的，力勁頗大，害她半天透不了氣。

「倒是率直性子。」三爺慢慢收笑，看著兩人手忙腳亂的。

上官玨代謝。「多謝三爺誇獎。」

陸鹿平撫下氣息，嘿嘿笑。「謝謝三爺誇獎，還有問題嗎？沒有的話，能不能讓我跟上官小姐好好賞賞那邊的風景？」她指指開著的兩扇窗。

「陸姑娘……」上官玨快急死了。

三爺微笑。「還是個急性子。」

「沒錯。」陸鹿笑咪咪，想要起身。

一群服侍的人緊張圍過來，警戒的盯著她，上官玨也拽拉著她。「快坐下，三爺沒叫妳起身。」

「他沒叫我起身，我就不能站起來嗎？」陸鹿口無遮掩地反問。「又不是皇上。」

頓時全場齊齊驚愕，反倒是榻上的三爺呵呵笑著擺手。「起就起吧。妳見過皇上？」

「沒有，我一個商戶女哪有資格見皇上。」陸鹿實誠回答。

「妳倒挺有自知之明。」

陸鹿頓時傻笑。「三爺，您老眼光獨到呀，我所有優點都在半個時辰內被找出來加以誇獎了。」說著還扳手指算。「率直、急性、自知之明。多謝三爺。對了，三爺，你不會是對我有什麼想法吧？勸你打消。我已訂親，而且不喜歡大叔輩。」

「啊？」上官玨駭然驚叫，跳起來去堵她的嘴。

三爺怔怔的看著陸鹿，老臉都有點掛不住。「呵呵，陸大姑娘真是……」快人快語還是無知無畏？

「我知道，我這是口無遮攔，所以三爺，能讓我過去瞧瞧那邊景色嗎？」陸鹿敞開直說。

三爺笑了，下榻道：「可以。」

「多謝。」陸鹿也看出來，這位爺不是豪強易怒之輩。她拉著腿軟的上官玨跑過去，近到窗前，入目是一片盛開的早梅。「哇！果然高處俯瞰，盡收眼底。」

上官玨嘴唇發抖、白著臉，驚恐的直看著她，連梅林都不看了。

「看我幹麼？介紹下這是什麼梅種？」陸鹿興致盎然。

上官玨張張嘴，側頭一看，三爺竟然慢悠悠踱步過來，更是馬上閉嘴，彎腰點點頭退到一邊。

「陸姑娘不介意的話，我來介紹如何？」

陸鹿齜牙。「免了吧，我跟你不熟，無事獻勤，非奸即盜……」

「大膽！」旁邊僕從驚白了臉地尖叫。

陸鹿斜眼橫掃過去。「嚷什麼呀？」

「妳、妳這……」僕從指指她，咬牙忍了。

陸鹿看著三爺，問：「敢問三爺，你到底是誰呀？怎麼手下這副德行，讓我想起內侍太監的調調。」

三爺吃驚，回看一眼僕從，問：「內侍太監什麼調調？」

「哦，就是別人說一句話，人家皇上還沒意見呢，他們就狗腿一樣的先喊『大膽掌嘴』。」

「呵哈。」三爺又笑了，反問：「妳怎麼知道內侍太監是這種調調？」

「我看電……」陸鹿話鋒一轉，笑答：「我、我看書上這麼寫的。」

「什麼書會寫？」

「野史嘍。」

三爺眯眼瞅她。「野史？妳看野史？」

「呃，小時候在鄉莊無聊嘛，一些野史話本就這麼流傳到鄉下，我無意中看過一本。」

陸鹿還沒敢說什麼皇宮豔史呢！

三爺不露聲色地點頭笑笑。上官玨站在一旁，雙手撐在窗臺，大氣都不敢出。

「對了，三爺，敢問貴府何處？」陸鹿覺得這位三爺氣場還是有的，看起來不端架子，可閤內諸人都噤若寒蟬，肯定不是暴富人物，只怕是大官。

「妳猜猜看。」三爺逗她。

陸鹿眼神一滯，也擠個笑容。「猜對有獎嗎？」

「有，妳想要什麼都可以。」三爺心情好，笑咪咪的。

陸鹿撇撇嘴。「三爺，不要誇海口，我想要的，只怕你給不起。」

「哦，天上星還是水中月？」三爺更是好笑。

「皇上聖旨。」陸鹿笑嘻嘻。

「妳要皇上下什麼聖旨？」三爺興趣一下更濃了。
陸鹿嘆氣。「終身大事自主權。」
「這是……」什麼玩意兒？沒聽過。
這時，一直沈默著的年輕男子在身側，輕笑。「父親，陸大姑娘的意思怕是，她的終身大事，希望她能有權作主選擇。」
「沒錯，就是這個意思。」陸鹿衝他拱手。「老兄，你解讀得不錯。」
三爺沈思道：「不是跟段府訂親了嗎？難道妳不願嫁段世子？」
「我是誰都不想嫁。」
年輕男子又開口笑問：「哦？難道眼饞皇宮？」
「呸呸呸！尤其是皇宮，一步都不想踏進。一堆吃飽撐著的女人，就為爭一個皇上鬥得妳死我活，不累死也煩死。」陸鹿氣憤唾棄。
「哎呀，媽呀！」上官玨支撐不住了，腿一軟，滑坐地板上。
三爺擺頭，笑著吩咐。「上官小姐嬌弱不勝風寒，請到外邊歇歇去。」
「是，三爺。」上來兩個美婢扶起上官玨。
「我、我不……陸姑娘，妳也一起吧？」上官玨伸手去拉陸鹿。
三爺皮笑肉不笑地阻攔。「陸姑娘暫時留下吧。」
「是，三爺。」上官玨收回手，惶恐地垂頭。
陸鹿擺頭，左看右看，似乎有哪裡不對勁。攏攏手，陸鹿把視線重新盯回三爺身上，通身低調富貴、氣度從容，再看向僕從美婢，她不由起疑——是皇族？

「猜吧。猜對了，可能我真有本事請一道聖旨給妳。」三爺背負雙手淺笑。

陸鹿歪頭試問。「有提示沒有？」

「有，我姓上官。」

國姓？上官玨的親戚？那她為何看起來很怕的樣子？

「難道你是皇親？」陸鹿左看右看，又擰眉想了想。「不會是皇上微服私訪吧？」

三爺一怔，驚訝的反問：「妳說什麼？」

「哦，上官國姓的話，可能是皇親，可皇親有多少家，我是搞不大清楚的。而且我看上官小姐有點怵著你，就大膽猜一下，你莫非是皇上微服出遊？猜錯了，不會砍頭吧？」

三爺及年輕男子都怔怔望著她。

「真的是胡亂猜的？」年輕男子追問。

陸鹿也後退一步。「難道我矇對了？」

三爺目光陰晴不定，直視她。「嗯，猜準了。」

「啊？皇上？」陸鹿這會兒終於臉變色，腿一軟跪下了。誰能想到，深宮不出的皇上老人家也學後世狗血電視劇玩一把微服出遊呢？遊就遊遠點吧？偏還在京城打轉，就這點出息！

陸鹿心裡吐著槽，禮節卻一點不敢灌水，把跪拜禮給行完了。

「免禮。」皇上板板臉色擺手。「朕是微服，大禮可免。」

你早說呀！最討厭跪了。陸鹿心中又翻個白眼。

「過來。」皇上似乎對這陸鹿挺感興趣，招手又讓她過去，指著榻道：「坐。」

「民女不敢。」陸鹿站直了沒動。

皇上和氣地笑。「都說了，微服，沒那麼講究。」

「哦，那就謝謝皇上。」陸鹿誠惶誠恐地坐下。

「還是叫三爺吧。」

「是，三爺。」陸鹿趕緊回應，然後眼角掃到那年輕男子，又猜。這位莫非是二皇子或者四皇子？老五聽說還小。

對面的年輕皇子向她微微笑，陸鹿皺眉轉著念頭。這笑眼好像在哪裡見過？

三爺重新坐回榻上，笑咪咪問：「妳真要悔親？」

「呃……也不算是悔親吧？」陸鹿喜道。「就是，如果，我再長大一點，能不能自己選意中人？」

「這樣呀……」三爺托著下巴自語。「段勉這小子挺不錯的呀。」

「他是很好，不過，我是商女，配不上他。」陸鹿喜孜孜道。「三爺，我猜中你的身分，那獎勵是不是可以生效？」

「君無戲言，自然生效。」三爺大方。

「多謝三爺。」陸鹿嘿嘿笑。

「不過……」三爺吩咐。「來人。」

「奴婢在。」

「傳，西寧侯世子。」

「是，皇上。」

陸鹿苦惱。「三爺，為什麼傳段世子？這不是咱們之間的事嗎？」

三爺笑咪咪道：「你們親事兩家已在商談，朕無故降旨拆散，不尋個充分理由，說不過去。怎麼說，妳與段世子早有肌膚之親，這麼一下旨，以後妳想自己選意中人只怕就難了，唯一出路是當姑子。」

「那，把他找來是……」

「朕還想聽聽段愛卿的主意，不可拂了他的面子嘛。」

「哦。」陸鹿扭過臉。把他找來，這旨意就下不成了，可能他還會生氣，氣她怎麼能去請道旨抗婚。裡外不是人！這破皇上，故意的吧？

不過，今天也有收穫，竟然見到傳說中的皇上？也不過如此嘛，也沒有天生貴氣之類的，氣派也就一般般，相貌也普通。要不是身分地位，估計後宮搜羅不到那麼多女人。

「妳那句後宮女人吃飽撐著，為皇上鬥得妳死我活，是什麼意思？」三爺笑咪咪又問。

陸鹿緊張地繃直身體，臉色僵硬道：「回三爺，我那是站窗邊被寒風吹得腦仁疼，一時抽風，胡言亂語，沒別的意思。」

「我聽著倒有點意思。」三爺摸著下巴。那群女人確實吃飽撐得慌，整天沒事就勾心鬥角的，煩死！

「沒、沒別的意思！三爺氣宇軒昂，引無數美女競折腰嘛。」陸鹿還討好恭維。
「哦？」
說多錯多，陸鹿也就訕笑著再不肯開口了。累！伴君如伴虎，古人誠不欺我矣！
「聽說，妳在府上與庶妹關係不睦？」三爺消息挺靈通的。
陸鹿扯扯嘴角表示。「回三爺，民女與庶妹關係還可以。她不犯我，我絕不犯她，她若欺我，我也只是還擊，目前相處還算融洽。」
「是嗎？」三爺搖頭。這丫頭膽大包天啊，當著他的面就說假話。融洽？真以為他養的那些暗衛們是擺設？
「是，民女絕無欺瞞。」
「呵呵。」三爺搖頭失笑。還絕無欺瞞？知道欺君可是要砍頭的不？
正有一搭沒一搭的說著，侍人報：「稟三爺，段世子候見。」
「進來吧。」
陸鹿扭過頭，也伸長脖子看。
段勉沒有披著厚厚的裘衣，只著寬袍束袖深紫色斜襟，踏著黑色靴子快步進來。他先跪行見禮，皇上免禮後，他又看一眼旁邊的年輕男子，也覺得眼熟，但一時想不起是誰，顧不得細想，掉頭看向陸鹿。
「世子爺。」陸鹿不羞不躁的福福身。
段勉深深看她一眼，面向三爺。「不知皇上召見微臣有何吩咐？」

「哦，這位陸姑娘可是已與愛卿訂親？」
「回皇上，是。」
「她不肯，想悔親，特意求朕下旨意允許她終身大事自主挑選。」
段勉黑眸寒光瞄向侷促垂頭的陸鹿。「真的？」
陸鹿咧咧嘴，苦笑。「算是吧。」
「妳還想悔親？」段勉逼近一步，怒道：「妳不願嫁我？」
「呃……我覺得，我年紀還小，門第不高，不堪配段世子，請世子爺另擇良配。」
段勉臉上澀澀一笑，向看戲的三爺，道：「皇上明鑑，微臣已與陸氏長女有肌膚之親，於情於理，微臣都必須娶她。」
「沒有好吧！」陸鹿忙辯解。「就上次我落水，不過是得你伸出援手，其實算不上肌膚之親，皇上，不要聽他一面之詞。」
段勉陰沈著臉轉向她。「哦，不算是嗎？」
「當然不算。救人而已……」陸鹿哂笑。
話還未說完，段勉卻做了個驚人之舉，他欺身上前，俯身對著她喋喋不休的嘴深深印下去。陸鹿如遭雷擊，呆怔傻眼。這這這，太過分了吧？這是大白天，這是當著陌生人的面，他怎麼敢這樣對她？
段勉索性捧著她後腦吮吸一陣，才意猶未意舔舔嘴，問：「這樣算不算？」
「啊呀！我、我掐死你！」陸鹿回過神來，顧不得場合，跳腳就揚手。

呆若木雞的三爺等人靜靜觀望後，也清醒過來，就看到陸鹿氣急敗壞地向段勉撲過去。

「咳咳。」三爺清嗓子。

「嗚嗚，三爺，民女被登徒子輕薄了，您老要給我作主呀！」陸鹿神情一換，悲苦的向皇上告狀。

段勉也向皇上道：「皇上，微臣心意已決，請皇上成全。」

「成全你，那我呢？」陸鹿怒極反問。

段勉淡淡望她一眼。「妳就從了我唄。」

「你，這個……」陸鹿咬牙切齒準備大罵，後想起在座的還有位人上人，便又使勁抹抹眼角，擠出幾滴眼淚。「皇上，請你為民女作主呀！這光天化日朗朗乾坤，登徒子如此行徑，豈能容忍？」

皇上很為難呀！他的心腹臣子竟不顧世俗眼光，當著他的面做了回登徒子，這行徑太過匪夷所思，若平時，是可以拉出去斬立決的。不過，鑑於兩家已結親，雙方看起來年貌相當，好像是在賭氣？怎麼辦呢？

「皇上，你答應的聖旨呢？」陸鹿小聲掩齒提醒。

三爺很頭痛，微笑地安撫她。「陸姑娘稍安勿躁。」

「皇上，我急性子，很躁。請求皇上馬上解除民女與段世子的婚約。」

段勉平靜的黑眸沈沈盯著她，陸鹿回他一個幽怨的眼刀。

「不可，萬萬不可。」皇上嘆息。「民間有傳說，寧拆十座廟，不毀一樁婚。如今，你們婚約已生效，朕又親眼所見確有肌膚之親，這樁親事，萬不可解除。」
「皇上英明。」段勉感激。
陸鹿撫臉，悶悶小聲問：「那聖旨的事……」難道可以戲言嗎？
猜對有獎，君無戲言！皇上望天思考。
年輕男子忽然開口笑說：「父皇，兒臣倒有一兩全之計。」
「說。」
「陸姑娘自感身分低微配不上段世子，所以才會百般推託。不如，父皇降旨封陸姑娘一個縣主頭銜，如此一來，身分相當，陸姑娘亦非高攀，豈不歡喜？」
「有道理。」
陸鹿一愣，她才不要封什麼縣主呢！她只想跑路，遠離上一世的生活軌跡而已。
段勉再次喜得跪謝。「謝皇上，多謝殿下。」他算是聽出來了，這個聲音是誰。
只有陸鹿拉長臉，眼神呆滯，內心吶喊——完了！這會兒徹底完了！皇上這老小子摻一腳，她是天涯海角也逃不掉了。
三爺笑著擺手。「就這麼定了。來人，報與禮部，擇日請封陸大姑娘為累陽縣主。」
「遵旨。」內侍下去一個。
陸鹿還在呆滯中。
段勉捅捅她。「謝皇恩。」
「哦，民女謝皇恩浩蕩。」陸鹿不情不願，心情差到爆。完全沒按她設想的劇情發展，離題十八萬，真不是她的錯！她也不想的，她也想一步一步按正常邏輯來的，沒想到走到今天，竟演變成這樣！

既然把段勉叫過來，皇上正好有事跟他說，便先遣陸鹿去跟上官玨會合等著。

上官玨已在外間等得六神無主、坐立不安。看到她出來，跳上前就抓起，低聲問：「怎麼樣？裡頭發生什麼事了？怎麼世子表哥過來了？」

「出大事了！」陸鹿嘆氣。「我這下跑不掉了。」

「怎麼啦？妳得罪三爺了？三爺要降罪了？」上官玨臉色又不好了。

陸鹿搖頭。「不是。三爺要給我封縣主，說好般配妳家世子表哥。」

「啊？」上官玨倒退數步，愣愣看著她。這、這確實是大事，但這是大好事呀！為什麼她一副生無可戀的模樣？

「讓我靜靜。妳去跟他們一起吧。」陸鹿無精打采地挪步到窗下趴在桌上，手指著一同退出來的內侍們。

「恭喜陸大姑娘！」內侍們堆起笑容就開始討喜錢了。

上官玨慌忙叫進來兩個婆子，將隨身所帶銀錢什麼的都散了個乾淨，於是，外間的內侍美婢們人人有分，個個開心，只有陸鹿是真的不開心！

段勉是真不錯，可他們家……她是真的一萬個不願再進呀！

生兒子一個不行，得一直生，如果生不出，那就會有源源不斷的女人進門，想想那畫面，她就毛骨悚然！他是答應只娶一個，但只娶一個，還可以納多個呀！呸！這種破事休想發生在她身上！

相貌平凡的年輕殿下走出來，上官玨只覺得眼熟，可樣貌真的不記得是哪一位。

「恭喜陸大姑娘。」年輕殿下走到陸鹿面前。

「託你的美言呀。」陸鹿懶洋洋起身，不情願的還一禮。「多謝殿下，不過，請問你是幾殿下？」

年輕殿下抿嘴一樂，笑。「陸姑娘冰雪聰慧，不妨再猜猜看？」

「還來？」陸鹿大膽的睃他兩眼，兩眼一瞇——好像易了容？

皇上有五位皇子，死掉的大皇子不算，五皇子還小，就只剩下二、三、四皇子。她只見過三皇子啊，難道是他？於是，陸鹿後退一步，拿眼睛當尺比量下記憶中三殿下的身高，好像差不多？又仔細打量站姿習慣，個人風格又不像？

「對不起，我猜不出來。」陸鹿認輸。

殿下嘿然一笑，促狹擠眼。「再猜，益城見過。」

「民女愚笨，實在猜不出。」陸鹿心情不好，放棄不想猜。

殿下勾勾手指笑。「出來說。」

「好吧。」陸鹿好奇心大，乖乖跟著他出閣子，轉到古柏樹下，就見對方微笑。「妳的開鎖技藝不錯哦。」

「啊?!」陸鹿張大嘴，目瞪口呆，她這下總算認出來了。

這、這不是當時那位出手大方的黃公子嗎？

「你、你是二殿下？」也只有他才說得上是跟段勉情同手足，才可能會把三皇子放在益城的機關櫃給偷出來。

陸鹿急忙斂禮欲拜，二皇子虛空一伸手，道：「免。微服出宮，禮節不拘。」

「哦，殿下陪同皇上微服出宮、體察民情嗎？」陸鹿疑惑。「可是，為什麼殿下要易容呢？」

「圖方便。這京城識得父皇的人不多，但識得本王的卻挺多，為免徒增不必要的麻煩，我不得不易容陪同。」

「我明白了。」陸鹿了然。

當初的黃公子、如今的二皇子微笑對她。「沒想到，會以這種方式再見面。」

「民女也沒想到。」陸鹿附和，不過她很快便悄悄道：「殿下，你為什麼要幫我求得一個什麼縣主的封賞？不會是因為我開鎖的功勞吧？」

殿下搖頭。「不是，是因為段勉。」

「哦，他是殿下的人，所以殿下要幫他？」陸鹿滿臉不開心。

二皇子看著她，好笑。「是，我跟他情同手足，幫他達成心願，義不容辭。」

陸鹿鼻子一翹。「心願？他的心願不是多殺敵，建功封侯嗎？」

「是，他長遠的心願自然是威震邊關、殺敵效忠，可眼下在京城的心願自然是迎娶妳。」

這麼明顯？段勉的心意已經到了路人皆知的地步了嗎？陸鹿不好意思地撩撩頭髮。

第六十九章

一時無話可說，陸鹿轉眼遠望，峰頂的寒風更勁更烈。

內閣快步出個內侍，小跑步過來彎腰道：「二少爺，三爺宣見。」

這明顯是他們約好的暗號，出宮在外，一律以三爺稱皇上，陸鹿猜測可能是這位皇上排行三。二皇子看看陸鹿，便轉身回去。

他一離開，上官珏就閃身出來，拉著陸鹿問：「知道他是誰嗎？」

「不知道。不認識，隨便說說話的。」陸鹿也不揭穿。

上官珏直納悶。「怪事，我總覺得在哪裡見過，可就是想不起來。」

「慢慢想吧。」陸鹿拍拍她肩頭，笑。「我們回去吧。」

「等世子表哥一起吧？」上官珏扭頭望向山閣。

半盞茶的工夫，段勉沈著臉出來。

上官珏歡快地迎上前，笑道：「世子表哥……」

段勉照例閃躲一下，看向陸鹿。「可以走了。」

「呃……要不要去跟三爺說一聲？」陸鹿偷偷指指裡間。

段勉搖頭。「不用，我已經代妳們向三爺告辭了。」

上官珏鬆口氣。「最好不過，我可不敢再去見三爺了。陸大姑娘，我快被妳嚇得半死，還好三爺不計較妳的胡言亂語，不然……」她摸摸脖子，項上人頭還在。好險！

上峰難，下峰卻很容易。看著上官玨的馬車先行一步，陸府的馬車才慢慢啟動。

陸鹿悶悶不樂地望車頂嘆氣，親事就這麼定下了！皇上都摻和進來，沒反悔餘地嘍！她悄悄挑開車簾一角，正好看到段勉護在窗邊，黑眼望過來，深不可測，便沒來由地臉一熱，又縮回頭。

沒多久，便聽車夫向段勉請示。「世子爺，前路堵塞過不去了。」

「繞路。」段勉言簡意賅。

陸府馬車轉頭，向鄰近岔路繞去，才繞一個路口，便又有傾倒的樹幹擋路，只好再繞。這麼繞來拐去，馬車越往深巷去。

段勉皺眉，向心腹鄧葉道：「小心行事，只怕有詐。」

「明白。」鄧葉跟在軍中歷練多年，對此異樣早有警覺。

話音剛落，小巷暗處便有箭聲呼嘯而來。

「警戒！」鄧葉大喊一聲，抽出腰間佩刀唰唰兩聲擋開箭矢。

段勉則棄馬躍上陸鹿的馬車橫轅，也抽出鞍旁的佩刀擋住射向馬車內的箭流。

陸府的車夫和幾個護衛嚇壞了，沒反應過來，還好段勉帶的心腹護衛們個個訓練有素，很快就四散開來，邊擋箭流邊散開在四角保護中間的馬車。

「嗖嗖」箭聲刺耳，還有幾枝「嘭嘭」射在車壁上。

馬車內，陸鹿鎮定如常，春草和夏紋卻嚇得抱做一團，欲哭無淚。「這是怎麼回事？京城也有強盜不成？」

「姑娘，快趴下。」

陸鹿從袖中祭出袖劍，陰險笑。「嘿嘿，手癢了，正好練練。」

「姑娘，使不得啊！」春草放開夏紋，撲上前攔她。「姑娘，別出去。」

「放開。」陸鹿身子一扭，甩開春草，嘩啦地推開車門，一眼就撞見段勉站在車門前為她們擋箭。

段勉側頭就一句。「回去好生待著，這裡交給我。」

陸鹿嘻笑。「我手癢，湊個熱鬧行不行？」

「不行！」段勉冷冷回。「這不是普通毛賊。」

「哦？這伏擊難道是衝你來的？」

段勉顧不得回答，而是眼觀四面、耳聽八方的揮開流箭，抽空道：「不確定。」

恰好，暗處箭流攻擊告一段落，鄧葉向段勉點點頭，大聲吩咐。「你們跟我來。」他飛快點起常用的幾個手下，動作敏捷的掠向小巷暗處。

這等熱鬧，陸鹿不能不去湊。她跳出來，也要跟著去抓攔路強盜，被段勉一手就給攬住，厲聲喝。「別鬧！」

「我沒鬧，我是真心想親手揍半路伏擊我的人。」陸鹿據實以告。

段勉攬著她，語氣放軟。「交給我好不好？」

「我手癢，想揍人。」

段勉目光閃動，這下知道她對適才的事很有意見，憋了一肚子火，於是嘆氣。「等鄧葉抓到人了，再讓妳出手，行不行？」

陸鹿抬眼看四周，暗處響起「咣噹」的金屬鐵器撞擊聲，快快點頭。「行吧。」

段勉看她一眼，低聲道：「皇命在身，妳就不要再胡思亂想了。」

「我沒有。」

「我會對妳好的！真的。」段勉輕聲表白保證。

陸鹿頭皮一麻，不由地苦笑。「現在不是說這個的時候，你先放手吧。」

段勉嘴角一彎，自己還攬著她呢，便將她送回車內，叮囑。「沒我命令，不許出來。」

「哦。」

春草和夏紋連忙一人一邊的防守著陸鹿，生怕她再次竄出去。

「好啦，我不會出去添亂了。」陸鹿雙手枕腦後，悠然地放鬆望車頂。

「誰信呀？姑娘，妳算算，妳矇我們多少回了？」春草一臉慍色。

陸鹿深深垂頭，摳摳手指，弱弱道：「也就兩、三回吧。」

「兩、三回？我給姑娘算一算……」春草尖聲嚷，當真就開始清算起來。

「遠的不說，先說近的，矇我們出城、下江南、掉到河裡偷跑，還有裝病……」

「打住！嘿嘿。這些，我可沒矇妳們，我可是當著妳們的面做的。」陸鹿不承認。

夏紋也氣壞了。「那指使小懷的事怎麼說？還有，益城別院，藍嬷嬷的事……姑娘也是瞞著我們的吧？」

「這個嘛……」陸鹿望天，無話可說。

「哼！」換來異口同聲兩道不服氣的冷哼。

車內主僕快吵了起來，車外也很熱鬧。陸府的護衛是業餘的，可段勉的隨從是精挑細選的呀。他們擋開流箭後，兵分四路撲過去擒人，很快就拎回七、八個打扮平常的帶刀精悍男子。

段勉只看一眼，就認出來。「顧家的護衛？」

先前顧家需要護衛，而段府的護衛在段勉調教之下能力卓絕，看家護院的本事是公認的強悍。顧家曾經找段家要了幾個護院頭目去幫忙訓練家丁，而有幾個顧家護衛小頭目，段勉是見過的。

沒想到，這其中一個正是當初來段府取經人之一。

「世、世子爺？」這幫人也沒想到，伏擊的目標竟是段勉，頓時嚇傻了。

段勉臉色已冷沈到極點，眼底全是冰渣。顧家？怎麼是顧家？

回到陸府的陸鹿先去見了陸靖和龐氏，陸明容正巧也在，看到她平安回來，好像很吃驚。對上她吃驚的眼神，陸鹿心下詫異。

陸靖正在與龐氏商量跟段府的親事安排。

陸鹿不得不先說：「爹爹、母親，我有幾句話想說。」

「說吧。」她現在是家裡寵兒，連陸靖也要矮她一截。

「能把人先清場嗎？」陸鹿指指一屋子婆子、丫頭，包括陸明容等人。

龐氏眉心微皺地揮手。「都先出去。」

婆子、丫頭乖乖出門，陸明容卻不肯，笑嘻嘻道：「大姊姊要跟爹爹、母親說什麼體己話，我也聽聽，學個乖。」

「勸妳別聽，否則妳氣死了，可別怪我。」陸鹿漫不經心地回答。

「呵呵，大姊姊真會說笑話。」陸明容厚臉皮地掩齒嬌笑。

陸靖擺手。「都是自家人，沒有什麼見不得人的，說吧。」

陸鹿輕輕「哦」一聲。「我今天見到一位尊貴的三爺，他跟段府關係極好，說要封我為縣主，好配得上西寧侯世子的身分。就這麼件事，爹爹和母親請早做準備。」

「什麼？」陸靖霍然而起，臉色大變。「妳說什麼？」

「遇到一個自稱三爺的人上人，說要封我為縣主，著請禮部旨，應該就會通知到戶吧？」陸鹿還半疑半真地說。

陸靖當場跌坐，聲音都變了。「真、真的是三爺？」

「嗯。」

「誰跟著？」

「二殿下。」

「還有、還有誰？」

「不認識，反正上官小姐在場可以作證。」

陸靖長長倒吸口氣，蹦起來拉著陸鹿。「鹿姐，這、這可是妳的福分呀！這、這是祖宗保佑呀，我們陸府、我們陸家要出貴人呀！」

「不會是說我吧？一個縣主而已。」

「妳懂什麼？」陸靖訓斥一句後，馬上又變臉討好。「鹿姐，妳辛苦了，這事我記下了，馬上就準備，就等著旨意下來了。」

「哦，那我先回院子去了。」

「去吧、去吧。來人，護送大姑娘回院子。」陸靖高聲嚷。

龐氏還怔怔的，不明白陸靖這般失態為何，陸明容自然也一頭霧水。

「老爺，這三爺是什麼人？」龐氏期期艾艾地問。

陸靖看一眼陸明容，擺手。「明容，妳也回屋去吧。」

「哦。」陸明容怏怏地施一禮退出。

才退出大門，就聽到龐氏尖聲驚叫，隨後便是急切的聲音。「老爺，可是真的？」

陸明容還想豎起耳朵聽，旁邊送出來的如意笑著催促。「二姑娘走好。」

心情陡然不好的陸明容回到自己小屋，喬家兩姊妹隨著陸端訪客去了，只剩她一個孤零零的，她抬手把丫頭小雪喚上來。「去打聽打聽，顧家那邊怎麼樣？」

「是，姑娘。」

錢嬤嬤也湊上前，輕聲道：「這顧家辦事也不牢靠。」

「莫不是上官府的護衛得力？」

小沫卻搖頭。「奴婢打聽過了，上官小姐沒有送大姑娘回府。」

「那怎麼回事？她怎麼又一點事也沒有呢？」陸明容納悶。「這麼好的機會不下手，以後可就真沒機會了。」

「二姑娘，大姑娘方才跟老爺、太太說見到什麼爺，莫非……」

「不是，她說三爺答應封她一個縣主……我看她是瘋了吧？縣主是隨便什麼三爺能封的？」

錢嬤嬤到底是老年人，猜測道：「別是遇上皇親了吧？」

「皇親？上官小姐可不就是皇親？難道是拉她去見了其他皇親國戚？」陸明容只想到這個可能。

而陸鹿回到自己的小院子，先去看了曾夫子，顯然她的情緒還沒完全平復過來，悶悶的躺在床上發呆。

「還沒想通呀？」陸鹿第一句就專揭傷口。

曾夫子扭頭不作聲。

陸府如今的氣氛是前所未有的喜氣洋洋。提前得了消息的陸靖和龐氏兩個加緊人手調派銀兩物什，眼巴巴的就等著皇上降旨封陸鹿為縣主，好風風光光的嫁到段家去。

當然，段府老太太也是提前得了信，自然也大大鬆口氣。如果這位孫媳婦又能生養男丁，還有個顯赫的第二重身分，那是再好不過，看誰敢笑話他們段府千挑萬選的世子長媳是商戶女！

段勉在屋裡赤著上身任王平和鄧葉上藥，牙關緊咬，額頭滲出細汗。

「世子爺，那些人該怎麼辦？」

「打斷腿送回顧家。」段勉冷哼一聲。

「這事，要不要讓陸大姑娘知道？」

段勉垂眸沈吟。「這丫頭好奇心大，我一會兒去跟她說。」

王平吃驚。「世子爺，你今晚還出門？」

「嗯。」能不出門嗎？段勉還有好多話想跟陸鹿說呢。

「可是你的背傷……」鄧葉擔憂。「那天幸好及時拔箭，不然，箭毒入骨……」

段勉擺手表示不在乎。

這天氣是一天比一天冷，寒風肆虐。被窩薰暖後，陸鹿就爬上床去。她也不期待段勉會摸黑過來，兩家都結親了，他也用不著晚上沒事來串門了吧？何況今天發生的伏擊，還等他去處理呢！

舒舒服服窩在床上，窗櫺卻不合時宜的響起熟悉的敲擊。

不會吧？陸鹿從被窩探出頭問：「誰？」

「開窗。」就兩字回她足矣了。

「我躺下了，有事明兒再說吧。」陸鹿拒絕從熱乎乎的被窩裡起來。

這沒良心的丫頭！段勉氣得磨牙霍霍。「我撬窗了。」

陸鹿一聽翻身而起，詫異。「你敢？」

還真敢！段勉也被她氣樂了，掏出隨身的短刀就開始撬。

「好了，我怕了你。」與其等他撬，還不如自己開窗，陸鹿呼喚。「春草。」

外間值宿的春草打著哈欠進裡間來。「姑娘要喝茶嗎？」

「把火盆燃起明火來。」

「啊？姑娘這是……」

陸鹿自己手忙腳亂地穿衣，努努嘴。「有客至。」

「誰？」這大半夜的跑來作客？

陸鹿趿著鞋打開窗，露出披著黑色貂裘的段勉。春草驚呼一聲馬上搗嘴，嚇得眼珠子快掉出來了。段勉淡淡的眼光掃過去，也不避諱，自己撐窗跳進來。

「姑、姑娘……」春草嚇懵了。

「去吧，我跟世子爺說說今天的事就歇下了。」陸鹿掩上窗，也沒覺得有什麼不妥。

春草覺得很不妥當，愣在當地。

段勉一揚下巴，命令。「下去。」

「哦。」春草逼於無奈，戰戰兢兢地退出裡間掩上門，撫撫心口，四下張望，到底不放心，也不敢躺下，就在外間放哨警戒。

攏攏外套，陸鹿作個請的手勢。「坐吧。」

段勉瞄她一眼，伸手將她扯近。

「幹麼？別亂動手動腳的。」陸鹿一掌劈開他。

「嘶——」段勉齜牙咧嘴。

「怎麼啦？」

「碰到傷口了。」

陸鹿嘴一抽。「不會吧？你不是傷在背部嗎？」

段勉一怔，若無其事道：「嗯，胸口也有傷。」

「那，好點沒有？」陸鹿不敢亂動，關心問。

「沒有，今天一事差點惡化。」

陸鹿無語。「那你大晚上找過來幹麼？回去歇著。」

「我想見妳。」

陸鹿稍怔，就扭開臉。

段勉磨牙把她的臉扳回來，狠聲道：「我受傷了，妳就一點表示都沒有？」

「謝謝。」陸鹿平平淡淡吐兩字。

段勉氣悶不過，手捏著她的下巴不由加重力道。「沒良心的丫頭！」

陸鹿眼睛翻向屋頂，無所謂道：「是呀，你才發現。我這人，自私自利極了，千萬別喜歡上我。」

「我已經喜歡上了怎麼辦？」

「改，回頭是岸，現在改還來得及。」

「妳這丫頭，真是……」段勉氣得不知說什麼好，對著她粉粉嫩嫩的嘴就咬下去，帶著懲罰性質的重重咬啃她的唇。

「嗚嗚！」陸鹿猝不及防又被強吻了，相當惱火，拚命抵抗。

段勉輕易便將她的雙手給箍到身後，一手托她後腦，一手箍緊她的雙手吮吸啃咬，越來越得滋味，漸漸氣息不穩的改為細細密密舔吸。

陸鹿反抗不了，只好忍受，忍得快缺氧了，不停發出嗚嗚嗯嗯的聲音。

「別亂動。」段勉離唇警告她。

「我快悶死了，還不亂動？」陸鹿沒好氣瞪他。雙手被拘束著，便湊前一步在他衣上蹭蹭唇。上頭全是他的口水，這小子會不會接吻呀？

段勉低頭失笑，將她擁緊。「好，下次我注意點。」

「算了，瞧你沒接過吻的分上，原諒你。」陸鹿還不怕死的裝大方。

段勉眼神一利。「妳吻過？」

「沒有，我只是猜的，因為你太亂啃亂咬了。誰接吻會這樣？」

「是嗎？妳怎麼知道要怎麼吻？」段勉咬牙切齒問。

陸鹿眨巴眼，掙掙他的手，騰出一隻手戳他胸，流暢的換話題。「哎，你的背傷也沒事吧？我代曾先生謝謝你嘍。」

「嗯哼。」段勉還冷著臉。竟然敢嫌棄他不會吻？他當然不會呀！他以前又沒吻過女人。

「不過，我也得批評你，太冒險了。皇子府呀，不是一般人家好不好？萬一你折進去，事情就鬧大了。」

段勉淡淡應。「我有分寸。」

好吧，人家有分寸，那陸鹿也就不提這茬了，轉而感興趣地問：「下午那批伏擊的歹人審出來沒有？是誰設下半路伏擊的圈套？針對你還是我？」

說到這個，段勉表情又凜冽起來，回答。「針對我們。」

陸鹿眼眸一下乍亮，好奇催問。「誰？」

段勉卻嘆氣，將她雙手交握胸前，認真道：「鹿兒，對不起。沒想到我要娶妳，會給妳帶來這麼多麻煩。」

「呃？」陸鹿傻眼。

「是顧家做的。」段勉也不瞞她，他知道陸鹿不是一般深閨女子。

陸鹿嚷起來。「顧家？顧瑤？」

「嗯。」段勉輕輕點頭。

陸鹿眼珠一轉，思索數秒。「在回程埋伏，是臨時得到通知的吧？他們是臨時安排的嗎？」

「據我所知，道路不通也是他們故意設計的，一步一步引導妳的馬車朝偏靜的巷道去，一步一步踏進埋伏圈。妳出門去時，路上來不及佈置，只能在回程設下圈套。」

「高明呀！不過，京城腳下就這麼亂箭狂射，沒有王法了嗎？」

段勉搖頭。「那條路，罕有行人。再說，流箭過後，他們訓練有素地撤退，找誰去？大概最後只能不了了之吧？」

「所以，要不是你護著我回來，可能我就這麼掛掉了？」

段勉沒說話，只把她擁緊。

「好歹毒！看來這是……奪夫之恨呀！」陸鹿不寒而慄，不過想到根源，不免又好笑。這話惹來段勉冷嗖嗖的眼刀。這什麼破比喻？他跟顧家半點關係也沒有。

陸鹿咬牙捏他的臉，恨恨道：「都是你惹出來的。怎麼收場？」

「我會好好收拾他們的，妳別擔心。」

「那我以後再出門，還會有危險嗎？」

段勉可不敢保證，這陰險小人可防不勝防。「我想辦法派幾個心腹護衛當妳的護衛。以後出門，由他們保護妳。」

陸鹿馬上搖頭。「不、不用了。我就這麼說說，以後，我不出門了，乖乖在家裡待嫁，行不行？」開玩笑，有個曾夫子，小懷之類的就夠了，再派護衛，她就真的寸步難移了。

段勉陰鬱地看著她。「妳還在打跑路的主意是吧？」

「沒有，我已經認命了。你瞧，皇上都過問了，我這輩子只能嫁你了。」

「妳知道就好。」段勉神色終於有所緩和。

陸鹿摳摳眼角，笑嘻嘻問：「那，你要跟顧家斷交嗎？」

段勉點頭。「不用明面上斷交，我只要把斷手斷腳的護衛送回去，他們自然明白是什麼意思，想來以後不會再厚著臉皮上門。」

「如果她們臉皮很厚，硬是要上門呢？」

這倒也難倒了段勉。這天下沒有如此厚顏無恥之輩吧？顧家好歹是清貴人家。

「我在想，能調動護衛搞這套伏擊，顧瑤沒這麼大能耐，應該是顧家的長輩，對吧？」

段勉點頭，正是顧瑤之母，顧太太搞的鬼。

「吶，你看。他們現在全家上下一致巴不得我死，後續動作肯定是再次將顧瑤塞給你；所以，這件事你不能瞞著你們家人，必須挑明。」

「挑明什麼？」

「挑明顧家是多麼歹毒，為一己私利，就可以大白天在堂堂天子腳下草菅人命。為了親戚舊友的生命安全，以後，顧家人不許上門。」陸鹿做得更絕。

段勉不置可否的挑挑眉，不答應也不拒絕。

「到底怎麼樣，你說句話呀！」陸鹿不耐煩地戳他。

段勉無聲笑，抓著她作怪的手，問：「妳是防著顧瑤吧？」

「沒有。」陸鹿扭捏一下，就正色道：「那種貨色，我知道你不稀罕，我幹麼防她？」

「哦。」段勉仍是嘴角彎翹。「沒錯，知夫莫若妻。」

「少來。」

「哈哈，行，我知道該怎麼做。」段勉樂得笑出聲。

陸鹿抽回手指，看看窗外，夜色已深了。好像沒什麼問題了，那可以請他回去了吧？

「段勉，你看，今天發生這麼多事，你累我也累，對吧？天不早了，快回去養傷吧。」陸鹿儘量說得客氣委婉。

「我不累。」將喜歡的女人抱在懷裡，怎麼會累？他高興來不及呢。

「我累呀！你想，雪醉園登峰，然後見微服出遊的皇上，又遇到巷口伏擊，我這顆心嚇得七上八下的，現在還沒落歸原位呢！」陸鹿苦著臉大吐苦水。

段勉直勾勾盯著她，分明氣色不錯，眼珠也靈活得很，沈沈一笑。「好，我再抱一會兒。」

「這個一會兒是多久？」

「半刻鐘吧。」

「再快點好不好？」陸鹿最愛討價還價了。

段勉抬抬下巴。「不如，妳親我一下，我就走。」

「啊？」陸鹿眉角一挑。

段勉笑咪咪將她臉拉近，兩人氣息可聞，近在咫尺。

「呃……那就半刻鐘吧。」陸鹿三思後，妥協了。

「妳這頑固的丫頭……」段勉又不高興了，磨磨牙，臉也朝她壓下去。

陸鹿馬上伸手去擋，嘴巴閉緊，被他氣惱的撥開，重重的啃咬。

「嗚，痛。」這傢伙，不會接吻就輕點嘛。陸鹿也氣惱的反手就攀住他的脖子，今日就讓姐來教你怎麼吻吧！笨小子！

「嗯？」段勉一怔，陸鹿的舌頭就竄進嘴來，然後纏繞著他的舌互相追逐吮吸，纏綿火熱，越來越深入，也讓他越來越迷醉。段勉環在她身上的雙臂收得更緊，一隻手掌在她腰間、胸前，撫摸揉捏擠壓著。

等陸鹿喘不過氣的反應過來，人已經被他壓在牆上，他的吻技突飛猛進，吻得熱烈又溫柔，說不盡的親暱繾綣，還有不可壓抑的情動。他從未如此的心智大亂，腦海只被想要好好疼愛她的念頭牢牢佔據。

段勉雖沒有接觸過女人，但儘管厭女、煩女，到底是個血氣方剛的男人，在軍中總跟一群粗老爺兒們打交道，沒吃過豬肉，總也見過豬跑的。

於是，強烈想要她的念頭第一次如此清晰的冒出來。沒錯，就是現在，現在就要！

決心已下，段勉的吻變得綿長而細密，離開她的唇，緩緩沿著她略尖的下巴往下索求，一直將唇舌埋入她有些凌亂的領口，啃吸著鎖骨。手也不老實的探進去，捏起一只渾圓，令陸鹿的喘息更急。

陸鹿這身子到底也是十五歲的花季少女，被他這麼熱烈霸道的欺在牆上深吻，不可否認，心底也有酥酥麻麻的電流感覺淌過，但她同時還保留著一絲絲理智。

嘴被他放過，身體軟在他手上，卻還是近乎嗚咽地輕聲勸阻。「你，快停下吧。」

第七十章

段勉頓了頓，腦子也清醒多了，是該停下了，不然真會把她要了。雖說念頭仍很強烈，可時機不對，地點也不對。

「呵。」他緩緩抬起頭，唇上殘餘著水色，手還在衣中捏了捏，沒抽出，而是直接挪到腰上，撫摸著她腰上肌膚，一下一下的蹭著。四目糾纏在一起，陸鹿剛想開口，段勉忽然腰身輕輕一挺，將她再度壓在牆上。

陸鹿倒抽口氣，那灼熱的硬挺抵在她的下腹上，這麼明顯的挑逗，她收到了。她慌張地瞪著他，嚇得不敢亂動了。他、他不會吧？不會亂來吧？

段勉微垂下頭，眸色幽幽地直視她，氣息不穩，膚色略有染暈，眼神格外明亮。一個意圖明顯，一個身體裡住著個現代成年人。兩個人靜靜對視幾秒，只可意會不可言傳的目光纏繞在一起，陸鹿臉色很快緋紅一片，心亂如麻。

「姑娘，姑娘……妳沒事吧？」春草小心翼翼的聲音恰到好處的傳進來。

陸鹿猛然醒悟，羞紅著臉，小聲回應。「我沒事。」

難道他們剛才的動靜鬧太大了？一想到這個可能，陸鹿的耳根都紅了。

段勉目光定在她身上，仍是一動不動。直到陸鹿輕輕推他胸口。「鬆開。」

段勉臉上浮現出舒心的笑意，微微後退鬆開她，雙手卻仍攬在她腰上。

「姑娘……」春草哆哆嗦嗦的摸過來，在外頭小聲喚。
「那個，春草，我沒事，世子爺很快就回去了。」陸鹿不能讓春草進來看到這一幕，慌張掩飾，並且怒目瞪眼示意段勉「快走」。
段勉卻只笑，也不鬆手。
「哦。」春草遲疑的徘徊在外屋與裡間的門邊。
「快走啦。」陸鹿手指戳段勉。
「呵。」段勉眸色幽深的低笑。
陸鹿又推他。「天不早了，走吧。」
「好。」段勉嘴裡應著，人卻不動。
陸鹿搓搓臉，漸漸捋捋亂如麻的心緒。
「婚期定在開春，好不好？」段勉柔聲問。
「開春？」陸鹿抬眼。「太快了吧？」
「我還嫌慢了。」段勉長吐口氣笑。「最好明天就把妳迎進家門。」
陸鹿又低頭摳手指。「還是從長計議吧。」
下巴一緊，又被段勉給捏起，他逼近過來，沈聲問：「妳還想推？」
「沒，不想了。」陸鹿搖頭，勉強展顏笑。「皇上都過問了，我也推不掉吧？」
見她明顯不開心，段勉神情無奈。「妳到底在躲什麼？能不能告訴我？」
「可以，但是真相很殘酷，怕你接受不了。」陸鹿嚴肅地沈下臉。

段勉指腹撫過她光滑的下巴，笑。「對一個曾經在死人堆中打滾過的人來說，沒什麼殘酷真相是接受不了的。」

「是嗎？」陸鹿心念一動，腦子轉了轉。要不要把真相告訴他呢？太過驚世駭俗，會不會被當精神病關起來？

「說呀。」段勉催。

陸鹿搖頭。「說來有點話長，而且太過匪夷所思……」

「長話短說。」段勉想聽。

「今晚恐怕不行。得找個安全的地方，我才敢說出來，不然，我怕你會嚇死，或者會把我拍死。」陸鹿認真看著他。

段勉劍眉擰了擰，確認。「真的？」

「千真萬確。我知道你一直有心結，一直想知道我為什麼那麼抗拒嫁你。真的不是我特立獨行，也不是我故作矯情，而是有其他原因的。」

段勉目不轉睛的看著她，她明亮清澈的眼眸完全沒有玩笑的成分。「好，等皇上的封賞下來，我再帶妳去一個安全清靜的地方，咱們慢慢細說。」

陸鹿不置可否地聳聳肩。

也到了該說晚安的時間，段勉俯身在她面上一啄，笑。「乖乖等我。」

「嗯。」陸鹿嘴角扯扯的擺擺手。終於把他送走，陸鹿軟坐在榻上望天鬆口氣。跟這傢伙待一起，越來越緊張了，還是以前好，輕鬆隨意，嬉笑怒罵。

「姑娘，奴婢要進來嘍？」春草側耳聽了半天，好像沒什麼動靜了，又小心問一句。

「進來吧。」

春草趕緊推門而入，就看到陸鹿衣冠整齊的坐著，暗暗鬆口氣。

「春草，還有熱水嗎？我淨個面。」

「有，有。」春草忙去爐上將慢煨的熱水倒了一點在盆中，擰把毛巾遞上。

陸鹿擦著面笑。「妳想問什麼？」

「姑娘，這太危險了！」春草不想問什麼，問也白問。她是擔心再這樣下去，若被人看到就慘了。

「我也攔不住他呀。」陸鹿無奈。

春草小心道：「世子爺只怕是極為中意姑娘，所以才會越禮夜行……姑娘勸勸他，想必是會聽的吧？」

「勸過，不聽啊。這人的脾氣，我哪勸得動？」陸鹿扔掉熱毛巾，重新鑽到被窩去，嘆。「我也不想他大晚上的過來，他不要臉，我還要點臉呢。」

這叫什麼話？春草嘴歪了歪。段勉能對自家姑娘這麼上心，春草是一百個高興，只是這大晚上偷偷摸摸，總歸給人不大好的印象。然而這兩個主，一個比一個不聽話！

春草只得下決心，以後的值宿都包攬了，好給他們放哨。

皇上的效率還是挺高的，口諭傳給禮部後，沒兩天，禮部起擬的聖旨就風風光光的降落在陸府。

陸靖和龐氏早就得了信，帶齊在京城的家人、下人們，跪在中門擺香案接旨。賞封的是隴州隴山城轄下的累陽縣主。別人一片喜氣洋洋，陸靖卻聽得眉心又一緊，這地名有點耳熟，好像是元配劉氏的原籍。

因為皇上破天荒的封一個商戶女為縣主，規格超過先例，京城又沸沸揚揚傳開了，陸鹿的芳名也重新被翻炒起來。世家權貴自然不屑一顧，但普通官員們卻頻頻登門祝賀。有那跟段府交情深的，更是第一時間上門道賀。

陸靖和陸翊帶著家人招待，足足喜慶了三、四天，氣氛才算沈寂下去。

這其間，最悠閒自在的要數陸鹿了。她現在是好大的面子，皇上封賞的縣主，比一般小姐身分還高出一截，那九品末流小官太太見了她還得行禮。

陸明容氣得咬碎銀牙，發作不得。總之，現在要動陸鹿，那是絕對絕對不能明目張膽了，否則陸靖第一個能搧死她。

院中，陸明姝和常芳文陪陸鹿在暖榻上玩數字遊戲。陸鹿是端起了架子，別家的小姐不認識，所以大方拒見，她也不需要這種半生不熟的女性朋友，有陸明姝、常芳文就夠了。

陸明姝還是那麼單純傻甜，玩到興起時，忽然問：「要不要把二姊姊請過來？」

「她不是說病了嗎？」

「可是我聽丫頭說她出門了，想必回來了吧？」陸明姝天真道。

常芳文嗤笑。「她出門能去哪兒呀？人生地不熟的。」

「去找顧瑤呀，兩個臭味相投。」陸鹿嘻嘻笑。

常芳文卻撝著嘴笑。「顧瑤？哈哈，她現在自身難保。」

「哦？出什麼事了嗎？她怎麼啦？」陸鹿追問。這些天一直沒出門，段勉也沒過來，訊息閉塞了。

常芳文幸災樂禍拍手道：「她呀，訂親嘍。」

「啊？她訂親啦？」陸鹿和陸明姝都相顧大驚。顧瑤對段勉的感情可以用狂熱來形容，顧家也是樂見其成，一直在縱容，怎麼說訂親就訂親呢？

常芳文並不清楚實情，她也是從常夫人嘴裡聽到的。「沒錯，訂得很匆忙。」

「哪家公子？」

「好像是工部郎中的三公子？」

陸鹿記憶裡找了下。前世，顧瑤嫁的並不是工部郎中的三子呀？

陸明姝感興趣問道：「郎中之子，那是讀書人吧？」

「聽說讀書不成器，在家閒混呢。」

「什麼？這樣的人家，顧家怎麼肯結親？」

常芳文搖頭。「不知道，反正已經訂下，而且顧瑤也被禁足了。」

「妳又從何得知？」

常芳文笑嘻嘻。「我昨天才從高府赴席回來，高小姐親口說的。邀了顧瑤，顧家不放，後來一打聽，原是被顧家禁足了。」

陸鹿猛然想到什麼，問：「顧夫人有沒有去赴席？」

「沒有，她也沒去。」常芳文對這點記得很清楚。得知顧瑤被禁足，她特意留意了下顧夫人，發現也同樣沒在高家出現。

「哦～～明白了。」陸鹿意味深長的點頭。

這肯定是段勉的功勞。段勉向段老太太通報了顧家的所作所為，自然，對這樣陰險算計、處心積慮的親戚，段老太太那是眼裡不揉沙子。估計段府向顧家施加了壓力，逼得顧瑤被禁足，還被匆匆忙忙的訂了親，這樣，更能讓她死了對段勉的心思。

對這樣的結果，陸鹿表示還可以接受。顧瑤是可恨，但自己手伸不長，無法動她，只能由段家出面。下嫁一個不成器的男人，也夠她一輩子受的吧？她覺得可以放手對付易姨娘了！既然跑路不成，必須嫁給段勉，那跟易姨娘結下的梁子就要在出嫁前算清。

想到易姨娘，陸鹿自然就把生母血帕那檔子事重新提上日程。

皇恩浩蕩，親事已訂，走親訪友等事差不多了，陸靖便打算要帶陸鹿回益城準備待嫁事宜。

這日，北風呼嘯，天氣陰沈沈的，常芳文跟哥哥常克文來訪。

說是訪，其實是常芳文邀陸鹿出門去胭脂鋪逛街。陸鹿本來懶洋洋的不大肯去，然而，常芳文趴在她耳邊小聲道：「世子爺有請。」

「呃？妳、妳是來……」

常芳文擠眉弄眼笑。「幫掩護。」

「明白。」

兩人在京城最大最好的胭脂鋪閒逛半天，又去玉石鋪挑首飾配件，還逛了點心鋪子。這麼走走逛逛，陸鹿借著歇腳的工夫單獨溜出來。

鄧葉早就備好一輛輕快馬車等著，載著她疾駛離去。

陸鹿其實挺不贊成這樣大費周章的，雖然歇在常府相熟的繡衣坊，一時半刻沒有人去打擾，又有常芳文的掩護和春草的遮掩，是可以暫時離開，但——時間完全不夠呀！

很快，馬車輕快的停在一處寂靜無人的小院子。寂寞空庭，晚來天欲雪，階角有早梅吐芽，廊前，負手立著一身淺紫色長袍束腰的段勉。看到陸鹿進來，眼亮如星，嘴角不由彎翹。

「段世子。」陸鹿施一禮。

「鹿兒。」段勉可不跟她客氣，而是親密地挽起她的手，微笑。「可還順利？」

「還行，就是時間怕不夠用。」

段勉疑惑。「一個時辰還不夠？」

「可能吧。」陸鹿私心想把自己的難題先解決，卻沒察覺自己對段勉的信任。

「進來說。」

屋裡燃著紅通通的火盆，身體一下就暖了。王平和鄧葉兩個奉上茶後，退出門外把守。

「說吧，這裡絕對安全。」段勉把一盅小巧的茶杯往她跟前推了推。

陸鹿卻眼眸亮晶晶地看著他。「你先幫我一個忙再說。」

「好。」段勉自然樂意效勞。

「幫我認幾個字。」陸鹿笑嘻嘻的從懷中扯出一張帕子。

段勉並未在意，伸手接過，攤開一看。血字？他抬眼，不解問：「這是什麼？」

「血帕呀。用血寫在帕子上的字，我一個都沒認出來。麻煩你幫我認認。」陸鹿虛心求教。太好了！終於可以解開這個謎了！別人她也不放心，只有段勉她最放心，而且相信他也會守口如瓶的。

段勉再看她一眼，只好低頭研究起來。絲帕質地光滑，加上用手指書寫，字跡都是歪歪扭扭的，筆劃也分隔得比較開，很難辨認。

陸鹿等了一會兒，催問：「認出來沒有？」

「好像是在控訴某個人。」段勉淡淡出聲。

「誰？」

段勉忽問。「妳繼母是不是叫龐幼采？」

陸鹿茫然，想了好久，才不確定道：「好像是吧？家人除了她姓龐，沒別人了。」

「這手帕是誰給妳的？」

「易姨娘。」

「她還說什麼沒有？」

陸鹿老實交代。「她說這是我生母的遺物。」

聽到這裡，段勉低頭再看一遍血帕，又抬眼道：「哦。」

「到底寫些什麼？」

「妳真想知道？」

「廢話！」陸鹿趕緊催。「快點告訴我。至於是是非非我自己來判斷。」

段勉默然點頭。「帕子上的語氣頗為激憤，大意是先令堂因為得知令尊與龐家庶小姐有染，所以心情鬱鬱，導致難產……」

「啊？」陸鹿一把搶過血帕，耐著性子仔細看了一遍。因為有他的描述在先，所以這一看下來倒也認出幾個關鍵字：「龐幼采」、「私下相會」、「休妻再娶」之類的字眼很快就被她挑出來。

「這麼說，我生母之所以難產，是因為知道我爹跟當時還待字閨中的龐氏有染，甚至動了休棄元配髮妻的念頭，所以我生母心情極差，影響身體了。」

段勉不好多評判，輕輕點下頭。

「這麼說，我生母之死，我爹和龐氏是有責任的嘍？」

段勉沒作聲，到底是她的家務事，而且還涉及隱私。

陸鹿摸著下巴琢磨。「因為這對狗男女，才讓我母親氣壞了身體，導致難產而死，難怪我那麼點大就被送到鄉下去了。」

「咳咳，鹿兒，用語文雅一點。」段勉不得不開口規勸。一個是生父一個是繼母，怎麼能用狗男女形容呢？

「好的，這對渣男賤女原來是我殺母仇人啊！」陸鹿很聽話的換了稱呼。

「咳咳！再換。」段勉又乾咳起來。渣男賤女也不好聽啊！
「沒詞了。我學問不多，只能想到這兩個形容詞。」陸鹿拒絕再換，而是望天深思。
「讓我冷靜下來好好算算。陸應和陸序今年十三快滿十四歲，跟我只相差一歲，按照十月懷胎的自然規律，是很有可能在我母親還在世時，他們就勾搭在一起了。」
段勉摸摸鼻子。這丫頭懂得挺多呀！
「我母親身分一般，龐氏好歹是末流官的庶女，對陸靖這種著重利益的商人來說，確實娶後者有一定的助力。而且，我外祖家不在益城，人丁又單薄，就算真休了，他也沒什麼害處，還沒人會找他麻煩……看來很有可能是真的嘍？」
「那妳想怎麼樣？單憑一張血帕不好定罪吧？」段勉問。
陸鹿卻嘿一聲。「還有個盒子，上鎖的。」她又變戲法一樣的把那個生母的密盒拿出來。
段勉擺擺鎖頭，笑。「這不是妳拿手的嗎？」
「對呀，我開鎖很厲害，只是先前不想貿然打開。現在血帕上的內容我知道了，可以開鎖了。」陸鹿活動下手腕，端起密盒左右細看。
「要什麼工具？」
「不需要。」陸鹿搖頭。「這是密碼鎖，不用鑰匙。」
段勉沒有大驚小怪，好歹出身名門，見多識廣，密碼鎖之類的沒見過也聽過。「現在就開嗎？」

「當然。這裡安全又清靜，索性一股腦兒將這個盒子也一併打開，解我多日迷惑。」陸鹿將盒子放在桌上，然後將那把小鎖拾起。

段勉就湊在身邊看她動作。鎖是有轉輪的，輪上刻著數字，年代久遠，數字顏色很深了。

「不曉得能不能輸兩次密碼……」陸鹿喃喃自語地捋捋袖子。

「兩次？為什麼要輸兩次？」段勉不懂。

陸鹿不好意思道：「我怕第一次輸錯嘛。像我們後世去取錢，允許密碼輸三次，三次錯才鎖帳號呢。」

「後世？輸三次取錢？」段勉聽糊塗了。

陸鹿揮揮手。「別摳字眼了，反正我就那麼一說，你就那麼一聽。」古怪，這丫頭身上有秘密！段勉側目望她出神。

「嗯，讓我好生想想，古人是採用農曆，那我的生日是……」陸鹿心裡盤算著日子。

「妳沒把握？」段勉問。

「是，我在想，易姨娘如果會這麼好心，就不會三番五次害我，她應該跟我生母關係一般般才對。」

「嗯，很有可能她想拉攏妳對付妳繼母。」

「沒錯，我進府沒兩天，她就把這兩樣東西送來了，可能當時是想拉攏我一起對付龐氏吧？沒想到我根本不想搭理她，對生母遺物也沒那麼激動重視。」

段勉讚許。「妳考慮周全。」
「所以我又猶豫了。」陸鹿又坦白將自己的顧慮告訴他。
段勉更是頻頻點頭，微笑。「沒錯，妳設想得全面，的確有這種可能。」
「可不是。如果血帕是我生母寫的，或許她會拚盡最後一口氣把密碼換成我的生日。但如果血帕是假的呢？我生母根本就來不及看我一眼，更不用說什麼在密盒上改密碼，那麼輸入我的生辰，很可能就會鑄成大錯。」陸鹿很苦惱，頭一回這麼糾結遲疑。
段勉自然的摸摸她的臉，笑。「如果妳不放心，我請宮裡的鎖匠來打開好不好？」
「不好，不好。」陸鹿擺手。「家務事，我自己解決。」
段勉建議。「要不，等有十足把握再開鎖？」
「不，擇日不如撞日。」陸鹿好勝心起，握握拳頭，忽然問他。「你以前見過這種帶密碼的鎖嗎？」
「見過，沒開過。」
「那麼，如果密碼錯誤，失敗下場是什麼樣？」陸鹿還真是把什麼事都往壞處想。
段勉失笑，但仍認真想了想。「無非有機關，將裡頭的東西破壞掉。以前在益城，我不是曾讓妳開過一只櫃子？」
「對哦！我忘了。既然只是這樣，那就放手一搏吧！」陸鹿再次信心百倍了。
「妳打算用妳的生辰日子？」
陸鹿重重點頭。「嗯。」

「可如果先令堂難產之際，根本無力修改密碼，還是在生妳之前的舊密碼，怎麼辦？」

「大不了裡面的東西破壞掉嘍。我想也不會很值錢……可能就一些信件，或是劉家傳家寶之類的東西吧？」

段勉好笑。「傳家寶不值錢嗎？」

聽到值錢，陸鹿猶豫了。「那今天是開不成嘍？」

「我覺得妳可以先回去問問當年的一些老奴，問清先令堂過世的細節再定奪。生母遺物，就算不好好珍惜，也別輕易糟蹋了。」

這話說得陸鹿很慚愧，她支起一隻手遮擋半面。不是她不珍惜，而是她跟這位遙遠的劉氏一點感情也沒有。況且，現在她本心是程竹呀！自然就談不上珍惜遺物嘍。

「呃，你說得好有道理，我無從反駁。那好吧，我回去再找衛嬤嬤打聽打聽。哦，聽說還有個陪嫁李婆子，說不定知道這密碼的蛛絲馬跡。」

「這才對。」段勉感到欣慰，這丫頭比原來乖順多了。

陸鹿忽發奇想。「你說要不要請人鑑定下我生母的手跡真偽？這血帕是真是假一目了然。」

「難。」段勉實話實說：「其一，平常寫字與匆忙間寫字差距很大；其二，這是妳家務隱私事，真要亮出來給別人看？」

「也是哦，那就作罷。」陸鹿嘴角扯扯。她是不大在乎這些破事暴露出來，不過，劉氏亡故這麼多年，暴露出來，龐氏地位已穩，只怕也撼動不了，就算撼動了，也是白白便宜易姨娘去。

段勉將她下巴一捏。「好了，說咱們的正事。」

等這半天，終於要進入正題了。

陸鹿將血帕重新放好，盒子也收起，甩開他的手道：「現在不好說，先回去吧。我出來挺久了，怕芳文那邊為難。」

段勉很失望。「妳反悔了？」

「沒有。」陸鹿約定時間。「晚上再說吧！你晚上早點過來。」

「是嗎？我、我今晚可以去找妳？」段勉有些驚訝，這對他是意外之喜。

這話問的，陸鹿白他一眼。「你原來去找我，難道事先打過招呼？」

這意義可不同呀！段勉搓手笑。「好好，那我今晚再去接妳。」

「嗯，行。現在先送我回去吧。出來太久，難免起疑。」

「好。」段勉痛快的答應了。等王平把陸鹿送走後，段勉才記起來，好像忘了跟她親熱幾下，虧了！

稍事休整後，一行人便打道回府。

很快就到掌燈時分。陸鹿如今在府裡地位超然，她藉口今天逛街累了，飯也沒好生吃，所以也不去陸靖和龐氏那邊用膳。陸靖還慈父心大發。一迭聲叫後廚做些大小姐平素愛吃的送過去，鬧得陸明容又眼紅生了回悶氣。

夜似濃墨，北風呼嘯。段勉如約而至。

陸鹿卻把春草叫進來，鄭重交代。「替我把門，要是我今晚回不來，妳就去官府喊冤。」

春草一頭霧水，聽不懂她的話。

「就說被段世子挾持走了，一夜未歸，肯定是遇害了。」

春草看一眼窗外的段勉，眉頭快打結了。段勉更是無語。

「好啦，言盡於此，春草，保重。」陸鹿交代完畢，就戴上風帽也撐窗躍出，向段勉道：「走吧。」

「姑娘，妳去哪兒？」春草急急撲過來問。

「問他。」陸鹿一指段勉。

段勉黑沈著臉，什麼也不說，提起陸鹿縱身而躍，眨眼消失在冬夜寒風中，徒留快抓狂的春草。

能不抓狂嗎？雖說這兩人已訂了親，婚事也正在議，可這樣夜晚偷偷私會，被人知道，丟臉不說，親事能不能成更不好說。再說，萬一大晚上府裡發生什麼事，要驚動姑娘卻找不見人，她可怎麼交代？

春草極度不安，陸鹿卻極為開心。

「哎呀，又體驗到傳說中的輕功了！」她攀著段勉，不顧寒風颳面刺得生痛，興高采烈的左顧右盼。

段勉摟著她，低低的笑。

「哇，神奇，教教我唄。」陸鹿逮到機會了。

段勉失笑。「妳想學？」

「對，我久仰大名，不學幾招白來一回。」

段勉不作聲了。任何技藝想要得到效果，付出的努力一定是常人難以想像的，她以為隨隨便便就學會了？

「好不好嘛？」

「好，先打三年的基本功。」

「是什麼樣的基本功？」

「站樁、綁腿、跳坑等等。」

陸鹿沈默。這世過得懶懶散散，要那麼吃苦，還不如殺了她省心。算了，繼續仰望吧！

段勉將她帶到白天的小庭院，屋裡亮堂堂的，盆火也燒得正旺，熱茶兩杯已經沏好。

第七十一章

陸鹿巡視一圈下來，並無外人，王平和鄧葉也沒在外頭守著，而是退到廂房，可以說相當安全。

「喝杯熱茶暖和一下身子。」段勉遞茶過去。

「嗯。」陸鹿並不冷，她是要緩一下情緒，歪著頭思考。該從何說起呢？升元三年京城遭變的事，要不要一起說給他聽？

段勉挨著她坐下，摸摸她的手。「還是涼的。」

「我畏寒嘛。」

段勉索性將她的雙手握在大手中，呵著氣搓了搓，笑。「這樣好點沒？」

「好了。先放手，聽我說。」陸鹿抽出手，正色道：「段勉，接下來你聽到的可能是從古至今從來都沒有過的荒唐事，但卻都是真實存在。你可以震驚，但要相信，我沒有騙你。」

「妳說。」

「你一直很奇怪，我為什麼會那麼拒絕嫁你，對吧？」

段勉看著她，點頭。

「好吧，廢話不囉嗦，我就直說了吧。」陸鹿深深吸口氣，開始說道：「我先從頭說起。因為，我曾經嫁給你，但卻守活寡五年……」

陸鹿向段勉講述前世所發生的事，一五一十，流利而清晰。而段勉呢，從開始的鄭重神情到訝異再到震駭，最後是失神驚呆了！

燈花爆了爆，屋子裡一暗又猛地一亮。

陸鹿端起茶杯潤潤喉，最後道：「還有最後一段，先聽我說完，升元三年，夏季，日月同空……」那一年，和國人攻進了京城，陸鹿與春草相依逃難，但主僕兩個都沒有好下場，春草不用說，慘死，而陸鹿尋求幫助未果，反被和國某個將軍看到，被迫無奈跳井而亡。就是這一跳，天狗吞日，造成她的重生。

屋裡靜悄悄的，只有火盆裡的炭絲吞著紅焰焰的火苗。

「不可能！」段勉騰身而起，後退兩步。饒是他在死人堆裡打滾過，還是不能接受陸鹿的說詞，太不可思議了。

陸鹿眼珠轉了轉，道：「你家西北角有棵參天柏樹，樹根被做成凳子，不過，缺了一角。」

「有這回事。」段勉點頭。

「老太太院子後牆有一叢迎春花，花牆下有個狗洞，對不對？你母親正房內室床頭架上擺著一只古鼎，價值連城，只在特定的幾個日子才擺出來，對不？」

當然都對，不過，這些事一打聽就會知道。

陸鹿又進一步說：「你的屋子正室牆上掛著一張古琴，琴內其實是一把利劍。」

「妳怎麼知道？」段勉這下快跳起來了。這件事，連他的妹妹們都不知曉！

陸鹿笑。「我畢竟曾經是你妻子嘛，雖然被冷落五年，可也進去過你的屋子幫著收拾整理，有一天無意中發現的。」

段勉這下子，不相信也得相信了。她說出的這幾件事不算機密，但不是故交親戚，一般沒人知道。況且那琴中利劍……

「妳，真的有過前世？」

「是，而且重生了。我前世死了，可是陰差陽錯，又重活回五年前了。」陸鹿認真道。

「所以，段勉，我才會這麼討厭嫁入你們段家。」

段勉嘆口氣。「我們前世沒見過面對吧？」

「對。」

「然後，因為老太爺要沖喜，所以娶了妳。」

「是這樣。」

「但我不喜歡，所以就冷落了妳。」

「是從新婚開始就一直沒見我，一直冷落了五年。」陸鹿說到這個就恨得牙癢癢。

段勉卻點頭。「沒錯，這是我的風格。」

「你承認就好。」

「別說前世，這輩子我也會這麼做。」段勉頑固道。「祖母與母親曾經要給我說親，我當時表示如果不是妳，那麼就索性多娶幾個回來，反正西北角空屋那麼多，一人一間，省得她們無聊。」

「啊？」陸鹿吃驚問：「你的意思是，反正娶回的人不是你想要的，不如多娶幾個晾到一邊，讓她們住在一起省得守活寡無聊？」

「就這意思。」

「也不打算洞房？」陸鹿問得直白。

段勉深深看她一眼，搖頭。「長輩可以替我娶一堆不喜歡的女人回來，總不能押著我洞房吧？」

「有個性！」陸鹿能說什麼呢？說他堅持己見，還是始終如一不改本性？最終，她只能這麼誇了。她也算是明白了，段勉前世真不是故意針對她，他是針對所有不合他心意被長輩娶回來的女人。明白這個道理，她心裡多少釋懷了一些。

「升元三年是怎麼回事？」段勉到底不再糾結兒女情長。

「就是五年後，新年號，和國人攻打進來了，京城大亂。」

段勉眼底更是震驚。「和國人打進京城來了？」

「沒錯。不過，你率兵解圍來了，人稱紫衣將軍，不然，我為什麼當初會那麼稱呼你呢？」陸鹿笑了笑。

段勉卻一點笑意也沒有，而是問道：「所以，這就是妳恨和國人的原因？」

「是。我跟春草就是死在他們手上，而我五年來，就只在臨死前向你求助時見過你半面……」陸鹿低眉嘆氣，前世不堪回首。

段勉走近，拉起她手，認真道：「鹿兒，過去事就不提了。總之，這一輩子妳是我明媒正娶的妻子，我會好好對妳，妳放心。」

「你完全信了？沒當我是神經病胡言亂語？」陸鹿歪了歪頭。

段勉沈思，感慨道：「不大信，可由不得人不信。」

「為什麼？」

「如果說是妳編的，那編得也太真實了。時間、地點、人物都清晰有條理，我們府裡的某些細節，不是家裡人根本不會知道，何況這也完美解釋了妳之所以這般抗拒我的原因。」

「到底是聰明人，一點就通。」陸鹿很欣慰，拍拍他，又撫撫心口。「枉我白擔心一場。」

「擔心什麼？」

「擔心我說完後，你把我當神經病瘋子一刀給劈了。」陸鹿開了個玩笑。

段勉將她臉一擰，惱怒道：「妳想太多了。」

「嘿嘿，太過匪夷所思，我不得不想多嘛。」

段勉低垂眼看著她，卻又笑笑。「可見不管妳重活幾世，妳都得是我的女人。鹿兒，這下，我反而放心了。」

陸鹿眼睛看著別處，心裡還有疙瘩。

「妳也放心，我不會像上世那樣對妳。」

「段勉，可我還是不想嫁進你們段家。」

段勉攢眉問：「妳還有什麼顧慮？」

「你們段家那個男丁魔咒，實在嚇人。」

對這一點，段勉微加沈吟，緩緩道：「妳不用擔心，我不會納妾。」

「如果沒生出兒子呢？」

段勉微微笑。「不會。」

「我是說如果，畢竟你也看到，令尊還有你叔叔都納了不少妾，愣是沒庶子出生。有些人天生就是岳父命。」

岳父命？段勉又好笑又好氣，這丫頭還真是什麼話都敢說呀。他刮了刮她鼻頭道：「總之妳不用擔心，我會想辦法。」

「老太太還有太太們在這一點是不講道理的，你到時可以跑去邊境，留我一個人在府裡整天對著長輩的指責，到時我搞不好真會變成神經病。」

「我帶妳一起走。」

「啊？你要把我也帶去邊境？」陸鹿瞪大眼。

段勉點頭。「是。邊境居民不少，小鎮雖簡陋但一應俱全。」

「好，就這麼說定了。」陸鹿一聽，他既然能想著把她帶在身邊，也算難得了。

段勉微笑一彎嘴角，又若有所思。「老太爺的病難道過不了今冬？」

「不清楚。反正我前世是借著沖喜的名義嫁過去，然後當晚喜事就變喪事了。你連我紅蓋頭都沒掀，讓我跟隻雞拜堂。」

很怨念的語氣，段勉不由無聲咧咧嘴，輕聲。「這一世，再不會發生這種事了。」

「反正我也不怕了，真又這樣，大不了我就悄悄從冷園跑掉，反正你們段府也不大管我。」陸鹿搖頭晃腦的說著。

段勉很奇怪。「妳前一世膽子也這麼大嗎？為什麼甘願守在冷園五年？」

「你可錯了。我前世膽子又小又沒出息，能在冷園立足、衣食無憂就心滿意足了。這一世膽子大是因為兩世為人，想通了，不能白白重活。」

經歷了生死，性子轉變得像是兩個人也是正常的。這一點，段勉也沒什麼可質疑的。那樣的環境，那樣的慘死，重生一回，肯定不可能重蹈覆轍。

「世事真奇妙！原來是曾聽過死而復生的民間故事，不過，像妳這樣，重生在五年之前……」段勉理智上還不大能接受，可感情上完全相信了。

陸鹿乾笑。「我其實也不大能接受，可事實擺在眼前，不得不認命。段勉，你可要保密呀！」

「知道。」太離奇，難免會引人起獵奇心態，段勉可不想陸鹿再出風頭。

靜靜相擁片刻，陸鹿推他。「我可以回去了嗎？」

「還有一個問題，三年後年號為什麼改為升元？」

「換皇上了唄。」

「是誰？」

陸鹿遲疑不決，這個時候告訴他，算洩露天機嗎？「呃……我立場中立，所以不能說太細，反正，你自己判斷和國人為什麼能打進來就行了。」只能話中意有所指。

段勉眼眸一沈。是二皇子！他極力主張與和國達成盟友關係，放任和國人休養生息縱容其坐大，五年後，和國人休息夠了，自然捲土重來，逼近京城。

「不過呢，段勉，世事難料，我們前世並沒有見過面，而今卻碰面了，說明一切都可能改變。三年後會不會再有新皇登基、更改年號的事發生，真的很難說。」

段勉也是聰明人，明白她的話。「我懂了。妳重生後，一切世事都偏離方向了，三年後會不會改年號未定，五年後和國人會不會打進京城，也未可知。」

「你明白就好。」陸鹿拍拍他，讚許道：「跟聰明人講話就這點好，省不少口舌。」

段勉笑笑，再次認真看看她。搖曳的燭光，紅焰的炭火，映襯得這個小女人臉色紅潤嬌豔，眼波流轉，俏皮又可愛，忍不住俯身輕輕一啄，道：「鹿兒，謝謝妳肯向我坦誠這一切。」

「你肯聽，又願意相信，我才要謝謝你呢。」陸鹿心平氣和地回應他。

「呵，一家人不說兩家話。」段勉低語。「不說謝了。婚期訂在開春，等我娶妳進門，好好補償前世欠的債，好不好？」

陸鹿嘴角抽抽，這話鋒轉得太快了吧？等等，婚期？

「段勉，婚期會不會訂得太匆忙了？離開春可沒多久了。」

「是呀，我想早點娶妳過門。」

「能不能往後推遲？」陸鹿想了下。「五月如何？」

「為什麼是五月？」

「這個月份不冷不熱，穿新娘裝最好看了。」陸鹿隨意胡扯。

知道了陸鹿的秘密，段勉心情放鬆，聽進去了，摸著下巴。「聽起來不錯。」

「好，這麼定了！」

夜深人靜，遠遠巷外有犬吠。陸鹿撢撢衣襟，道：「時候差不多了……」

是該回去的時辰了。段勉捨不得，覺得時間過太快，怎麼就到了分別的時候了？他好像還有很多話未說完。

「啊，還有最後一個問題。」陸鹿主動停步，雙眸亮晶晶看著段勉問。「你是不是提前收買了國師天靈子？」

段勉失笑，搖頭。「這個真沒有。」

「哦？」陸鹿奇怪了，說出自己的看法。「明明我已經惹得段老太太不喜歡了，為什麼最後老太太又歡歡喜喜的促成這門親事？難道不是國師說了什麼好話？」

段勉垂眸淺笑。「國師的確說了些好話，但我真沒來得及收買他。」

「怪事！他為什麼會促成這門親事？」陸鹿百思不得其解。

段勉當然也有聽到風聲，不過，他堅決不讓陸鹿知道，省得她又鬧了。

「國師這人，不會輕易被誰收買，也不會昧著良心說話，他說咱們合適，那必定就是天作之合。所以，我祖母才會下定決心結下這門親事吧？」

陸鹿細想想，前世就已是夫妻名義，這一世又糾纏不清，可能真是天意吧？既然天靈子號稱國師，說不定真有兩把刷子呢？說不定他真能看出點名堂來呢？

「罷了罷了，事已如此，我也懶得打聽細節了，就這麼著吧！我走了。」陸鹿伸手取來裘衣，趕著回家。

段勉上前幫著她繫上領扣，撫撫她紅潤潤的臉，笑。「不許再起異心了。好好在家待嫁。」

「嗯，知道了。」陸鹿也向他微微一笑。

段勉滿心都是甜蜜，忍不住又俯身在她唇上輕啄，攬著纖腰道：「我送妳。」

「嗯。」陸鹿不自然地扭捏了下，她還是不習慣太過親密接觸。隨後一想，反正這輩子只能嫁他了，先前也不是沒親密過，就當提前適應情侶之間的親暱小動作嘍，遂半推半就地依著他。

寒風撲面，段勉幫她戴上風帽。

王平和鄧葉聽聞動靜也趕過來，就看到他們兩人在廊下膩歪，又各自後退一步。

「風大，騎馬好吧？」段勉商量問。

陸鹿點點頭。段勉的座騎被牽出，他先扶陸鹿上馬鞍，自己俐落的翻身坐在她身後，抖抖繩子，輕「駕」一聲融入夜色中。

王平和鄧葉兩個不遠不近小心的跟在身後。

「好冷。」陸鹿雖然只露出一張臉，還是受不了北風撲襲，把頭往他懷中拱。

段勉溺愛的笑，放慢速度，將她摟緊道：「很快就到了。」

兩個人摟在一起，駛馬躍過街區，耳聽有梆子聲，加上冷月清輝，一片蕭寂。突然，段勉勒馬停步，舉手示意後面跟從的兩個心腹。

陸鹿小聲問：「怎麼啦？」

「噓。」段勉翻身落馬，將馬牽到陰影之下，輕聲道：「待這裡別動。」

王平和鄧葉兩個趕上來。「世子爺。」

「鄧葉，你護著她，王平，跟我來。」

段勉很快的安排好，搶先縱身掠上牆頭，身姿輕盈的縱跳而去。

隔壁巷出現鏗鏘相擊聲，顯然是打起來了，間或夾雜著喝斥，還有幾句聽不懂的方言。鄧葉的臉色更難看了，他全身繃緊，寸步不離的護著陸鹿，眼睛瞪得滾圓。

「哎，鄧葉，去幫忙呀！可能是段勉跟人打起來了！」陸鹿小聲地說。

鄧葉搖頭。「世子爺吩咐小的護著姑娘，小的不能擅離。」

「放心，我不會亂跑，我很惜命的。」

「……那，在下去了。」沈思再三，鄧葉猶豫道。

「快去快回。」

鄧葉看她一眼，恰好那邊傳來一聲呼喝，聽起來像是王平，這下鄧葉站不住了，握著刀。「陸姑娘，妳小心。」

「知道了。」

鄧葉下定決心般，毅然衝向隔壁巷助戰。

陸鹿是真的很惜命。她好奇心是大，但也沒想要在這時候去湊熱鬧，而是掖掖裘衣，四下張望，尋了個又避風又黑漆漆的角落坐下枯等。幫不上忙，那就不要去幫倒忙，她很有自知之明的。

孤月清冷，能見度極低，寒風捲起地面上的殘葉敗枝，打著旋捲向角落，段勉他們的馬匹也訓練有素，乖乖的甩著尾巴不聲不響。

哈口熱氣，陸鹿搓搓手，有點冷了。怎麼段勉還沒回來？這次遇上硬茬了嗎？

約等了小半晌，陸鹿想起身活動活動四肢，通通血脈，忽然，有兩、三道黑影狼狽地順著牆根鬼鬼祟祟出現在她的視野。陸鹿一下提起心，悄悄的躲進角落，探出小半顆腦袋張望。

冬天的月，如蒙一層灰濛濛的光，還帶著寒意。

那兩、三道黑影看身形並不高瘦，還顯得驚慌失措。溜著牆根貓著腰疾步而行，身後好像還有追兵舉著火把？陸鹿屏住呼吸，眼都不眨地盯著。

這時，其中一個機警的頓了頓步，看向陸鹿方向。後兩個也疑惑的停下腳步，嘴裡輕聲說著什麼。陸鹿更是大氣不敢出，死死咬著下唇，眼睜睜看著他們奔向繫馬的地方來。

正好三匹馬，三個人。陸鹿清晰的聽到低低的驚喜輕笑聲，原來這三人是嗅出馬匹的動靜。也是，如果跑路，自然騎馬比較輕省。

其中一個去牽段勉的座騎，誰知那座騎忠心如一，根本不許其他人靠近，甩著馬尾揚起蹄子不肯就範，這下惹惱了某個人，他發狠的重重一掌拍在馬背上，低低咒罵一句。

陸鹿心頭一緊。

這聲音……化成灰她都認得！

恰好，薄紗似的浮雲散去，淺淡的月光透射下來照映在那個試圖牽走段勉座騎的人面上。

陸鹿壓抑著憤恨。這個畜生人渣的樣貌，她至死都不會忘記——和國人明平治！

重生之前就是他逼死陸鹿，他也是重生之前帶兵闖入玉京城的敵軍之一，當時看起來還是個將領。此刻的他仍然是中年人模樣，一臉戾氣、個子矮壯，身上卻穿齊國服飾。

仇人相見，分外眼紅！如果說這一輩子陸鹿最想避開的，那非段府莫屬；可她最恨不得食其肉、啖其骨的，卻是和國人——尤其是這位直接逼死她的明平治！

沒有什麼仇比國仇、比生死之仇更深厚的！春草的遭遇以及自己投井前的絕望，如潮水般湧入陸鹿的腦海，她的眼眶瞬間就濕潤了。

親手殺了明平治的念頭牢牢佔據著陸鹿的思維。此時，她已無任何理智可言。她站直身體，邁出角落，雙手攏在袖中，眼眸噴火，一步一步直勾勾的走向那個自己痛恨至極的明平治。

「大人、大人……」顯然，她的出現馬上就引起了注意。

「喲，竟然還有女人躲在此處？」

「哈哈，來得好！」

「老子正愁抓不到人質……」

「明平治，你去死！」陸鹿加快步伐，突然蹬步，動作敏捷的撲向明平治，袖中寒光一閃。

「大人小心……」

「鹿兒！」段勉的聲音也急切地飄送過來。

陸鹿無暇他顧，抽出袖劍對準那個和國人狠狠刺去。

明平治到底是武人，也一直處在高度警戒中，忽聽她一聲怒喝，下意識就要閃避。還別說，真讓他成功的閃開陸鹿這用盡全力的襲擊。

陸鹿到底是女流之輩，懷著深仇大恨，不顧自身安危衝過去行刺，不出意外，沒刺準，偏了，還朝前栽了栽。她腦子也轉得快，一擊不中，並不是回身再戰，而是跳到一邊大聲呼喊：「和國人在這裡！」

明平治閃過她後，伸手就想去抓，沒承想也撈個空，正在驚疑，突然聽到她的大聲呼喊，而牆頭巷口已經衝出不少精悍的男子殺了過來。

「走！」現在不是計較的時候，留得青山在，不怕沒柴燒。明平治放棄抓陸鹿的念頭，沈悶一聲發令。

王平和鄧葉的馬匹就不如段勉的座駕那麼通靈性，已經讓另兩個和國人騎上，一抽馬臀，絕塵而去。在這間隙，明平治小跑幾步，縱身跳躍，與人共騎，眼看就要消失在黑夜中。

「放箭！」有人下令。

瞬時，無數利箭破空飛掠朝兩騎三人射去，其中一騎有人在抵擋箭雨。而另一騎只顧縱馬狂奔，顧不得擋箭，那匹馬趔趄一下，似乎被射中了。大群人呼啦啦追上去。陸鹿呆呆的立在寒風中，茫然無措的看著眼前發生的這一切。

「鹿兒！」段勉飛身過來，將她擁入懷中，低低喘氣。「妳沒事吧？」

陸鹿眨巴眨巴眼，還在失神中。

「鹿兒？」段勉捧起她的臉，著急。「怎麼啦？嚇到了？」

「不是。」陸鹿木呆呆的搖頭。

「沒事了，現在沒事了。對不起，我不知道和國人會突出重圍，我沒算到他們會、會朝這邊過來……鹿兒，別怕，安全了！」

陸鹿抬起頭，望著段勉自責又焦灼的眼睛，冷靜說：「段勉，那個人就是明平治，害死我的人。」

段勉瞬間就懂了，殺氣頓現。「原來是他！」

「我不是想拖累你，我本來躲得好好的，可是看到他，我就忍不住跳出來，我就……」

就拿袖劍想殺死他。大顆大顆眼淚滾滾而下，陸鹿無聲抽泣。

段勉將她緊緊摟在懷中，柔聲安撫。「我明白、我知道，我沒怪妳，鹿兒，妳是好樣的，是我沒考慮周全，是我大意，沒擒住……別哭了，鹿兒，這個仇，我會幫妳報。」

「不要！」陸鹿胡亂抹一把眼淚，倔強道：「我要親手殺了這個和國人，不對，我要多殺幾個和國人！不單是為我，也是為春草！」

「好、好、好，妳說怎樣就怎樣。」

段勉百依百順的為她撫去眼淚，又輕輕搓搓她的臉，低聲。「這麼冰。」

陸鹿鼻子抽泣著，哽咽問：「到底發生了什麼事？怎麼這些畜生人渣會在這裡出現？」

又吸吸鼻子，將頭埋進段勉懷中，蹭了蹭。

段勉滿心疼愛，任她在身上蹭去鼻涕眼淚，摟緊她低聲道：「我們回去再說。」

「嗯。」陸鹿蹭乾淨了，輕輕應了。

回府途中，段勉一手托過她的臉轉向自己。「還有，以後不許逞強，不許冒險，不許不自量力……」

「你管我？」

「妳知不知道妳方才的舉動多嚇人？」段勉開始算舊帳了。

陸鹿低眉順眼。「仇人相見，分外眼紅嘛！我哪顧得了這麼多？」

「交給我。」段勉摟緊她。

陸鹿卻下定決心似的。「不行，我要親手殺了那個畜生。」

「好，我把他抓來，任妳手刃，如何？」段勉柔聲問。

陸鹿想了想，自己好像真沒多少斤兩，只怕活捉不到，便點頭。「好，一言為定。段勉，一定要把那個畜生逮到。」

「我明白。」

「你說，他會逃去何方？」

「一定還在城裡。」

陸鹿轉動眼眸，心念一動，問：「和國議和的特使可還在京城？」

段勉笑了，跟他想到一處去了，點點陸鹿鼻尖。「他們還沒有走。」

「那就特別搜查特使府？這個明平治，十之八九藏身特使團中。」

「嗯。」

陸鹿張嘴，準備要開始喋喋不休了，被段勉點住唇，俯身在耳邊輕笑。「都交給我。現在，回去好好歇著。」

「好。」

陸鹿這才發現，好像到府外牆下了。「呃……那個，我最後說一句。」

「不要罰鄧葉，是我擔心你，把他趕過去的。」

段勉一怔。

「我躲得挺好的，若不是忽然見到仇人，是不可能暴露出來的，所以，雖然小小虛驚一場，卻不怪鄧葉，你不要罰他。」

段勉將她抱下馬背，淡淡笑了。「好。」

第七十二章

陸鹿真的沒再多說第二句了。直到回後窗，陸鹿才囑咐。「段勉，你也要小心。」

「我知道。」段勉將頭輕輕在她額頭一碰，叮囑。「不許胡思亂想，等我消息。」

「嗯，晚安。」陸鹿爬進窗臺，掩上。

段勉看著燭光起，一直到燈滅，才回身躍下牆頭。

鄧葉一直垂著頭，看到他出來，連忙上前請罪。「世子爺……」

「鄧葉，適才有人為你求情，我准許你將功抵罪。」

「是、是世子爺。」鄧葉有點轉不過彎，隨即靈光一閃，大喜道：「多謝陸大姑娘。」

「走，去趟和國特使府。」

「明白。」

和國特使府，周邊黑漆漆的，最裡間卻亮著燈。

花白鬍鬚的和國皇叔指著狼狽竄回的明平治，恨鐵不成鋼道：「你這是添亂呀！好好的節骨眼，你為何擅闖皇子府行刺？這下好了，損兵折將不說，這議和一事，沒有轉圜的餘地了。」

「皇叔，下官這也是為咱們大和國著想。」明平治辯解道。「齊國皇帝還有二皇子都已經動搖，準備跟咱們握手言和，偏那三皇子多事，強硬反對，這才一拖再拖，若不把他解決，咱們這一趟就白來了！」

「解決？他一個堂堂皇子，是你能貿然解決的？」皇叔生氣的背負雙手，道：「對付齊國皇子，不能用戰場上那套，要懂得迂迴，要用點腦子！」

明平治縮縮頭，他有勇卻智謀不多，衝鋒陷陣最拿手，不是全然不懂心計，只是嫌太過麻煩，總是先下手為強。「那……現在怎麼辦？」

「能怎麼辦？你既是偷偷摸摸潛入齊國京城，自然是偷偷出京，越快越好。」

旁邊有人提醒。「皇叔，城門那兒要酉時兩刻才有人接應。」

「先下去，等酉時兩刻再設法出城，總之，千萬不能讓齊國抓到你，否則一切就完了。」

明平治苦笑。「皇叔，我明白了。」

皇叔揮手，不耐煩地打發他下去，而後邊上的和國文官副使，看向明平治消失的背影，有些擔憂。「皇叔，明將軍他雖然脫險，但他的手下卻盡數折在皇子府，恐怕咱們要做好兩手準備。」

皇叔卻搖頭。「犬野大人放心，明將軍此次所帶非一般手下，都是經過訓練的死士，寧可自盡也絕不會出賣主人，皇子府審不出真實口供來。」

「如果是死士，那下官就放心了。」就算齊國看出刺客是和國人，只要沒有確實的證據，就奈何不得他們這一行人。

「為今之難，不是撇清刺客身分，而是如何促成齊國與咱們的和議？」皇叔嘆氣。「原本老夫已想好怎麼拉攏三皇子，這下全被那臭小子破壞了。」

放眼整個齊國朝堂，只有三皇子一派持反對意見。尤其是三皇子本人極力反對與和國議和，態度強烈、久拖不下。眼看任務無法完成，皇叔便打算另行安排一個拉攏三皇子的計劃來，結果還沒展開，就被明平治這個莽夫今晚這麼一闖，全打亂了。

犬野大人撫鬚道：「據我們所查到的訊息，三皇子對酒色財氣並不沈迷，尤其是最近落馬後，更是性情大變，對下人也寬厚了。實在無弱點可下手。」

「不，他有弱點。」皇叔老謀深算地笑了，道：「皇位。」

齊國兩皇子爭位，人盡皆知，和國人自然也有收集到情報。

「皇叔的意思是……」犬野大人有所頓悟。三皇子的弱點是皇位！只要能扶持他登位，那麼最強勁的敵人也可能化為盟友。

「只是，平治那小子這麼一鬧……」皇叔嘆氣。「就算死士不開口，以三皇子的機敏也能猜到是什麼人下手，他定然不肯甘休。」

「皇叔憂慮得極是。」犬野大人憂心忡忡道。「原本便已激烈反對我們，如今又讓明將軍這麼一鬧，三皇子定然不肯言和。」

「或許可以試一試……」皇叔忽然想到什麼，招手。「來人。」

「在。」屋角悄然閃出一名面無表情的護衛。

皇叔冷肅下令。「好好看著明平治將軍，沒有我的命令，不得踏出特使府半步。」

「遵命。」護衛神出鬼沒地消失了。

犬野大人驚疑。「皇叔，你這是……軟禁？」

皇叔沈重點頭。「以和國大局為重。必要時，不得不犧牲一枚無用的棄子。」和國的大局是與齊國議和，最好是結盟。

「棄子……」犬野大人恍然大悟。可不就是有勇無謀、成事不足、壞事有餘的明平治！

夜幕下，悲歡離合在悄然上演。

段勉來到特使府，當然他不會貿然闖入，這可是相當於和國的領地，一旦被發現，麻煩就大了。他暗中叮囑鄧葉幾句，後者便領會了。

特使府滿是和國人沒錯，可總得有打雜做粗活的吧？別看是些打雜做粗活的，個個都是雙重身分，不外乎是由皇宮差遣，或是皇子眼線，有些則是兵部探子，林林總總，大家心照不宣。

就連和國人也知道特使府處處布滿眼線暗樁，但也無可奈何，大家都是這麼做的，相當於約定俗成，只能自個兒小心說話，低調行事便罷。

一夜不曾好睡。陸鹿心裡有事，早早就醒了，躺在床上發了會兒呆。最痛恨的仇人出現了！其他事暫時靠邊。只能等嗎？她有些等不及了！

恰好春草、夏紋進屋來服侍她梳洗，看到憨憨的春草熟練的侍候自己穿衣漱口，陸鹿沒來由地感慨心酸。「春草，辛苦妳了。」

冷不防被姑娘大清早表揚，春草傻愣愣看著她，茫然。「姑娘，妳說什麼？」

「沒什麼。」陸鹿捏把她的臉，笑。「總之，這輩子，我是不會讓妳替我擋災的。」

夏紋笑。「姑娘這是說什麼話？奴婢為姑娘消災擋禍不是應該的嗎？」

「沒錯，沒錯。」春草附和。

陸鹿微笑。「在我這裡，規矩要改一改。」

衛嬤嬤已經監督著小丫頭端來早膳，內容很是豐富，比在陸府還精細。

前些日子，陸鹿說過喜歡段府的紅豆糕，於是，每天都有段府送來的紅豆糕點，她都快吃膩了，便拿去分給陸明姝和曾夫子，反正沒有陸明容的分。

這陣子陸鹿過得滋潤，陸明容的心底恨得咬牙切齒，卻是無可奈何。又轉而想到了自己的婚事，她也沒了給陸鹿使絆子的興致，成天窩在房中繡花，倒是得了龐氏幾聲讚。

「哼，她這會兒裝什麼乖巧賢良？」衛嬤嬤很不屑。

陸鹿在屋裡接了衛嬤嬤的話。「我這時正為當賢妻良母做準備了，嬤嬤不喜歡看我乖乖待屋裡做針線活嗎？」

衛嬤嬤轉怒為喜。「妳的話，如此就對了。」

對什麼對？陸鹿除了待屋裡悶坐，還能去哪裡？這大白天的，段勉他們的消息也不會這麼快送來吧？她現在是盼著夜晚快點來。

既然屋裡悶坐，看書寫字是不可能，只得撿起久違的針線活做了一陣，莫名贏得衛嬤嬤等人的讚許。午後，陸鹿本來是要午歇的，只因心裡有事，遣開春草等人，單獨把衛嬤嬤留下。

「姑娘有什麼事，非得把人遣開說話？」衛嬤嬤覺得奇怪。
「衛嬤嬤，妳說，我生母的遺物為什麼在易姨娘手裡出現？」
衛嬤嬤搖頭。「這事也怪，若說先太太臨終交託，怎麼也是交由李婆子或者老奴呀？」
「妳不算，妳當時不在身邊。對了，這個李婆子如今在何處？」
「聽說回鄉下老家了。」
陸鹿更奇怪，追問：「她為何不跟我回陸莊？怎麼反而回鄉下去了？」
衛嬤嬤仔細回想了下，道：「辦完先太太喪事後，那時龐氏還沒有進門，家裡還是易姨娘暫管著。忽然有一天，就說屋裡丟了件要緊東西，搜查起來，卻是在李婆子屋裡找到。念著是先太太的陪嫁，老爺也沒過多責罰，就把她趕出府。」
「啊？就這麼把她趕走了？」
「人贓俱獲，府裡自然留不得這樣手腳不乾淨的婆子。這還是看在先太太面上，也沒責打，只罵了幾句，就讓她收拾行李走了。」衛嬤嬤嘆氣。「我去送她時，正好看到易姨娘身邊的秋碧也在。」
「那丫頭去幹麼？」
「我當時也疑惑，怎麼秋碧也在那裡？原來是易姨娘可憐她年紀大了，還這麼被趕出府，特意叫丫頭送了幾兩銀子來。」
陸鹿「切」一聲。「假好心吧。」
衛嬤嬤搖頭。「這事不好說。易姨娘那時很會拉攏人心，李婆子跟她關係也不錯。就算是被老爺趕出門，易姨娘表示一下，也是合情合理的。」

無非是一個唱紅臉，一個唱白臉唄！陸鹿撇嘴。「那，嬤嬤可問過李婆子，是真的偷了要緊東西？」被趕出去倒罷了，若是頂著手腳不乾淨的帽子被趕出府，任誰都不服氣吧？

衛嬤嬤點頭。「我是問了，她只是一個勁的嘆氣。」

「只嘆氣？沒否認？」

衛嬤嬤堅定地搖頭。「也沒承認。」

「有名堂！」陸鹿摸摸下巴，沈吟。「她是不是心裡有鬼？」

「她能有什麼鬼？自先太太走後，她就跟易姨娘親近起來，照顧姑娘的事，她是一概不攬。」衛嬤嬤說起這個又有氣。

「我看她是覺得我親娘過世，後臺靠山沒了，想重新投靠一個吧？不過，她這麼巴結，怎麼易姨娘還會想趕她走呢？是不是有把柄落在李婆子手裡，所以……」

衛嬤嬤一聽，精神振奮，拍掌著。「姑娘說得對，八成是如此。」

「這個把柄莫非是我娘臨終說了什麼？」陸鹿分析。

衛嬤嬤又是一愣。這麼多年，她從來沒想過先頭劉太太之死還有什麼隱情，也沒怎麼懷疑過李婆子被趕出府跟這件事有關；如今聽陸鹿一樁樁提起，果然疑點很多。

「姑娘，妳懷疑先太太之死另有隱情？」

陸鹿搖頭。「妳是親眼看到我娘難產大出血吧？沒搶救過來也正常，這個是沒問題的。只是，她臨終之時到底說了什麼、做了什麼？為什麼最重要的遺物會在易姨娘手裡？為什麼她的親信婆子會被隨便安了一個罪名趕出府？這些，才是疑點。」

這年頭，難產大出血，幾乎就沒有搶救過來的可能。不用易姨娘下手，劉氏自然也會死，關鍵是死之前發生了什麼事？

聽她這麼一說，衛嬤嬤自然也明白了，便推測道：「當時在場的穩婆年紀都有四、五十歲了，估計也不在世了吧？大夫不可能一直陪在床頭，那就只剩李婆子與易姨娘兩個。易姨娘定是守口如瓶，也只能去問李婆子了。」

陸鹿欣慰點頭。「可知李婆子鄉下老家在何處？」

衛嬤嬤又望天細想了一回，皺眉道：「這麼多年，老奴也不大記得到底是何處，只隱約聽她提過什麼屯……隴山累陽縣什麼屯子？」

「李家屯嗎？」

「好像不是這名。」衛嬤嬤努力回想。「是一種花名。」

陸鹿又直接問了李婆子的相貌特徵和家庭情況，記下來，對衛嬤嬤說：「有這些線索也夠了。我讓人去打聽，年前估約就有消息傳回來。」

衛嬤嬤關心問：「姑娘派誰去打聽？」

「小懷。」這小子，傷勢也大好了吧？不能讓他閒著，將功抵罪，派他出門去累陽縣挨村挨家打聽，打聽不到不許回城。不過這麼遠，小懷到底是個半大小子，出遠門有風險。陸鹿又修書一封，讓毛賊四人組陪他同去，一起將功抵過。

晚上，段勉又摸黑過來。陸鹿先說了下自己對那個密盒的調查及安排，段勉很讚許。

問及和國人明平治的下落，段勉也據實以告。「潛藏特使府。不過，沒有確鑿證據，武騎衛不好拿人。」
「殿下那邊呢？」
「暫時也束手無策。」
「不是活捉了一些刺客嗎？」
段勉無奈嘆息。「沒有招供，全都服毒自盡了。」
「這麼說，全是訓練有素的死士？難怪那個畜生敢潛入特使府，他知道自己不會被供出來。」
「妳怎麼懂這麼多？」段勉一直很奇怪，問：「前世不是一直膽小懦弱嗎？大門不出二門不邁，怎麼會懂這些？」
呃，這小子開始明目張膽的質問了？陸鹿歪歪嘴角。「重生一回，學機靈了嘛，多看多聽多想，自然就無師自通了。」
信她才怪！段勉瞪她一眼。
「好啦，不要糾結這問題，現在問題是怎麼活捉到那畜生？」陸鹿岔回話題。
段勉告訴她。「京城各地城門加強盤查，三殿下調派武騎衛暗中盯著特使府的一舉一動，還調動天衛營畫出明平治的畫像張貼，如此天羅地網布防，相信過不了幾天，明平治就會落網。」
「天衛營？就是那個專門負責收集整理篩查其他國家情報的暗衛營？他們有明平治的畫

像？」

段勉很無語，半晌才道：「有，負責和國的暗線自會提供。」

「對了，段勉，你沒見過他？你們在戰場上沒交過手嗎？」

段勉搖頭。「極少正式交手。據我所知，明平治是和國國君很信任的心腹將軍，以駐防和國都城為主，並不常正式上戰場。我原來只聽過他的名頭，卻從沒見過。」

「我倒是見過，不過，我不會畫畫。」陸鹿還記得他長什麼樣。但她琴棋書畫，一樣都不精通。

段勉也遺憾表示。「昨晚匆匆一瞥，我沒有看清他的真面目。」

「那就只能等天衛營弄出畫像，會不會來不及？和國人以狡猾著稱，特使府會不會想辦法將他運出京城？」

「會，他們一定會。所以，城門肯定是要加強盤查。」

陸鹿還是憂心。「我總覺得還是不大保險。光只有城門盤查，稍有不慎，便會讓他們鑽了空子去……嗯，讓我想個辦法。」

段勉看著她，笑了。「想到了嗎？」

陸鹿拿手肘捅他一下，薄怒道：「看不起人是吧？」

「沒有，絕對沒有。」段勉將她箍在懷中，低笑。「我怎麼敢看不起未來娘子？」

「哼！」陸鹿白他一眼，咬咬唇，齜牙道：「我真的想到一個辦法，要不要聽聽？」

「要。」

「拋一個誘餌，坐等對方上鈎，怎麼樣？」

段勉下巴摩摩她的額頭，若有所思。「什麼樣的誘餌？」

「人。」

「誰？」

「我。」陸鹿嘻嘻一笑。

段勉低下頭，嚴肅看著她。「妳？鹿兒，妳打算誘他上鈎？」

陸鹿認真點頭。「沒錯。你聽我說，是這樣的……」

段勉與陸鹿的親事已成定局，不會再出什麼意外，連皇上都驚動了，只等迎娶，這事滿天下都傳遍，和國人自然也是知道了。

段勉本來在邊關就以驍勇著稱，殺敵無數，與和國人那是誓不兩立；和國人也視他為眼中釘，早想將之除去，只是寶安寺那回沒有得逞，也就收斂不少。

不過，若是這時候段勉再跳出來公開反對與和國議和結盟，是不是新仇舊恨添加一起，更加惹怒和國人呢？和國特使是以堂堂正正的身分亮相，雖然恨他入骨，卻也不能痛下殺手，這時候明平治在暗，他出面做點手腳是不是合情合理呢？

段勉聽了半截，就沈思點頭。「妳是讓我出頭挑釁和國人，惹怒他們。明面上，他們肯定不會把我怎麼樣，但暗中定會做手腳，而明平治既在暗處，由他出面順理成章。」

「大致沒錯。」

「可是，京城地界，加上我的身手及護衛，他想靠近，根本不可能。」

陸鹿得意一笑。「哈哈，這時候，就該我這個餌出面了。」

段勉這下完全明白她打什麼主意了，沈下臉色否決。「不行。」

「怎麼不行？這主意多好呀！」

「我不能讓妳冒險。」

「不會呀，你在暗中保護我不就行了嗎？沒有餌怎麼釣大魚呢？」陸鹿興高采烈道。「你想呀，我可是你正牌未婚妻，他們奈何不了你，奈何不了西寧侯府其他人，必然會轉向我下手。」

段勉搖頭，他也正在擔心這一點。明平治還有和國人奈何不了他，可能會向已經訂親的陸鹿下手。未婚妻無論是被殺或被擄，對段府來說都是恥辱，也能沈重的打擊到段勉。

「鹿兒，別的都好商量，這事，沒得談。」

陸鹿本來是坐在他腿上的，聞言轉頭抓著他前襟，非常認真說：「段勉，我現在最大的心願就是要明平治死！不論用什麼法子，不能讓他活著回和國。這個辦法雖然很冒險，但最有效，對吧？」

段勉沈默看著她。陸鹿繼續勸說道：「我把最大的秘密都告訴你了，現在就剩下一個最大的心願，需要你配合，你不願意嗎？」

「鹿兒我……」

「你不是說你喜歡我嗎？我就剩下這麼一個心願未了，你就當是提前給我新春禮物好不好？」陸鹿撒賴了。

她這麼一說，段勉就煩惱嘆氣。他是喜歡她呀，喜歡得不得了，千方百計要迎娶回家好好疼愛的。她要什麼，都給她，她的心願，自然也會幫她達成。這次她的心願，終於不是要逃跑不嫁他，只是……這法子太冒險了！

「鹿兒，我是喜歡妳，妳要什麼我都給妳，這個心願，我一定會幫妳達成，但不是用這種法子。我不能讓妳冒險，對方是和國人，他們的狡猾殘暴妳也知道的，一旦有什麼紕漏，我、我不敢想像後果。」

陸鹿一不作二不休，索性雙手勾上他的脖子，放軟語調，撒著嬌道：「段勉，放心啦。我也不打無準備之仗。咱們當然要平平安安的，所以嘛，我們要把細節好好推敲到完美無缺才施行，好不好？」

段勉對她的嬌嗲很受用，眯起眼睛，摟著她腰問：「妳先說說細節，我再看著辦，若計劃不夠完美，妳就趁早打消這個念頭。」

陸鹿歪頭想了想。「首先，我得找個藉口搬出府裡，免得連累無辜家人。其次，搬出府，不也正好給他們下手機會嗎？再來，幫我申請朝廷女護衛保護。嗯……怎麼做到天衣無縫呢？藉口要足夠圓滑，免得被他們看出破綻，否則他們就不願進這個圈套了。」

倒也考慮周到。段勉挑挑眉。

「還有，越快越好！趁著那個畜生還潛藏京中，所以，得多管齊下。嗯……最重要的是散布一條條八卦緋聞。」

「什麼？緋聞？」這一條，段勉沒聽明白。

陸鹿勾著他，笑眼彎彎道：「就是散布你如何如何在乎我，如何如何看重我，如何求之不得、再三求之的勁爆緋聞。這樣，京城傳得沸沸揚揚後，和國人自然知道向我下手，就是對你最好的報復，不怕他們不找上門來。」

「呵。」段勉嘴角一翹，泛出極開心的笑容。「準了！」

「這麼爽快就答應了？」陸鹿意外了下。

段勉湊過唇在她鼻尖、嘴上分別啄了下，輕笑。「這是事實，散播出去，挺好。」

「可是……對你的名聲只怕有損哦……」陸鹿格格嬌笑。「你可是冷面冷情的段世子哦，對一個商戶女這麼上心，不怕被人背後非議只顧兒女情長，難當大任嗎？」

「我不在乎。」段勉淡淡一笑。

這話說得擲地有聲，陸鹿內心微微一蕩，忍不住主動在他臉上一吻，輕聲道：「謝謝。」

難得她主動，段勉豈能放過？扣著她後腦，來一記密密綿綿的深吻，吻得又重又急，陸鹿快窒息了，使勁推他。「我快悶死了！」

段勉眼光如星璀璨，舔舔唇逗她。「我度氣給妳。」

「不要！」陸鹿唬一跳，下意識捂他的嘴。「說正事。」

段勉無師自通的調戲著她，伸舌頭舔她的手心。陸鹿感到癢癢的又縮回手，慍怪地瞪他。「你幾時學得這麼壞了？」

段勉卻是只笑不語。陸鹿惱怒地捏他臉，咬牙切齒問：「剛才說到哪裡了？」

「說到散播我喜歡妳，喜歡得不得了的事。」段勉抓著她作怪的手握在掌心。

「對，接下來，最麻煩的就是找個什麼樣的藉口搬出府裡？我不想連累家裡人。」

「這好辦。」段勉想都沒想。「讓他們馬上回益城，妳單獨留下便是。」

「理由呢？我有什麼理由單獨留下？」

段勉很快就給出一條。「月底是皇后壽辰，妳既然是新封縣主，進宮朝賀拜見也是應該的。」

第七十三章

「進、進宮？」陸鹿期待又不安。皇宮呀！還以為她這樣的商戶女這輩子參觀皇宮的心願要泡湯，餡餅竟然砸到她頭上了！「不對，我家人都回益城了，誰領著我進宮朝賀？」

「我祖母、母親都可以。」

陸鹿歪頭茫然一陣，反問：「可以嗎？我還沒進你家門呢！」

「可以。」

他是正宗地道的齊國貴族，瞭解這些禮儀細節，說可以那就真是可以了吧？於是陸鹿也不再糾結，笑嘻嘻擊掌。「搞定。」

段勉卻將她雙掌捧起來，似笑非笑。「哦？真的搞定了嗎？」

「你還要補充點什麼嗎？」

「要。」段勉冷峻的眉眼一挑。「護衛怎麼安排？」

陸鹿懂得察言觀色，笑嘻嘻。「這個就隨你安排嘍。我也是很惜命的哦。」

「這還差不多。」段勉聽到這樣的回答，心裡舒坦多了。

陸鹿又建議。「不可太過顯眼，被看出破綻就釣不上大魚了。」

「嗯。」段勉往她脖頸上湊了湊。

陸鹿推開他，微笑。「好啦，萬事俱備，你快點回去安排吧？」

「再抱抱。」段勉將她摟緊，繼續在她露出衣領外的雪白脖子上輕舔細啃。

陸鹿格格低笑著推他。「癢。」

「鹿兒……」段勉氣息不穩了。血氣方剛的毛頭小夥子，抱著自己最喜歡的姑娘家，氣氛又這麼好，他有點情難自禁。

陸鹿迎上他眼中情色微染的眸光，低聲道：「好啦好啦，反正我總歸要嫁你，發乎情，止乎禮哦。」

「呵。」段勉輕輕一笑。他何嘗不明白道理，只是少女在懷，他如何做到收放自如？

「回去吧，等把這個和國人作掉，我心情一好，說不定咱們的婚期可以提前哦。」陸鹿許下一張空頭支票。

「當真？」段勉欣喜。

陸鹿也學他刮刮他的鼻子。「假不了。」

「好，妳等著。」段勉又重重啃一下她的粉嫩嘴唇，笑得心滿意足。「不許反悔。」

「一言為定。」陸鹿甚至主動湊上前，輕輕印下個吻。

段勉戀戀不捨，又摟抱一陣，親吻幾下，這才夜遁而去。

陸鹿撫撫嘴唇，無聲暗笑。既然抗爭不過命運，那就順從吧？畢竟，她的金手指還不足以閃亮成主角光環。她一個小女子，除了膽子大點、脾氣爆點、嘴巴損點外，並無任何的聰明勁。穿越女最擅長的做生意，她是一竅不通；至於開鎖，抱歉，古代這行不適合她，她的身分也不需要靠開鎖混飯吃，就算她開鎖技巧再嫻熟，在這齊國也沒用。

段勉這人，古代男人的毛病他是有，但不嚴重；講道理也能聽進去，最重要是真心對她好！家世好、人品佳、能力優、心又真，妥妥升級版高富帥，為什麼不再給他一次機會呢？

陸鹿的目標一直是很單純的。剛開始是避免悲劇再現，發現婚事避免不了，跑路也不成功，那就轉換一下，不要一條道走到底嘛。於是試著敞開心扉好好跟段勉相處。

好好相處下來，其實也滿不錯的。那就，安心待嫁吧！至於段家那恐怖的小型女兒國，還有那個生男丁魔咒，且走一步看一步吧？大不了，到時和離！

主意已定後，陸鹿現在對段勉也有來有往。他親她一下，那她也不躲不閃，還會回應。今晚被他吃了不少豆腐，不過，陸鹿放下心理包袱後，反倒心裡湧出了甜滋滋的感覺。

第二天大清早，陸家開始做準備回益城，但到了正午，忽然禮部官員又過來道賀了。說是月底皇后娘娘生辰，特意補請新封的累陽縣主陸大姑娘進宮朝賀。

陸府眾人又是大喜，重重有賞，還燃起了鞭炮。進宮朝賀？這對商戶來說也是天大的喜事！陸府八輩子祖宗加起來別說進宮，連宮門邊都沒敢挨近。

想想看，皇后娘娘的生辰，那肯定得提前好幾個月籌備吧？要請哪些命婦貴女進宮，也早就通知了。像她這種離月底還有十來天的通知那是極突然，明顯就是臨時塞進去的。

陸府最近託了陸鹿的福，好消息一個接一個。

陸靖有點暈眩了。沒想到這個他不看重的嫡女，在鄉下長大，舉止無禮，行動不夠淑女，竟然在京城有此奇遇。陸靖的氣勢矮下去，對陸鹿越來越客氣，儘管她沒有想冒頭的心思，架不住底下人奉承，於是，她的小院子，走馬燈似的下人不停過來討好。
曾夫子已經沒事了，卻一直悶在屋裡不出面，天天發呆，鬧得大夥兒以為她有什麼毛病，還請了大夫診治。京裡的大夫就是醫術一流，診治一回說是心病還需心藥醫，也沒開藥方子。
龐氏忙，顧不上曾夫子的心病，這疏導的重任就落在陸鹿身上。
「曾先生，今天精神好些沒有？」
曾夫子倚在窗前，沒回頭。
「姑母一家明天就要回燕城了。」
曾夫子這才轉頭，面無表情問一句。「那你們呢？」
「我們？大概最快也是兩、三天後。」
「好，我明天跟著姑太太一家先回益城。」
陸鹿一驚。「妳要回益城？」
「嗯。」
「這真不好辦啊，我還打算留妳在京城陪我。」
曾夫子微微驚訝。「妳不回益城了？」
「我……也許回得比較晚。」陸鹿不敢把話說滿。
曾夫子面容這才有明顯波動。「妳有事？」
「是，大事。可能要借助先生之力。」

曾夫子垂眸沈吟，最後只說：「我先回一趟益城，跟鄧先生商量一下，過後再上京。」

「哦，這樣的話，倒是可以。」陸鹿吁口氣。就算段勉調派女護衛過來保護她，到底不如曾夫子這麼熟悉、值得信賴。

「沒想到，妳竟然可以進宮？」曾夫子轉頭，透過窗櫺幽幽望向陰沈的冬景。

「嘿嘿，我也沒想到。」陸鹿搔搔頭。能不能進宮還是個問題，本來這就只是一個把她留在京城的藉口，至於最後皇后娘娘壽辰，是否真的允她進宮，還不好說。也不知段勉使了什麼手段，這麼輕鬆就得到一張進出皇宮的邀請卡。

陸鹿交派衛嬤嬤任務，去跟龐氏稟報，明日姑母回燕城，反正都會路過益城，順便把曾夫子帶上。

京城應酬繁雜事多，回益城的日程卻提前了。原本龐氏是不大想回益城，她想留下來陪陸鹿進宮去呢，架不住陸鹿又是一陣挑撥。

「母親，咱們在京裡也住了這麼些日子，益城府裡可不能少了當家主母。」

「有易姨娘、朱姨娘幫襯著呢。」

陸鹿搖頭嘆氣。「我知道這兩位姨娘是極能幹的。只是母親，這都快年底了，家裡大大小小採辦雜事，別看瑣碎，內裡名堂大著呢。」

龐氏好笑地看著她。「妳這又是從哪裡聽來的？」

「從鄉間說書先生那裡聽了許多大戶人家的故事。說是管家娘子與內宅婦人聯手矇騙善良的正房太太，都快把庫房搬空了；等輪到正房太太再次接手時，帳面上虧空甚多，那老爺還責罵正頭太太不會當家呢。」

這一點又戳中龐氏的心事。放權後宅是不可能的，她在一天，那幾個姨娘休想染指後宅主導權。不過，這次舉家上京，後宅只能暫由易姨娘和朱氏代管，別的倒罷了，就是銀庫那一塊，是龐氏比較關心的。

眼下銀庫是以自己人多，也有不少陸靖的心腹。若是兩個姨娘抽空做做手腳，或者逐漸換上她們的人，那就不妙了！

龐氏還知道，朱氏後頭沒有娘家，雖然生了陸慶，討了陸靖喜歡，也越不過自己去；而那易姨娘在益城是有娘家為靠山的，別看只生了兩個女兒，可跟陸靖的時間最長，情分最深。這個易姨娘最是狡猾不過，要是她正房太太不回去，單陸靖回府，須得提防她私下裡搞小動作。

「母親，別的倒好說，這易姨娘妳可得防著點，最是心計深。」陸鹿乘機添了把柴。

「不許說長輩壞話。」龐氏裝樣子輕斥一句。

陸鹿心念一轉，決定痛下殺手。「她要是有個長輩的樣子，我自然敬重她。母親不知，前些日子我才從鄉莊回來，她便讓心腹悄悄給我送來幾樣物件，說是跟我生母有關。」

「啊？有這事？」龐氏大驚。

陸鹿點頭。「什麼物件我暫時不方便透露。不過，似乎跟母親有關呢。」

龐氏的五官扭成一團了，恨恨道：「這個賤婢！原先在後宅興風作浪，我瞧著她是早我進門的又生養有兩個姐兒，也就睜一隻眼閉一隻眼算了，沒想到她賊心不死，主意打到鹿姐頭上了。」

「哎呀，母親，易姨娘原先便喜歡興風作浪呀？她倒有點真本事，就這樣胡來，都沒失了爹爹的寵愛呢。」

又一記窩心腳正中目標。龐氏撫額，還別說，真是這樣！

易姨娘狡猾得很，做事很少讓人抓到把柄。跟陸靖告狀反而會被反咬，是以，她一直在陸靖眼中形象良好。要不是出了算計陸鹿這事，只怕陸靖還一直被蒙在鼓裡。不過，饒是出了藍嬤嬤這件事，陸靖仍選擇相信易姨娘是無辜的，全是奴才拖累主子。

「行了，這些後宅事，妳少打聽，好好準備月底進宮的事吧。」

「是，母親。」

進宮朝賀是大事，尤其對一個第一次進宮的商戶小姐來說。為了未來孫媳不丟臉，段府老太太派了幾個老成的嬤嬤和數十個丫頭幫她練習舉止禮儀。段府安排如此周到，陸靖等人自然放心。

終於把陸府的閒雜人等送走，陸鹿舒坦的倒在榻上。她已經看過了，三位老嬤嬤確實是段老太太身邊的教養嬤嬤，但那十來個壯實丫頭，卻是練過拳腳功夫的，看來這是段勉用心安排的女護衛。

接下來，計劃就要緩緩展開了——第一步，散布流言蜚語。

有關段勉如何厭女，最後卻被益城商女打動的情節，已經開始在酒樓茶肆之間傳播開了。三人成虎，而流言是越傳越誇張。

比如傳言是段勉喜歡陸鹿喜歡得不得了，特意仗著皇上的賞識討了一個縣主，為的就是堵各方的嘴，畢竟世子夫人若是縣主，正妻之位才相配。又謠傳段府原本是不同意的，段勉跪在老太太院子一夜，才逼得府裡老太太勉強同意。

「我的天啊！至於嗎？傳得這樣面目全非好嗎？」陸鹿不好意思地摀臉了。

夏紋把外頭打聽的流言轉述得一字不漏，還笑道：「姑娘妳不知道，還有更離奇的呢！」

「說來聽聽。」

「說是早些年那傾慕世子爺的小姐們有的以淚洗面、有的恨得牙癢癢的，更有的氣不過，胡亂就許了人家，還特意挑出顧家小姐說嘴。外間都在傳顧家小姐就是因為嫁不到世子爺，所以一氣之下就胡亂應了工部郎中府上的親事。」

「不會吧？顧瑤這檔子事也扯出來了？」

「可不是。外頭還在說，世子爺不是厭女，而是情有獨鍾，只中意姑娘一人，別的女人都不放在眼裡。」

陸鹿無奈望天。造勢成這樣，那個混蛋人渣該掉進圈套裡來了吧？

和國特使府中，和國皇叔焦慮的走來走去，犬野大人也在一旁唉聲嘆氣。「皇叔，這可怎麼辦？好好的，連二皇子也猶豫了，看來這議和只怕要失敗！」

「是呀！怎麼向王上交差呢？」

「最重要是，邊境將士疲乏，國內民不聊生，若齊國乘機反撲，咱們大和……」皇叔頓步嘆氣。「危矣！」

犬野大人憤怒地拍一下桌子，道：「原先只有三皇子反對，咱們並沒有放在眼裡，畢竟據得到的消息，二皇子有可能被立為太子，想著買通他身邊的心腹便十拿九穩了，沒想到這齊國人果然奸詐狡猾，關鍵時刻，也反悔了。」

皇叔摸著鬍鬚，沈吟。「只怕咱們買通錯人了，二皇子的心腹一向是那位段世子。」

犬野大人訕訕小聲道：「段勉一向與咱們為敵，豈可輕易買通？」

「此子乃我大和心腹大敵，不為己用，後患無窮。」皇叔陰沈著眼。

犬野大人攤手無奈。「各種隱晦方法都試過了，他太過狡猾，咱們的人邊都挨不上。上回寶安寺……」說到這，皇叔就用凌厲的目光橫他。

犬野大人憶起寶安寺之事就是由皇叔下令，提這事不是打皇叔的臉嗎？便乾咳轉移話題。「皇叔，那怎麼辦？離最後回程期限不遠了，怎麼回去向王上交差？」

「議和不成，那也不能空、手、而、回。」皇叔一字一頓。

「沒錯，不能白來這一趟。」犬野大人認同。

皇叔坐下，手指敲著桌面，緩緩問：「最近京城的傳言，你可聽說了？」

「聽說了。沒想到這位以厭女症聞名的段世子，骨子裡卻是個情種。」犬野大人鄙笑。

皇叔微仰著臉，眼神放遠，慢慢又問：「查過嗎？」

「回皇叔，此事屬實。」

「那就好。」皇叔眼神陰冷一閃，道：「這事，讓明將軍去辦。」

犬野大人一怔，猶豫道：「明將軍眼下是齊國通緝的刺客，讓他出面……」

皇叔冷冷撫著鬍鬚。「唯有他出面，咱們才不虛此行。」

這話，犬野大人一時沒領會過來，思考一番後才略略懂了皇叔的意思。明平治已經引起齊國的通緝，正被全力追捕中。特使府出不去，更加不能出城。加上齊國已對特使府加強監視，明平治這次恐怕很難脫身。

與其被明平治連累，倒不如推他出去擄殺段世子的未婚妻，和國與段世子是仇敵，奈何不了他，總還是能奈何得了他的商女未婚妻吧？這一趟議和之行，也不算白來。

若真如傳言所說，段世子很在意這位未婚妻，那麼他必定會深受打擊。能打擊一位仇敵，甚至令他不能再上戰場與和國為敵，也算是收穫。

明平治這些天一直在小黑屋待著，說是儘快安排他出城，可這都多少天了，還是一點動靜也沒有。他想摸黑竄出去，都讓和國護衛軍給擋了回來，正在屋裡氣惱。這會兒，皇叔來得正是時候。

「皇叔，外面情形怎麼樣了？」明平治急紅眼地跳起來問。

皇叔嘆氣。「很不好。你的畫像被懸掛城門，特使府四周也多了不少龍騎衛暗衛。」

「啊？他們知道我身分了？」明平治很吃驚。他潛行進京城，所帶都是死士，就算被活捉，他也肯定那些死士不會開口供出他。

皇叔淡淡點頭。「畫像確實是你，不過，名字卻沒有透露，想來他們也沒有證據證實刺客是咱們和國將軍。」

明平治鬆口氣，卻旋即疑惑。「既然不能證實是我，為何特使府暗衛重重？」

「明面上的確沒證據，不過，你的畫像都被張貼出來，還以為齊國的眼線探子們沒認出你來？」皇叔對他這簡單腦子很無語，搖頭。齊國在明面上不好直接指證當晚的刺客是和國人，可私下卻心知肚明，當然要加強特使府的監視人手。

「皇叔，那現在怎麼辦？」

「為今之計，只有一個法子能讓你順利出城。」

「皇叔請說。」

皇叔老眼一瞇，說：「近日京城各大酒樓茶肆在傳段世子的趣聞。」

「段勉？他能有什麼趣聞？」明平治是知道段勉的，他在邊境與和國人交手不少，還易容喬裝深入和國刺探軍情，是猛虎一隻。

「他的親事。」

明平治想了想，隱約也聽過段勉訂了親，至於是哪家小姐，他就沒打聽那麼多，自己一心只想著對付三皇子去了。

「明將軍，能不能順利出城回和國，就看這一次了。」

明平治心頭一凜，拱手。「請皇叔賜教。」

「好說。」皇叔笑得像隻老狐狸。

冬夜寒沁入骨。皇叔打起陰暗的主意——決定把明平治推出去自生自滅。若他能成功擄到陸家小姐為人質逃出城，那固然好；若是失敗了被活捉，那也不關和國特使的事，這全都是他的個人行為，和國不買單。

浮雲悄悄遮蔽寒月，大地伸手不見五指。

明平治一身夜行打扮，蒙上黑巾與夜色融為一體，悄悄貼著牆根出了特使府。這一出府，他就明顯感到暗處似有炯炯的眼睛盯著，暗暗心驚。他從來不曉得齊國的暗衛們這麼敬業，大冬天的，仍一刻不放鬆地監視著特使府。

好在，他也經驗豐富，悄無聲息的潛行，一點聲音都不發出來。加上黑夜濃重的掩護，終於離了特使府附近。

陸家所在的街坊，明平治心裡有數，雖說他腦子不好，但他多年帶兵打仗，對地圖也能做到一目十行而大致心裡有數。越接近陸府，他心裡反而越緊張。好久沒有這種芒刺在背、渾身不舒服的感覺了。

今晚，陸府一如既往地平靜、冷清。大隊人馬都回益城了，只有陸鹿的院子還有點人氣，整個陸府能不冷清才怪。

陸鹿的屋裡明晃晃的，上頭是燈，下頭是火盆，映得這一室光華如畫。不怪她費燈，而是今天曾夫子又回來了。

兩人擺開酒桌在榻上說著悄悄話，春草、夏紋都讓她打發去睡了，只有段府過來的那幾個壯實的侍女守在裡外兩間。燈花爆了又爆，屋內氣氛融洽。

今晚陸鹿很開心，不知不覺就多說了一些有關和國的事。
「這個明平治，我當年逃亡在外也聽過。」曾夫子皺眉道。「此人在和國很得和國王上重用，但極度殘暴好色，連和國百姓也有諸多怨言。」
「身手如何？」
曾夫子想了想，說：「江湖傳言，善刀、善布陣、有蠻力，不過智謀不足，易衝動行事。」
「真的是有勇無謀嗎？看起來不像。」陸鹿卻搖頭。五年後能領兵進攻齊國都城的將軍，單單有勇，只怕做不到先鋒軍吧？況且既善布陣，腦袋應該不會太差。
「怎麼，他得罪妳了？」曾夫子並不清楚陸鹿跟他的不共戴天之仇。
陸鹿嘴角噙絲陰冷的笑。「是我這輩子最想殺死的仇人。」
「啊？這麼血海深仇，怎麼結的仇？」曾夫子吃一驚。
陸鹿卻不明言，只恨恨道：「是，血海深仇，死都不會忘記！細節恕我不能明言，總之，他非死不可。」
曾夫子沈吟，小聲問：「妳說的大事，難道也是報仇？」
「是。」
「難道此人，如今在京城？」曾夫子腦子也轉得快。
陸鹿緩緩垂垂眼皮。
曾夫子這才駭一跳，更加小聲。「莫非他混跡和國特使團之中？而妳想……」她做個抹脖子動作。

「不完全是。此人渣並非隨和國特使團正大光明前來，而是悄悄潛行齊國都城。行蹤暴露，正被追緝。」

「他行蹤暴露，必定潛逃了吧？那妳怎麼報仇呢？」曾夫子忽然想到自己，暗自思忖——陸大姑娘不會請自己去殺明平治吧？

「沒有，他沒機會逃出城，還在玉京城。」陸鹿很肯定。

有三皇子和段勉聯手圍剿，明平治插翅難飛。只是，他們也不好衝進和國特使府搜查，到底不好撕破臉面，雖然種種證據指向明平治，可是證人證辭都沒有，只能監視著等他跳出來做死。

曾夫子迷惘。「陸姑娘，妳獨留京城，就是為這件事？等著段世子生擒明平治？」

陸鹿眨了下眼，搖搖頭。「呃……我跟那個畜生的仇，還是我自己動手的好。」

這一點，曾夫子就深深懷疑了。

「妳？」她有多少斤兩，曾夫子心裡有數。口才也許不錯，小聰明也有，只不過對付和國的一個將軍，恐怕口才與小聰明還不夠。

「曾先生請拭目以待吧，我想，很快就會有結果。」陸鹿自信滿滿。

段勉與她的流言已傳遍滿京城，雖然後續版本很不靠譜，傳得面目全非，可架不住核心沒變。而朝堂之上，和國人若最終沒有得到想要的結果，必定惱羞成怒，這怒氣總得有個地方發洩吧？

對皇子們，他們是無可奈何；對段勉，幾次三番小動作下來，悻悻作罷；如今他有一個很在意卻又並非世家小姐的未婚妻，機會不容錯過。

明平治沒費多少功夫就進了陸府。四處黑漆漆的，偶爾有狗叫，只有角門方向有動靜，那是守夜婆子在嘀咕。巡院都在外間，內院進不去，是以內院的四角門都關得嚴嚴實實。

嗯，這些情形都符合密報。陸府就算是富商人家，也不可能整夜都四處燃燈，只有內院陸鹿的正房還亮著一些搖曳的燈光。正堂廊下也有兩燈，燈光微弱，照映著臺階一片濛濛霜色。側屋，只有丫頭打呼的聲音，伸手不見五指。

明平治到底也是條老狐狸，謹慎行事慣了。饒是如此安靜的冬夜，他還是潛在黑暗處，靜靜觀察了很久。看到有丫頭出門奔了茅房去，也看到有丫頭提水進屋，還聽到屋裡傳來說笑聲，也看到有巡夜的婆子每半個時辰提著燈籠巡邏一遍、叮囑丫頭小心燈燭。

最後，他還看到正屋裡燈光大亮，陸家大姑娘親送另一個二、三十歲的女人出門，叮囑著一個胖得不像話的丫頭。「冬梅，好生扶先生回屋。」

哦，先生？應是陸家請的女夫子吧。胖丫頭輕鬆的架著那個女夫子回了後廊廂房，接著一系列的洗漱後就吹燈歇下了。而正房，不少丫頭進進出出的，很快就捧出茶盤之類的轉去側屋，又有捧著洗臉水的丫頭出來，忙碌過後，裡間的燈也被逐一吹熄。

第七十四章

北風呼嘯，明平治被凍得快僵住了，可內心卻火熱起來。

段勉的未婚妻，樣貌如此可人，單單擄為人質或劫殺，似乎不足以洩憤消恨，嘿嘿！小美人兒，咱送一頂綠帽子給赫赫有名的段世子如何？

正屋內室的燈也一併熄了。

明平治躡手躡腳的上了臺階，門當然是栓緊的。戳了戳窗紙，韌性還滿好，指頭戳不破。他也不著急，悄悄翻到後窗，他掏出一把尖刀，直接就戳破了窗紙，然後再掏出一根細管，擺弄一下，將細管伸進窗紙窟窿裡，嘴對著輕輕一吹。

有極淺極淡的煙霧飄向室內。明平治傾耳再聽了聽，屋裡呼吸平穩，想來被迷住了。

明平治這才不緊不忙的將窗紙窟窿掏大，伸手去摸窗拴。忽然，手掌劇痛，他硬生生憋著沒吭聲，心知不妙，果斷往外撤，但屋裡頭的力量也不小，死死拽著他的手，同時有女人高聲嚷：「有刺客！來人啊！」

嘩啦啦燈燭齊亮，不只屋裡燈光明亮，就是後窗庭院也突然燈火齊閃。

明平治頭皮一麻，知道著了道，此時也顧不得小心謹慎了，大喝一聲，窗格被他另一掌給劈開，只聽裡頭有人悶哼一聲。隨著這聲悶哼，他伸進去的那隻手得到解放，忽覺腦後生風，有人向他襲來，明平治就勢一退，身形敏捷的錯開，隨即也拍出一掌。

「一起上。」為首有個壯實的女人一擺手，庭院數十來個女人提刀衝向明平治。

明平治並非空手前來，他擎出腕刀，雙腿在地上一彈，試圖突圍，但這些早就埋伏好的人怎麼可能放過他，跳躍阻擋，交叉往來過招，頓時戰況激烈。

捏著鼻子趴在窗臺的陸鹿，興高采烈地圍觀著女護衛們圍攻明平治的場面，你來我往，只看到一蒙面黑衣人在上竄下跳。

旁邊得信的曾夫子捅捅她。「別看了，放信號把段世子他們引過來吧。」

「哦，對，我把這茬給忘了。」陸鹿爬出窗臺，轉到另一邊放出信號。

這是她跟段勉約好的。誰也不知道明平治什麼時間過來，段勉的精銳也不可能二十四小時不吃不喝的守在陸府，便跟陸鹿約好，一旦發現有情況，便放出專用緊急信號，段勉便會帶人過來增援。

在段勉看來，無論明平治身手多高強，他派出的女護衛就算活捉不到人，至少能做到拖延時間。

眼角掃到有人發出信號，明平治確實急了。他現在的首要任務是脫身，再也不是擄走段勉的未婚妻了。於是他雙目凶狠，尖刀如流刺劈向圍攻他的女護衛們，再賣出破綻，引誘其中一名立功心切的向他撲來。

明平治冷笑一聲，他就怕對方不來！一個踉蹌，故意把後背暴露出一小部分，聽到風聲，猛然扭身劈刀。

「啊！」其中一個女護衛驚呼一聲緊急後退。千萬不能被明平治抓住！若被他抓住作為人質，可能會讓他逃脫出府！

陸鹿在旁邊看得津津有味，卻也看出這凶險一招，同樣尖叫。「哎呀，小心！」女護衛們一起退後，呈包圍圈戒備著明平治。陸府的外院護衛也聽到打鬥動靜趕來支援，人數一下就占了上風。明平治不愧是將軍，沈著冷靜，不驚不慌的眼光四掃，最後定格在看熱鬧的陸鹿身上。

陸鹿站在走廊一盞燈下，攏著雙手，眼閃熱切之光。這才叫打架！這才叫動武！這才叫高手過招吧！果然聞名不如見面，能親眼見證一場鬥毆何其有幸！

至於死敵明平治，那肯定是插翅難逃了。該怎麼折磨他至死呢？滿清十大酷刑是哪十大？不知道啊！得，還是上辣椒水老虎凳吧？正美滋滋的空想著，突然明平治和護衛們一起動手了。

看著這麼多人一起打一個人，陸鹿不覺得勝之不武，只覺得滿爽的。突然想到一個問題——明平治不會被亂刀砍死吧？她可是咬牙切齒要親手殺死他的。

「留活口！」陸鹿高聲尖呼。

「嗖嗖嗖」數道淩厲的破空風聲同時響起，忽然，廊下的燈滅了，其他人手裡提的燈籠也熄了，後庭一片黑暗，只有「咣咣啷啷」兵器打擊聲。

陸鹿驀然覺得毛骨悚然、後背發涼。她悄悄的挪挪步子，卻避不過面前一股強勁風到，有人向她衝過來了。

「呀！」她發誓真是脫口而出，那股勁風便向她所站的位置撲過來，陸鹿轉身就逃。一個不小心，撞到廊柱上，眼冒金星的同時，後背一痛，冰冷的尖刀入肉。

「啊！」又是下意識的呼叫。

「陸姑娘……」曾夫子的聲音由遠而近，帶著著急。

陸鹿張嘴欲再呼，一隻毛手捂著她的嘴，同時在她身上一點，陸鹿雙眼翻翻白，沈沈軟倒。

這一切來得迅雷不及掩耳，燈熄後，乒乒乓乓的同時，有人大聲嚷：「點起燈，別誤傷了同伴。」

也是。這黑燈瞎火的，又沒有月亮，饒是這幫人個個練武，在這亂糟糟的處境之下也難免會誤傷同伴，何況明平治又是一身漆黑，他乘機融入夜色中，誰也沒辦法第一時間判斷出來。

等燈一一亮起，曾夫子率先大叫。「陸大姑娘不見了！」

廊下只有一攤新鮮的血，不但陸鹿不見，明平治也不見了。大夥兒面面相覷，這老狐狸打熄了燈光，趁黑逃走，還把段世子的未婚妻真給擄走了！

說到段世子，真就來了！只是來晚了一小步。

聽聞陸鹿連同明平治一起消失，段勉黑沈著臉命令鄧葉和王平。「搜城！」

「是，世子爺。」

段勉四下一掃，縱身先掠往某個方向。人既然剛剛才不見，如果陸鹿是被挾持，以明平治的狡猾，他肯定不會向城門而去，帶著一個女人，他也跑不遠。

段勉的判斷大致正確。陸府這一帶已經人頭攢動，燈火輝煌，方圓五里都是警戒範圍。明平治只有一個選擇，那就是返回特使府重新潛藏起來。至於陸鹿，正是和國人手上的籌碼。

陸鹿覺得，這是她這輩子最窩囊的時刻。她正津津有味的欣賞真實的武打戲碼，沒想到樂極生悲，都想好怎麼整治折磨仇人，卻反過來被挾持，而且她還受傷了！

——活生生血淋淋的受傷！她現在後背生疼，隔著厚厚的裘衣還是痛得想滿地打滾。悶哼一聲，她叫不出來。完蛋了！這就是傳說中被點了啞穴吧？陸鹿頓時有種天要塌下來的感覺。被誰挾持不好，偏偏是這個明平治。這個人渣畜生，前世她就是死在他手上，難道這一世要悲劇重演？歹命喲！

明平治也不輕鬆，手裡提著這麼一個大活人，重量不輕，嚴重扯後腿。可到手的肥羊他又捨不得扔掉。本來今天的目的就是擄走段勉的未婚妻，原本以為沒機會了，他靈機一動，巧用箭術，用藏在袖中的暗器射滅四周燈火。

只要能爭取到一點點時間，他就有辦法脫身。

他趁著燈滅那一瞬間，矮身趴伏，把身子蜷成一團向一邊滾去，心有不甘地衝向陸鹿所在方向。一抓之下落了空，曉得陸鹿有所防備，但他畢竟練武之人，目力極佳，見一公尺之內模糊有個影子，便毫不客氣的舉起尖刀一刺，終於在段勉趕來之前得手了。

他也有點謀算，不敢從屋頂飛走，而是帶著陸鹿竄入黑暗冷清的胡同，越黑越好。聽著街道馬蹄聲乍起，胡同外火把明亮，彷彿陸府附近都驚動了。他深吸口氣，專挑偏僻小巷竄逃，直到身後追兵漸遠，他才鬆口氣，將陸鹿隨手一扔在冰冷的地上，四下張望。

玉京城他並不熟，地形圖也沒標得那麼仔細，他不知此處究竟是哪裡，離特使府有多遠？

被扔在冰地裡的陸鹿拚命掙身，試圖滾到一邊去，無奈身體不能動彈，又痛，還呼不出來，那滋味真是生不如死！

「臭娘們，還敢設圈套？」明平治此時也明白今晚一切都是圈套了。

陸鹿被他踢一腳，更是鑽心的疼，只能猛吸鼻子。

明平治陰笑的將她揪起，道：「少裝死！自己走。」

去你媽的！明明是你挾持著我，可不是我自己不想走。陸鹿憤憤暗罵。她的穴道解了，可還是不能說話，只能深一腳淺一腳的踏著小巷的青石板路跌跌撞撞的朝前走。明平治很謹慎，一直不走大道。

「咚」陸鹿被絆了下，然後順腳踢起一粒石子朝一戶人家的門板而去。

她是這麼想的，若不能留下印跡，恐怕自身難保。可怎麼留下線索讓段勉發現呢？不能喊叫，不能動手，那就動腳吧！所幸兩旁都是小門小戶的人家，多少養有看門狗，只要把這附近的狗驚動了，相信以段勉的聰明一定會追過來。

「咚」又裝作踉蹌一下，陸鹿又將腳下的石頭飛踢向門板，果然這戶人家的看門狗很盡責的「汪汪汪」叫喚。

明平治還沒有發現她的企圖，只是推一把。「快走。」

忍著背上的劇痛，陸鹿咬咬牙，又踢了一塊石頭，這戶人家也有看門狗，也被驚醒「汪汪」的狂叫。

一家狗叫不稀奇，兩家狗吠此起彼伏的叫起來，就連累得附近其他狗也爭先恐後的吠叫。這下好了，有人家點燈開門，高聲叫：「誰？什麼人？」

另有人家還在喊。「孩子他娘，把菜刀準備好，進賊了！」

這下小巷熱鬧了，深夜犬吠，燈光次遞亮起，雖微弱，卻也映射向平靜的小巷。

這下壞了！明平治一看，要是被人看到他一個蒙面人押著一個虛弱的小姑娘，那一切努力就前功盡棄了。他一把提起陸鹿，縱身飛跑。

饒是如此，還是讓眼尖的人家看到了，大驚小怪的叫起來。「抓賊呀！抓賊呀，賊往那個方向去了……」大夥兒吶喊起來。

段勉一直在屋頂遊走，他主要是想居高臨下，便於偵察動靜。忽然聽到左後方某片街區騷動得厲害，略一沈思，飛快掠去。而明平治也不能再在小巷亂竄了，要不越竄他越辨不清方向。

陸鹿此時發揮出扯後腿的功用。她意識有些模糊，後背越來越痛，血好像一直在流，沿她的後背流到褲腰那裡，冰冰涼涼的怪不舒服。加上被明平治拎著，頭暈腦脹，視線有點看不清了。她這麼一鬆懈，身子就往下墜，顯得更沈重。

「少耍花樣。」明平治抬手抽一掌在她頭上。

陸鹿悶悶哼一聲，視線更模糊了，痛感加劇，身體完全無意識的軟倒。

「媽的，臭娘們，屁事多！」明平治扳起她下巴一看。臉色慘白、雙眼無神、視線渙散，看起來就要痛昏過去了。

不能讓她就這麼死了！事不宜遲，明平治也顧不得許多，得趕緊將她帶回特使府醫治。他縱身躍上牆頭，四下一張望，就判斷出特使府的位置。

正跨過幾道重簷，迎面立著一道人影，正是黑夜下衣衫飄飄、面如冰山的段勉。

明平治是認得段勉的，這個和國的敵人，他幾次想潛近身邊刺殺都無功而返，這下真正面對面見著了，他第一反應不是撲殺上前，而是將無精打采的陸鹿擋在面前，得意道：「段勉，有種過來呀！」

段勉看到明平治和陸鹿，鬆了口氣，老天有眼，可算讓他趕上了。可是，立刻又提起一口惡氣，這傢伙竟然拿陸鹿做擋箭牌？

「放開她。」

「行呀，你自裁，我就放了她。」明平治獰笑。「外界傳段世子極愛這位未婚妻，不如今晚驗證一下。」

「好。」段勉逼近一步說：「你先放了她，我就自裁。」

「啐，當老子三歲小孩？」明平治唾一口冷笑。「聽著，先自廢右手，我便先解開她的啞穴。」

段勉的眼睛一直看著精神不濟卻仍對他不停眨眼的陸鹿，咬牙持刀砍向右手。

「噗——」刀刺入肉的鈍聲。暗夜下，噴灑出一股淺細的血柱，陸鹿眼珠子一突，下巴一掉，驚愕地看著對面的段勉，心情複雜。

「呵呵，有種！」明平治獰笑一聲，抬手也解了陸鹿的啞穴。

恢復說話能力的陸鹿卻半天發不出聲音，愣愣無語。這傻小子，幹麼這麼較真？隨便糊弄一下就好了呀！

「現在，刺胸。」明平治仰仰下巴。

陸鹿忙道：「別聽他的。」

段勉看過來。

「段勉，你把自己搞得要死不活的，怎麼救我呀？何況這頭畜生言而無信，你要是真的有個三長兩短，他也未必會放過我。何必呢？」

明平治惱怒的一巴掌又搧過來。陸鹿本來就虛弱，這下更是站立不穩，直接往下倒。

「鹿兒！」段勉急呼一聲。

明平治單手一振，將她提起，護在跟前，冷笑。「段勉，你這寶貝未婚妻可不行了，再不自裁，她得先去見閻王爺了。」

陸鹿翻個白眼，有氣無力道：「段勉，還愣著幹麼，跟他拚了！拚他個魚死網破……咳咳。」

「我不能……」段勉眼神閃動，盯著她慘白的臉色，緩緩舉起刀對準自己的胸。

明平治很高興，早知挾持陸鹿能廢了段勉，他們何苦搞那些事呢？

「嗖嗖嗖」就在明平治全副心神都放在段勉身上時，後背傳來破空的嗖聲，裹著犀利朝他襲來。糟了，中計了！聲東擊西！難怪段勉乖乖任他宰割，實則是在吸引自己的注意力，好讓隊友偷襲他。

電光石火之間，明平治回身擋躲。他這麼一側身，就露出破綻。機會不容錯過，段勉飛快掠來，並沒有對他動手，而是將虛弱的陸鹿搶在手裡後，便飄飄疾退。

等明平治應付完偷襲，才發現人質被搶回，勃然大怒，一聲大喊，怒氣沖沖的衝向段勉要拚命。他的想法也簡單——段勉受傷了，陸鹿受傷了，兩個傷者在一塊兒，怎麼還會是他的對手？

「小心！」陸鹿被段勉搶來後，就提起力氣，死死抱著他的腰，防止自己軟倒，眼角掃到有道勁風撲來，明平治凶神惡煞的殺到，尖刀在月下閃過一道寒光。

段勉雖右手受傷，並不影響他的身手，他現在只想快快退到安全地帶，安置好陸鹿後再找明平治算帳。誰知，那明平治根本沒管其他人，直接就往他來。

聽到陸鹿的警示，段勉欲回轉身抵擋，卻見陸鹿提前替他一擋，悶哼一聲，生生受了明平治一刀。

「世子爺……」

「陸大姑娘。」四面八方傳來驚叫。曾夫子與王平、鄧葉縱身掠來，伴隨著暗器擊向明平治，希望能將他的注意力分散些。

段勉兩眼一瞪，脫口痛呼。「鹿兒！」

明平治的第二招緊跟而來。他豁出去了，今晚怕是脫不了身，臨死拉個墊背的也值了，若能拉段世子當墊背，更是大快他心。

「去死！」段勉沒有放開軟下身子成了拖累的陸鹿，怒紅著眼，單手還招。

兩人兵器「吮噹」相撞，段勉飛腿相踢，明平治生生受了他一腳，不退反進，也紅了眼睛殺氣騰騰跟他絞纏在一起。

段勉原本是可以跟他纏鬥的，無奈抱著一個陸鹿，行動受阻，但也沒落下風，只有胸前臂上被劃破幾處。堅持幾招後，曾夫子等人已經逼近，將明平治給隔開圍攻。

這一次出現的都是訓練有素的護衛，雖然沒有幾個人，但明平治再也沒那麼好運的脫身而出，他步步後退，艱難抵擋，眼看要被擒獲，便想咬毒自盡，卻被王平一招制住，扭卸他下頷，按倒捆了。

「鹿兒？」段勉坐在屋簷上，低頭看向陸鹿，陸鹿面如死灰、呼吸微弱，一摸手上全是血。再看她的背，正不停的滲出血水。

「鹿兒，堅持住……來人，傳御醫！」段勉自己的傷倒沒怎麼在乎，可這下卻失神地急切大叫。

曾夫子趕過來，蹲下察看道：「是刀傷，只怕深及骨頭，世子爺，交給我。」

她伸手想去抱起陸鹿，段勉卻搖頭拒絕，費力抱緊虛弱的人，步子不穩的晃了晃，還是堅毅的縱身躍下，上馬疾奔。

陸鹿模模糊糊的好像陷入黑暗。孤寂空冷，沒有生氣的暗黑中，只有她呆呆的東看西看，想試著發出聲音問——有人嗎？張嘴卻一個音節都發不出來。

怎麼回事？她低頭這一看不打緊，雙手像虛影，可以動，但手指頭怎麼就那麼不真實呢？兩手互相掐了掐，掐不到，而且痛感不是來自手指，是全身。她又檢查一遍身體，嗯，模樣還在，就是虛虛的，看起來像是被抽空一樣。

難道她死了？靈魂出竅？陸鹿怔了怔，當務之急就是搞清這裡是哪裡，要是死了的話，怎麼去鬼門關報到？其他傷春悲秋暫時放一邊。試著掙扎幾步，痛還是在，不過她也不管了，繼續前行。

大概前進了幾十步，遙遙有一線光亮灑進來。呼，出口應該就在眼前，管她是投生還是重生，先瞧瞧去。

陸鹿又掙扎著前行，白線越擴越大，亮得她眼睛不由瞇起來。好像還有很多噪音湧進來，好多人說話的聲音，還有低低的哭聲，怎麼這麼吵啊？

「姑娘，妳醒醒呀……」呃，這不是春草的聲音嗎？

「大夫，鹿兒幾時醒轉？」這個，是段勉的聲音。

陸鹿張張嘴，想說——我都聽見了，我醒著呢！

出什麼事了？陸鹿站定回想了一遍，哦，好像自己是被明平治這個畜生挾持，然後遇到段勉，再然後就是自己又被刺一刀，痛得支持不下去昏迷了。

自己好像為段勉擋了一下，所以痛感加劇。為什麼會下意識擋一下呢？大概是回報他毫不猶豫自殘右手的舉動吧。這叫一報還一報，投桃報李，她陸鹿就不是個喜歡欠人情債的人。

想通後，陸鹿歡樂的朝那處亮點走去。

「姑娘，藥好了！」春草端著一碗黑乎乎的藥遞過來。

陸鹿趴在床上，扭過臉。「我不要喝。苦死了！」

「姑娘，妳不喝藥，傷怎麼好？」夏紋也來勸她。

這是陸鹿醒過來的第三天，因為傷在背部，所以只能趴著，又被逼著吃難以下嚥的中藥，她心好累，只想拒絕。

春草和夏紋一左一右的勸。

「我傷在背部，只是外傷呀，換藥就行了，喝什麼藥呀？今天堅決不喝。」陸鹿頑固到底。太難喝了！也不知加了什麼料，聞著就一股怪味，喝下去更是想吐，她怕再喝就要薰死。

「姑娘別鬧了！來，夏紋，扶起姑娘。」春草自作主張。

「春草，妳想幹麼？」陸鹿驚慌了下。

春草神情自若。「世子爺交代，姑娘不喝就灌。反正要看著姑娘把藥喝下。」

「我是妳主人還是段勉是？妳怎麼聽他的?!」陸鹿更是抱怨。

「世子爺的話，奴婢不敢不聽。昨天小丫頭把藥差點煎錯，世子爺恨不得把她拉出去發賣，若不是曾先生求情……唉！奴婢也為難呀，姑娘就當可憐可憐奴婢。」

陸鹿氣樂了。「春草，妳這口才越來越好了。」

「來，姑娘，小心坐好。」夏紋輕手輕腳扶起她。

陸鹿慢慢半轉身斜倚在床頭，拿個厚厚的靠枕墊著，堅持。「我不喝。」

春草苦著臉勸。「姑娘，妳就喝了吧？奴婢備了蜜糖，喝一口就含一粒蜜糖如何？」

「不要！春草，快把藥端走。」陸鹿嫌惡道：「我聞這個味就想吐。」

「姑娘想吐？是哪裡不舒服？」

「是，反胃。」陸鹿叫苦連天。「我是外傷，妳們給我熬一堆清淡小粥做什麼？我要吃肉。」

夏紋無計可施的看向春草，春草解釋。「姑娘，大夫說了，熬過這幾天，就可以開點葷了。咱們還是聽大夫的吧？」

陸鹿堅決抗爭。「我的胃我自己作主。」

「那，奴婢去請衛嬤嬤過來勸勸姑娘了。」

陸鹿仰天，無語道：「衛嬤嬤過來打苦情牌也不管用了。我沒事，我不吃藥，我也不想吃那清淡小菜。我是病人，我需要補充營養。」

「營養是什麼？」

「就是大魚大肉。」陸鹿大言不慚。

春草和夏紋兩個對視一眼，極度無語，姑娘病這一場，倒天真孩子氣了。

外頭小丫頭報。「世子爺來了。」

春草和夏紋又對視一眼，看看手裡的藥碗，忙道：「姑娘，好歹裝裝樣子，若是世子爺發現……」

「不裝。」陸鹿不上這個當。

「不裝什麼？」段勉神清氣爽的進來。

「世子爺。」春草和夏紋忙見禮。

陸鹿苦惱。「段勉，我不想喝這苦得要死的藥，我是外傷，不需要內服。」

段勉看看熱氣騰騰的藥碗，目光挪到她苦惱的臉上，抬抬下巴。「妳們先下去。」

「是。」春草和夏紋兩個早不再感到奇怪了。

段勉這些日子每天過來報到，細心照顧自家姑娘，那眼神那舉動，妥妥是發自內心的喜歡。再加上鬧這麼一齣，兩人好事將近，時時膩在一起也能坦然接受了。

第七十五章

段勉端起藥碗，道：「妳是外傷不假，可內裡也得調養。」

「那就食療吧？」陸鹿笑咪咪接腔。

段勉頓了頓，柔聲問：「真的不喝了？」

「嗯，已經喝三天了，算對得起大夫開的藥方了，我真不要再喝了。」

「好吧，最後一次。」段勉也不勉強她。

陸鹿狐疑。「真的最後一次，你說話可算數？」

「呵。」段勉捏捏她鼻子。「妳敢懷疑我？」

「我怕你拗不過大夫嘛。」

「放心，我會說服大夫的。來，把這一碗喝下。」

陸鹿五官擠皺一團，看看他又看看這藥碗，捏著鼻子吞了一半，搖頭。「我想吐了。」

段勉鼓勵。「忍耐一下。馬上就好了。」

「剩下的我不喝了。」陸鹿又吞了一口，停下。

段勉放下藥碗，拿手帕給她拭去嘴角殘汁，笑。「好。」

鬆口氣的陸鹿這才展顏一笑，到底是段勉，比較講道理。陸鹿低眸去尋他的右手。「你的手沒事了吧？」

段勉舉給她看。還包紮著，不過，看起來活動自如，想來沒傷及骨頭，也是段勉自殘時用了點技巧的。

「還痛嗎？」

「不痛了。」段勉坐在床沿將她攬過，看看她後背，心疼問：「妳呢？還痛不痛？」

「好多了。」

「別亂動，好好躺著休息，等長出新肉就好了。」

陸鹿倚著他擔心問：「會不會留疤？」

段勉捏下她臉，笑說：「不會。我問過大夫了，說等傷口結痂，塗抹上宮裡貴人常用的雪花膏，便不會。」

「宮裡貴人？就是後宮的女人們吧？」陸鹿想了想，這群後宮女人最拿手的便是美容護膚，她們所用材料又是頂級，製作出來的護膚品不說青春永駐吧，至少光滑細嫩是沒問題的。

「嗯。」

陸鹿促狹壞笑。「你怎麼討來？」

段勉低頭微笑。「忘記我們段府跟太后娘娘的關係了嗎？再不濟姑母也是有手段的，幾瓶雪花膏，不在話下。」

「那先謝謝了。」

段勉靜默片刻，沈沈道：「鹿兒，我才要謝謝妳。不但以身為餌誘明平治上鈎，還替我擋一刀，我……」

陸鹿不在意地打斷。「這算不得什麼。引誘明平治是我的主意，是我想逮到他。至於替你擋刀，其實那是下意識的反應，我也沒想到，你不用糾結。」

「但我難過。」段勉低嘆一聲，摟著她肩頭。「我沒照顧好妳，讓妳吃苦了。」

陸鹿攀著他脖子，眨眼笑。「先苦後甜嘛～～你以後對我好點不就行了。」

段勉迎上她俏皮輕鬆的笑眼，心都要化開了。以後……她說以後！

「不只以後，我會一直對妳好。」段勉輕聲細語咬著她耳朵。「鹿兒，我會一直一直對妳好，不會再讓妳吃苦受累了，妳相信我。」

「嗯。」陸鹿咬唇羞澀笑。這，又是一種表白吧？也不能苛責古人太多，何況他以前從來沒對哪個女人這麼溫柔過，說不出更動聽的甜言蜜語也情有可原。

段勉小心的摟好她，不碰到傷口，無聲笑笑就尋了她的唇去。

陸鹿嬌羞躲閃一下，兩人膩歪了會兒，陸鹿頭倚著段勉的胸膛，食指戳了幾下，輕聲問：「那傢伙怎麼樣？還剩口氣吧？」

「放心，暫時死不了。」

「和國人怎麼解釋的？」

段勉冷冷抿抿嘴。「自然是劃清界線。人贓俱獲，他們怎麼狡辯也改變不了明平治擄妳、傷妳的事實。」

「這樣看來，兩國的怨是解不開了。」

「嗯，和國特使已經打包走人，陛下也令顧將軍做好一鼓作氣擊潰和國人的準備。」

陸鹿一愣，微抬下巴問：「那你是不是要重回戰場？」

段勉默然想了想，輕點頭。「是。也許最遲年後，也可能年前就會出發。」

「啊……」陸鹿稍稍感慨了下，想到前世，段勉就一直待在邊關，很少回京的，這一段倒也符合發展軌跡。

「別擔心，鹿兒。我會平安回來迎娶妳的。」段勉輕托起她的下巴，柔聲保證。

「嗯，我會在後方默默支持你的。加油！」陸鹿還挺開心的笑，做個握拳的舉動。

段勉無語了。別人家未婚妻聽到未婚夫可能很快上戰場，不說淚如雨下，至少也是憂鬱不開心的，怎麼他家這位還笑得出來？

「妳不擔心擔心我？」段勉不服氣，捏著她下巴俯視她。

陸鹿搖頭，很誠實回。「不擔心，你會從參將一路升為將軍。哦，對了，記得穿紫衣，會一直運氣好哦。」

段勉哭笑不得，還是答應下來。「好好，我聽妳的。紫衣是吧？妳給我縫一件吧。」

「我縫？」陸鹿咧嘴苦惱了。「我、我針線活很一般的。」

「我不在乎。」

「那，也行吧。」陸鹿想了想，送他一件親手縫的衣服，表示表示也沒什麼。

段勉很高興。這麼乖這麼聽話，還答應給他縫衣服，終於跟別人家的未婚妻接軌了。

「嘿嘿，段勉呀，我現在等不及了，什麼時候能親手宰了那頭畜生呀？」陸鹿飛快換移話題。

段勉將她輕輕換個姿勢，繼續抱著她，微笑。「不急，咱們慢慢養傷。」

「養傷可以，但不許你們私自殺了他。」

「好，給妳留著慢慢玩。」

「官府許可嗎？」陸鹿又有些心虛了。

段勉無聲笑著。「許可，人在兵部大牢。」

「兵部？」陸鹿就明白了，兵部是段征的地盤呀。段征是段勉的父親，還不是他說了算？「皇上不管嗎？」

「事實清楚，證據確實，只不過因為是和國人，皇上全權交給兵部處理。」

陸鹿這才放下心，擊掌道：「那我就徹底放心，可以安心養傷了。」

段勉笑她。「就妳心思多。好好養著，不許胡思亂想了。」

捱到下午，用過餐，王平和鄧葉再三催府裡有事找他，段勉又叮囑幾句才回了。

陸鹿在暖洋洋的屋裡，趴床上睡大覺。她最大的心結快要解開了，剩下的不足為患。

「姑娘，曾先生來了。」春草輕輕報一聲。

陸鹿仍是沒動，只抽出手揮了揮表示自己醒著。

曾夫子進屋看到陸鹿趴著，頭歪向自己，不住好笑。「好點沒？」

「好多了，至少不怎麼痛了。」

曾先生坐榻邊笑。「妳這是有大福之命。」

「嗯，我也覺得是。」

一點兒沒謙虛的說詞令曾先生一怔後，就掩齒笑了。「看來真的恢復了精氣神。」

陸鹿手撐著下巴，笑嘻嘻。「那是，我這體質恢復得快，可能要讓很多人失望了。」

「調皮！」曾先生手指戳下她。「哪裡有很多人？」

「至少易姨娘母女仨很不爽吧？」陸鹿冷笑一聲。

曾先生替她蓋蓋被角，輕聲說：「可不是。我聽鄧先生說，先頭聽說妳受了重傷，陸二姑娘那笑臉開懷的，過兩天又聽說御醫救治過來，臉又拉長了。」

「氣死她！對了，家裡給她訂親沒有？」陸鹿很想知道益城的狀況，不過小青等人不會寫信，小懷又被派去累陽做事了，心腹都不在府裡，也難以取得準確的第一手資料，只得拜託鄧夫子密切留意。

鄧夫子的信自然不是傳給她，而是傳給曾夫子。益城陸府的人只曉得鄧夫子頻繁傳信給京城的曾夫子，並不知道這信主要是向陸鹿通風報信的。

「在議。」

「誰家？可不能便宜陸明容！」

「說是益城綢緞莊的一個少爺。」

陸鹿一聽，喲，還是位少爺，那陸明容不是享福去了嗎？「什麼人品？」

曾夫子好笑。「妳怎麼比陸二姑娘還急切。」

「嘿嘿，我見不得她好過嘛。」

曾夫子是知道她們姊妹那點破事的，也就不打趣了。「是位嫡次子，讀書不成，說是在自家商號幫忙做事，年紀十六歲，已有兩位通房，為人嘛，據說算不得多精明，倒是這家的太太是個強勢的。」

「哦，怎麼強勢？」

「這家姓江，這位江太太性格潑悍，是益城有名的悍婦。江老闆生意有成，卻沒有妾室，就是因為江太太手段厲害。」

「她手段厲害不許丈夫納妾，怎麼還給兒子安排通房？」

曾夫子聳聳肩，不在意道：「想早點抱孫子唄！江大少爺如今已成親，才得一位千金，身邊也是有通房的，據說還是這位江太太親自挑選安排的。」

「管得真寬呀！」陸鹿哀嘆。「兒子的房事也管，累不累呀？」

曾夫子忍不住笑。「這不是人之常情嘛。」

陸鹿翻翻眼。也是，在古代老子娘給兒子贈送美女、安排通房小妾是再正常不過。遠的不說，看段府就知道了，為了多添孫子，兩位段老爺沒少納妾，可還是只有岳父命，生了一堆女兒。

「這位江二少爺，是什麼性子？」

「說是老實巴交，經營手段也不高明，依附著父兄，他管的鋪子收支平衡而已，並無出彩。」

陸鹿心裡大致有數，又想了想問：「他們家人口情況呢？」

「江老爺早先有一妾，只得一庶女，早早就嫁人了，妾已病死。有三子，都是江太太所生。家裡人口倒也簡單，沒有亂七八糟的嫡庶關係。」

「這怎麼行呢？讓陸明容嫁去這樣的人家豈不是便宜她了。」陸鹿想想就不服。她將要嫁的段府裡一堆女人，還要面對良氏的為難、提防顧氏因為顧瑤恨她入骨而給她暗中穿小鞋，以後的日子肯定艱難。而陸明容只不過嫁給一個有兩個通房的嫡次子，雖然有個強勢的婆婆，只要運氣好，生下兒子，她的地位也是極穩當的……

可不能讓她好過！

「那，妳想怎麼樣？」曾夫子小心探問。

陸鹿認真托腮想了想，道：「得找個益城通好好打聽一下，誰家有那沒出息的敗家子，塞給陸明容。」

「這……」曾夫子為難苦笑。「不妥吧，怎麼說，她也是陸府二姑娘，妳的妹妹。她若嫁得太差，於妳也無益。」

「無益就無益，總之不能讓陸明容好過，也不能讓易姨娘有可以得意的資本。」

「那這江家……」

陸鹿咬咬唇說：「我修書一封到益城給母親，就說在京城有人輾轉託媒打聽陸明容的狀況，想來，她會推掉與江家的議親吧，這樣可以拖一段時日。」

「可是，太太會信嗎？」有人會託媒到未出閣的陸大姑娘面前打聽嗎？

陸鹿擠眼笑。「還有鄧夫子呢！挑個適當機會讓鄧夫子去易姨娘跟前放放風，我想，京城與益城的人家，易氏一定會選前者吧？」

雙管齊下，龐氏再不信，也架不住易氏搬出陸靖反對吧？那個勢利小人眼的婆娘！損！主意真損！曾夫子下巴一掉。

「好吧，我就幫這個忙。不過，妳身在京城，怎麼打聽益城有哪些沒出息的敗家子呢？」曾夫子詢問。「鄧夫子可沒這個能耐，她對這些家常八卦可不熟。」

「山人自有妙計！」

陸鹿哪有什麼妙計，無非是託人情關係。益城她也不熟，尤其是這些官商人家的嫁娶日常瑣碎，她是一概不知，但總有人知道，比如——程家。程家人脈廣，好歹在益城經營了三代之久，各方面人物都打點過，還能將花供應至宮裡，不可謂不老辣。

陸鹿修書給程宜，請她打聽。好在，程宜與陸度的親事算是板上釘釘了，程宜一向與陸鹿和善，這個未來的堂姑子又是段家兒媳，她所託之事自然盡心盡力的完成。

「嘖嘖，瞧妳這一手字……」曾夫子一旁看著她握筆姿勢就不對，再一看那筆歪歪扭扭的字，就痛苦皺臉。

「我、我這不鄉下長大，練字少嘛。」陸鹿也汗顏。來這麼久，字還是那麼難看。

曾夫子望天。「妳別說是我學生。」

「哦。好的。」

打聽敗家子這事，至少得兩、三天才會有回應。而隔天，段勉把上官玨送過來。

上官玨大驚小怪的圍著陸鹿直嚷。「真的病纏榻上？我還以為表哥矇我呢！」

「這種事，他有什麼可矇的呀？」陸鹿招呼她落坐，問：「最近怎麼樣？」

「忙呀。」

陸鹿笑指她。「妳能忙什麼？離過年還早，妳也用不著辦年貨吧？這大冷天，難不成妳還在堅持練鞭子？」

上官珏斜眼。「妳莫非忘了月底是皇后娘娘壽辰？」

「呃，還真有點沒想起這茬，不過我病了，可以不去。」陸鹿知道那就是個藉口，自己不去朝賀一點事也沒有。

上官珏古怪地瞅她。「表哥沒跟妳說嗎？」

「妳指哪方面？」

「我們家及外祖家段府都請了有名的裁縫趕製新衣，為的就是娘娘壽辰，妳也有分。」

「我？」陸鹿撐起下巴不解。「我去不了呀，何必浪費布料呢？」

上官珏笑了。「妳手腳沒事，只是背上有傷，怎麼就去不了？」

陸鹿語塞，好像有道理。「那，我、我人在陸府，也沒見裁縫過來量身裁衣呀？」這年頭的裁縫，都要親自量身才能做出合身的衣服。大戶人家的小姐們做衣服也都要量身的，尤其是小姑娘們，長得快，半年一個樣。好在裁縫多半是繡娘，並無顧忌。

春草在旁邊插嘴。「姑娘，奴婢忘了跟妳說，前兩天世子爺吩咐奴婢找出姑娘的冬衣一套送過侯府去。想來便是姑娘人不到，照著舊衣添製吧？」

陸鹿無語了。

春草陪著笑臉。「姑娘莫怪。奴婢也是一時忘了這茬，沒能及時告知姑娘。」

「算了。有新衣服穿，我高興都來不及了。」事已至此，陸鹿只好放過，興致勃勃轉向上官珏。「用的是什麼面料？必定是最上乘的布料吧？款式如何？」

上官珏掩齒笑。「放心吧。外祖母都快要動用體己家私了，給妳做的必定是最好最上乘的。」

「那我就安心等吧。」陸鹿有點嚮往。「能去皇宮參觀一回，也無憾了。」

「陸大姑娘，妳這話說的，將來入了外祖家門，多的是機會入宮跟娘娘請安。」

「這位皇后娘娘……性情如何？上官小姐，妳先給我透露一下，好讓我提前準備不至於出糗。」

上官珏笑吟吟先拈塊糕點吃了，才拍拍手說：「妳顧慮得對。頭回進宮，難免忐忑，別說妳，就是很多世家小姐也有出醜的呢。」

「正是，所以得請妳告知一二了。」

上官珏背負雙手，搖頭晃腦笑。「嗯，聽好了。皇后娘娘為人平和慈善，最講究規矩的。在她面前，妳只要安分守己，不出大錯，總會得到賞賜。」

「什麼樣的規矩？」

「就是不該說的話千萬不能逞強胡說，不該有的舉動千萬收斂著。笑不露齒、走不露屐、端正身形、目不斜視。」上官珏後半句說得很順溜。

整個一老古董呀！陸鹿腹誹。「好，我記下了。還有嗎？」

「嗯，娘娘只得一位公主，今年也有十四歲了，最是疼愛。千萬不可衝撞得罪了這位公主。」

「公主有名號嗎？」陸鹿好奇。

上官玨點頭。「永安公主。」

「名號不錯，長得怎麼樣？」陸鹿好奇問。皇子們她見了兩位，長相都還對得起皇族，不知公主怎麼樣。

上官玨挑眼沈吟。「漂亮，就個子矮了點。」

「多矮？」陸鹿詫異。皇子們不矮，皇上也不矮呀，難道隨母？皇后娘娘矮？

上官玨滿屋看了看，指著一個二等丫頭道：「跟她差不多。」

陸鹿望一眼，那二等丫頭忙規規矩矩站好，垂著頭讓她打量。

據陸鹿估計，這丫頭也就一百五十五左右。因為古代不流行高跟鞋，大家都穿平底鞋，沒有高跟鞋的襯托，一百五十五在古代，還真是算矮了。

「哦，也不是很矮呀，十四歲，身體還沒抽條呢。」從古至今不是有句老話說的好——女大十八變。大多數女孩子十七、八歲才會猛然竄高呢！

上官玨雙手擊掌，笑嘻嘻。「哎喲，陸大姑娘，妳這說詞跟太醫一般無二。」

「哦？」

「傳說，皇后娘娘也苦惱永安公主的個子，召了太醫開藥，太醫正就是這麼回答娘娘的。不過，他說的是公主還在長身體，只要能吃能睡，一定會長得高䠷的。」

「這話沒錯。」

「是沒錯，可娘娘不樂意聽，還把這位太醫正給削了官。」

陸鹿翻翻眼，還以為多講規矩的皇后娘娘，還不是私心重，跟平常的母親沒兩樣嘛！

「好吧，永安公主的個子咱不提，她不是十四了嗎？訂親沒有？」

雖然說皇帝的女兒不愁嫁，可大多數也會如百姓家女兒一樣，在十四、五歲就已經開始議親等著嫁出門了。不過公主的選擇範圍廣，這滿天下的青年才俊都等著挑，也不知會不會挑花眼？

上官玨神色突然就怪異了，盯著她似笑非笑。「還沒呢。」

「妳看我眼神怎麼怪怪的？」陸鹿正面迎上她的目光，狐疑問。

「嘿嘿。」上官玨也轉悠了，同時坐下吃茶。

換陸鹿緊盯著她瞧。「妳有難言之隱？」

「呸，什麼話。」上官玨嚴正神色。

陸鹿略一思索，吩咐：「春草，妳們先下去吧。我跟上官小姐說點悄悄話。」

「是。」姑娘都說明了是悄悄話，這一屋子丫頭不退下還待何時？

上官玨搔頭。「其實也沒什麼聽不得。」

「唉！這些個破事！自古以來，這皇室貴族家子女婚事都是籌碼，都是可以用來換取利益的。真心兩情相悅而成家的，少之又少，容我為他們掬把同情淚。」

上官玨白她一眼。「妳就說風涼話吧！」

「我這是真心話。」

「妳當然好啦，世子表哥死活都要娶妳，長輩們攔也攔不住。」上官玨幽幽嘆氣。她的婚事，也不是以她的意志為準。

陸鹿笑嘻嘻雙掌合十。「謝謝老天爺獨厚。」

「啐。」上官玨鄙視一把。

「對了，上官小姐，國師還在京城嗎？」

「在呢，在太上觀閉關，說是臘八再出。」

上官玨回答後又好奇反問：「妳打聽國師做什麼？」

「哦，我要當面好好謝謝他。」陸鹿把謝謝兩字咬得極重，顯得五官猙獰。

上官玨更不解了。「妳謝他什麼呀？」

陸鹿也索性直說了。「謝他在段老太太面前替我美言吶，不然，我跟妳家世子表哥的親事，還不一定結成呢，對吧？」

「哦，這事，妳還真要謝謝他了。」上官玨漫不經心。

「妳也知道了是吧？」陸鹿不動聲色，換個趴撐的靠墊，笑得和氣生財的樣子。「國師號天靈子，真的那麼靈嗎？」

「當然，國師說的話，誰敢不信？」上官玨覷她道。「不過，真沒看出來。」

「嗯？什麼？」

「妳這身板也不壯實，很好生養嗎？」上官玨皺起秀眉。陸鹿就一中等身材，不胖也不大瘦，只是生病躺床上這幾天休養看著臉色不錯。

「啊？好生養？」陸鹿齜牙咧嘴，心頭微驚。

上官玨認真點頭，悄聲透露。「國師說妳善生男。」

「什麼？」陸鹿嗷叫一聲，猛地坐起，險些扯了好得差不多的傷處。

上官玨還特別鄭重點頭，又上下瞅她。「反正我沒看出來。」

原來如此！陸鹿很生氣，太想去暴揍天靈子了！就因為他對段老太太進言說她善生男，段老太太就改變主意非把她迎娶進門不可？也難怪，段府男丁一直稀薄，做為段府的實際當家人，段老太太極需要孫媳婦進門添丁加口——尤其是男丁。

這也難怪，無論陸鹿怎麼口沒遮攔、不懂事，也不論她出身如何上不得檯面，段府就一口拍板定下了。

媽的，當她是生殖機器呀？還得生男？這麼遙遠的事，天靈子就敢信口胡說，也不怕砸了他的招牌？現代醫學都做不到的事，他一個古人，打量她幾眼就能判斷她將來進段家生的一定是男孩？

「國師還說什麼沒有？比如……生幾個？」陸鹿咬牙切齒。她就不信，就因為可能生男，段老太太就滿心歡喜同意她進門？

上官玨挑挑眉，豎手指。「府裡傳言是五個，其實我聽娘說，國師只斷言起碼三個。陸大姑娘，要是這樣，妳可是外祖家的大功臣哦。」

「五個？起碼三個？」陸鹿的嘴角直抽抽。她不想活了！她想毀婚了！她這是嫁過去當生子工具呀！

上官玨安撫她。「雖然國師功勞大，說服了外祖母，可是世子表哥卻是真心的。」

「是嗎？」

「是呀，外面都這麼傳呢。」上官玨這是把他們放出去的流言當真了。

陸鹿乾笑兩聲，不方便反駁。

上官玨這一趟來得及時，帶來了陸鹿想知道的訊息。最最氣不過的是她被接納入段府的原因無關利益、無關感情，也無關段勉的堅持，而是天靈子多嘴的一句「善生男」……啊呸！

陸鹿都想當面去唾棄天靈子了！這個沒有科學依據就胡言亂語的神棍！

第七十六章

天氣越來越冷了。

陸鹿的背傷一天好過一天。主要是春草她們監督得好，勤換藥，藥也全都是天下最好的外傷藥，加上天氣寒冷，傷口沒發炎，慢慢開始癒合長新肉了。

陸鹿在衛嬤嬤親手指點下，埋頭縫戰袍。深紫色的面料極好，摸起來厚實而軟透，做外套是極好的。可陸鹿的手藝卻是極一般，要不是衛嬤嬤在旁邊時刻盯著，這面料都能讓她廢了去。

「哎喲，脖子好痛。」陸鹿善於叫苦。

夏紋忙幫著她按摩，春草遞上一杯茶，笑。「世子爺要是知道姑娘給他縫衣服，不知會樂成什麼樣了！」

「妳這話說的，好像他家少裁縫似的？」陸鹿潤潤喉，嘆氣問旁邊衛嬤嬤。「要不，我請繡娘縫一半吧？我實在手疼脖子痛了。」

衛嬤嬤可不認同。「這得姑娘親手縫製，讓繡娘接手，世子爺知道不定多失望。」

「可我這針線活，太拿不出手了。」

「心意為重。姑娘也說段家不缺裁縫，親手縫製這是番心意，誠意做足就行了。」

陸鹿被說服了，舉手展開衣服，咧嘴。「估計他也穿不出去，拿去壓箱底吧？」

「姑娘知道針線活不好，還不趕緊練？這明年的嫁妝被面，可都要自己縫。」

「什麼？全要我縫？」陸鹿叫苦。

衛嬤嬤白她一眼。「小門小戶的人家，自然是當姑娘的親手縫；咱們這樣的大家，有繡娘幫著，可姑娘總得意思一下，不能全讓人代勞了。」

「我知道了。」陸鹿明白。

好歹是自己嫁妝，姑娘家家的一件不縫，總說不過去。就算是名門世家小姐們也多少會做針線活，總得縫些被面枕套什麼的添置，還有夫家長輩們的鞋子，這些在新婚第二天可以當作禮物，她只得認命的繼續縫製。

針穿過紫色的面料，陸鹿忽然憶起，段勉有兩天沒來了，他在幹麼？

益城敗家子多不多？多！未婚未訂親的卻是不大多，既要未婚未訂親，還要能稱得上富足的更是少！

為了陸鹿的囑託，程宜可操足了心。她出身菊花程家，又從小跟著父母學經商看帳本，時不時還坐轎子上商號巡視。別的地方不敢說，益城她相當熟悉。而益城稍微富裕的人家，她心裡都有數。誰家有不成器的子侄輩，程宜都略有耳聞。

「布商王家的侄兒，花天酒地，還私自強了伯父府裡的漂亮丫頭，只不過被禁足而已。」陸鹿先從頭看起。「有通房，未成家，也未訂親。」

曾夫子搖頭。「這種人，誰樂意跟他訂親？」

「也難說，那貧困點的人家，貪圖那點彩禮不惜把女兒送進去的也有。」陸鹿琢磨。

「這種人，好色膽大，刪除吧！免得連累陸府。」

曾夫子笑。「沒錯，這種品性，會毀掉岳家。」

陸鹿也正考慮這點。好色又膽大，折磨陸明容是夠了，可萬一他仗著陸府女婿身分，在陸府橫行霸道呢？他連伯父家的丫頭都不放過，會放過岳家的嗎？

「這個鄒家的三兒子，死老婆的。倒不好色，只是好酒。家裡是開綢緞行的，為人沈悶，不愛說話。」陸鹿眼一亮。「這個行，做填房，又是個酒鬼，最好酒後暴揍一頓陸明容。」

「好是好。二姑娘做填房？大老爺肯嗎？」

陸鹿先拿筆圈一下，點頭。「先記下，再看後面幾個。」

往下看人選，有個也死老婆，但有一個兒子，自己做生意，年紀略大點，二十多歲了。為人圓滑，比較奸詐，算計得很清楚，誰也占不到他便宜，他卻愛占別人便宜。這種人，拉倒！不算敗家子，小精明罷了。

另一個吃喝嫖賭樣樣齊全，是油莊的大少爺。從小訂親，不過最近被退親了，正帶著人往女方家鬧呢。女方家也不是吃素的，有當官的親戚撐腰，所以決議退婚到底，如何也不鬆口。

「就他了。」陸鹿拍板定下。「這種吃喝嫖賭被人嫌棄的主，正適合陸明容。」

曾夫子也瞧了瞧，看來看去就這個最醒目，一看就是實打實的敗家子。

信上還繪聲繪影提到——前幾天油莊少爺帶著夥計一塊兒去砸門。沒想到女方家也不是省油的燈，家丁舉著刀棍跑出來，雙方混戰成一團，還把這位大少爺打傷了。女方家不但一個子不賠，還反向官府告狀，說是對方欺上門來，故意敗壞他家姑娘聲譽。

陸鹿向曾夫子挑眉。「大概就他了。」

曾夫子不置可否。她跟陸明容關係也一般般，犯不著為她跟陸鹿翻臉。何況這是她們姊妹之間的破事，雖然摻和了，卻也不願過度介入。

微雪的這一天，就是進宮的日子。

大清早，陸府下人齊出動，段府那邊也特意派來兩個段老太太的心腹老奴，指點著裝、梳洗、頭髮樣式、妝面，事無鉅細的監督著。

皇城到了！不少馬車早已到達，正在一輛輛的接受檢查，才能放行。

陸鹿等人坐的是翠蓋珠纓華蓋車，有段家的標誌，很快就放行了。進了皇城內，由內侍領著沿著長長通道緩緩駛去，統一停車後，再由老嬤嬤領去偏殿歇息。

這下，陸鹿她們就可以邊走邊欣賞皇宮內城的風采。因為是冬天，早上還飄著零星小雪，除了遠遠近近大小宮殿巍峨高大之外，並無其他美景。

寬闊的殿外，粗實的廊柱，穿梭不停的太監，加上不斷被領進來的世家小姐們，偏殿熱鬧又充滿脂粉香。殿內倒是暖和，幾大盆紅通通的火盆燃得正旺。那些相熟的小姐們掩齒互相打招呼說笑，個個面上都帶著興奮。

陸鹿的身分有些特殊，本來是商女，卻被皇上親封縣主，又將是西寧侯世子夫人，所以被請去跟段老太太會合。

段老太太帶著兩個兒媳也等在正殿喝茶。這一大清早的，飯都沒好生吃，這會兒正在良氏服侍下吃著宮裡提供的點心墊肚子，看到陸鹿進來，只抬抬眼。

陸鹿小碎步上前給段老太太和兩位夫人行禮，一眾段府小姐也微微向她見個禮。

顧氏神情似笑非笑，說：「妳也來了。」

良氏卻眼裡帶著不耐煩。「怎麼這麼晚？」

「回夫人，宮門等候比較久，所以才來晚了。」

顧氏卻笑。「我們段府的馬車，也要盤查那麼久嗎？可別是帶了什麼不該帶的人吧？」

陸鹿不慌不忙淺笑。「顧夫人真會開玩笑。」

「陸姑娘。」清脆一聲喊，卻是上官玨喜孜孜的過來。

陸鹿笑咪咪迎上她，卻神色一滯。冤家路窄——顧瑤竟然也在？

顧瑤早就看到她了，故意視而不見，向段老太太甜甜的見禮。「請老太太安。」

自從她訂親以來，段老太太也很少見她，這時不好擺臉色，只和氣擺手。「妳也來了。」

「是呀。多謝皇后娘娘下帖子邀請，晚輩才得以進宮朝賀。姑母好、良夫人好。」顧瑤大大方方的還給兩位夫人請安。

顧氏笑吟吟挽手。「最近天氣冷，都不來串門，瞧著都瘦了。」

「姑母說的是。這冷天，我就偷個懶，懶得出門去親戚家串門了。偏生還瘦了。」顧瑤笑嘻嘻的，對曾做過的事渾然不覺尷尬。

陸鹿忍不住翻白眼，悄退一邊倚在窗前打量殿上諸人。驀然轉頭，卻正對上顧瑤一雙含恨的眼。陸鹿也不作聲，坦然迎上她的視線，等她開口。

「沒想到妳竟然能進宮賀壽？」顧瑤開口了。

「妳沒想到的事多著呢。」陸鹿一點面子不賣她。

顧瑤冷笑。「妳別得意過頭了。」

「放心，我會很有分寸的得意。」陸鹿笑咪咪，倒是指著她。「看妳一臉怨婦相，真不適合出現在這樣喜慶的場合。識相點，乖乖自動打道回府吧，省得被人架出去。」

「妳說什麼？」顧瑤嗓門不由提高了。

陸鹿掩面抹眼角，縮縮頭小聲道：「顧小姐，我、我沒說什麼呀……妳不要這麼凶嘛！」

「妳！」顧瑤沒想到陸鹿突然示弱裝可憐，震驚得說不出話來。她不是一向強橫嘴硬嗎？這時候假哭，其心好歹毒！

上官玨正要過來尋她說話，聞聲，緊走幾步將陸鹿護在身後，虎起臉衝顧瑤道：「妳有完沒完？自己也訂親了，就不要瞎折騰了，好歹顧家清貴門風，妳不要臉，我們還要臉呢！走，別理她！」

「謝謝上官小姐。」陸鹿細聲細氣地道謝。

顧瑤大喘氣，臉色難看的指著被拉走的陸鹿，半晌才道：「虛偽的女人！」她再任性，也知道這裡是皇宮，不是大街上。吵吵嚷嚷的，隨時真可能被趕出宮。

陸鹿被上官玨護著帶過來，柔聲向段老太太解釋。「真沒吵，就是說著話，顧小姐嗓門突然提高了，嚇我一跳。」

段老太太人老成精，哪裡看不出她心中的小九九，卻只道：「沒吵就好。怎麼說這顧小姐也是親戚家，不看僧面看佛面，得饒人處且饒人吧。」

「老太太教誨得是，陸鹿銘記在心，再不多嘴添口舌是非了。」陸鹿乖巧應承。

「如此就好。」

說得輕巧！嗓門提高？還嚇著妳啦？一看就是會裝的賤人！等妳進門再收拾妳！顧氏冷冷橫她一眼，腹誹著。她是嬸母，不如婆婆這般輕易折磨人，可到底是長輩，想拿捏一個新進門的侄媳婦，還是不成問題的。

陸鹿眼角接收到顧氏的眼色，悄悄翻個白眼。就憑妳？想替顧瑤出口氣是吧？下輩子吧！長輩又怎樣？輪到妳插手大房的事？

這不，顧瑤百口莫辯，快快回到顧家陣營去，委屈死了！

顧母悄聲道：「妳急什麼？」

「娘，看到她我就氣不打一處來。」

「忍著！」

到了辰時整點，便有傳話太監過來請命婦小姐們入宮朝拜皇后娘娘。

大家不敢造次，小心翼翼的隨著太監魚貫而出。被外頭冷風一吹，老人家有些受不住，便由夫人們扶著，長長一串走在清冷寬闊的宮廊內。

陸鹿還算大膽，趁著隊伍挪動緩慢，便偷眼四下打量。宮殿的確是高大又幽深，迴廊連接四通八達，就像迷宮似的，要是沒人領路，陸鹿記性再好，只怕也會迷路。

跨過一道不低的宮門檻，算是到了宮裡內城。景色反而突然生動有色彩了。不但迴廊兩旁有綠樹雜花，還有梅花盛開，甚至有幾隻不怕冷的奇鳥在階下跳躍，來往宮女數量也明顯增多。

到了這裡，各家丫頭婆子就都留在二門外，自有其他人招呼。命婦小姐們則由宮女領著入坤寧宮前殿賀壽跪拜。

紫檀九鳳紋寶座上端坐著壽星皇后娘娘，一身正紅的皇后禮服，戴著鳳冠，莊嚴貴氣。兩旁是三宮六院的妃嬪，也按品階裝扮，侍立在兩側。

「祝皇后娘娘鳳體安康，福祿長壽。」命婦貴女齊齊跪下磕頭朝拜。

「免禮。」

「謝皇后娘娘。」

陸鹿稍稍抬眼看去。皇后娘娘臉容略長，卻白白淨淨的，顯示保養良好，氣度從容，眉眼威嚴。年紀不大好猜，估計不到四十。旁邊一個妃子妝容豔麗，穿戴上也與眾不同，陸鹿就想起了那個韋貴妃，難道是她？

「賜坐。」皇后還是很體諒那些老命婦的。不容易，這大冷天，五更天就要起床準備進宮事宜，又在偏殿等半天，身子骨只怕熬不起。

眾人又謝了坐。本來寒暄一會兒就要擺壽席的，別說命婦，就是皇后也還沒好生用膳呢。

那個身著墨綠色繡花枝對鳥魚品綾寬袖禮衣的豔麗妃子，忽然欠身在皇后耳邊說了什麼，皇后娘娘便詫異揚揚眉，問：「哪位是累陽縣主？」

陸鹿一時沒反應過來，還茫然的擺頭看左右。

正好，邊上是段晚蘿，她輕扯陸鹿衣袖。「叫妳呢。」

「我？」陸鹿回神，忙整整衣出列跪下道：「民女陸鹿拜見皇后娘娘。」

「抬起頭來。」皇后娘娘輕聲示意。

陸鹿抬頭垂眸，視線並不與皇后對視。

「倒也清秀可人。」皇后顯得有一絲失望。只是清秀可人，也並不怎麼美豔嘛，怎麼就入了段世子的眼，還讓皇上封了縣主？「起來吧。」

「謝娘娘。」

那個豔麗妃子忽然插嘴笑。「能得段世子傾慕，必有過人之處，不如陸姑娘為皇后娘娘展示一番吧？」

「民女並無過人之處，請皇后娘娘見諒。」

皇后奇怪。「琴棋書畫可精通？」

「完全不通。」

「那麼，針線女紅……」想必是不錯的吧？

陸鹿汗顏。「略知一二，水準有限。」

豔麗貴妃掩齒笑。「喲，陸大姑娘也未免太謙虛了。」

「民女不是謙虛，這是實情。」

「呵，如此說來，段世子到底傾慕妳什麼呢？」

陸鹿開始煩她了，故作嬌羞道：「這個嘛，就要問段世子本人了。」

「呃……」被堵一句的貴妃面上掛不住了，漸呈惱色。

「呵呵，有點意思。」皇后娘娘卻意外笑了。

陸鹿馬上面帶笑容接腔。「多謝娘娘誇獎。」

「哦，本宮誇妳了嗎？」

「皇后娘娘誇民女有點意思，民女便解讀為皇后娘娘誇民女有趣。這世間難得風趣，因此民女多謝娘娘。」

皇后臉色一下舒展開，感嘆笑。「妙人！自然率真，可謂有趣。」

「謝娘娘。」

皇后笑咪咪抬手。「賞。」

「是，娘娘。」宮女們早就準備了各色賞禮，就等著今天是誰拔得頭籌博娘娘一笑開懷呢。察言觀色，便賞了陸鹿中等封。

不但陸鹿謝恩，就是段府一眾人等也過來謝皇后恩典。這叫與有榮焉！

其他人一看，陸鹿首先逗得皇后娘娘開懷了，自然也不甘落後，紛紛也湊趣逗樂起來，皇后娘娘一時心情大好，不停封賞。只有邊上那豔麗妃子臉上雖掛著笑，手上卻狠狠絞著手帕。

這位韋貴妃自然是沒聽到羅嬤嬤的彙報，可架不住羅嬤嬤事先提過，說益城陸府有位嫡長女心思機敏，口齒伶俐可堪用。可惜還沒有結果，羅嬤嬤卻不見了，憑著韋國公府勢力都沒查出下落來。

再加上顧家透過韋國公府跟她搭上線，送上稀罕禮物希望她能出現，讓進宮的陸鹿出糗，最好是能讓她無地自容，回去就一索子吊死的結局。沒想到，這商女還真不是吃素的，三言兩語反倒招得皇后開心了，真是可氣啊！

壽席設在皇后宮中偏殿，貴婦和貴女們分裡間與外間，整齊的擺開花椅，宮女們早就等著一聲令下了。

每桌正中早已擺好百壽桃了。先是上乾果四品，接著是蜜餞四品，因為有陸鹿喜歡吃的山楂，別人都沒伸手，她悄悄拿來嚐了，惹得同座對她側目而視。

當先是一品龍鳳描金攢盒，內有五香醬雞、紅油鴨子、油燜草菇等。前菜有大蝦、牛肉、百味、一品膳湯血燕。正式御菜更是琳瑯滿目，真可謂是山珍海味。天上飛的，水裡游的，地上走的，全都擺上桌，反正陸鹿看了是大流口水。

點心有人參果、核桃酥、長壽卷、佛手糕。另有稀珍黑米粥，最後是水果拼盤，五顏六色。香茗是茉莉雀舌毫，聞著噴香撲鼻。

吃飯禮節也是有的，喝湯不出聲，吃菜不發出嚼音，只揀自己面前的。大家都秀氣斯文得很，很快貴女們就放下筷子表示吃飽了，用水漱口，將嘴拭淨。

餐後，便由宮女領著她們去更衣淨手，一步都不能亂走的。

陸鹿和段家幾位小姐來到一處小房間，這裡有幾個包裹，都是她們準備的衣服，以備不時之需，若是進食不小心被湯灑了，就可以馬上更換。

段晚蘿她們輕聲笑著交談幾句，都更換了輕便外衣，相約著走出去，只有陸鹿的包裹不知怎麼被打了死結，半天才開，也只能隨便換了一件外衣。走出房間一看，領路的宮女竟然不在。

宮女不在，陸鹿不認得路，不過，這也難不倒她。皇后宮殿，本來太監宮女數量就是最多的，加上今天這個喜慶的壽日，更是每閣每廊都有宮女太監當值侍候著，生怕怠慢了來客。

陸鹿側耳聽了聽，挑有聲音的方向走去。殿內重帷層層，燃有薰香，殿外廊下有輕盈的腳步聲過，她轉過一道屏風，停住腳——冤家路窄，顧瑤跟幾個小姊妹正低聲說笑著走出一間小房間。雙方都怔了怔，橫眉冷對，氣氛陡然轉冷。

顧瑤眼珠轉轉，想說什麼，終究是忍住了，只對她「哼」一聲，拉著小姊妹率先出門。

哼個屁呀？陸鹿翻她一個白眼，不遠不近的跟著她們出門轉到廊下。

這時，一個宮女慌慌張張快步過來，看到陸鹿，明顯鬆口氣。「陸姑娘，娘娘有請。」

「哦，請帶路。」陸鹿也鬆口氣。

內宮氣氛熱烈，原來是永安公主過來了。永安公主本來抱病在床，母后壽辰，硬是撐起病體過來慶賀。只是她的身體虛弱，大清早的不宜早起，是以早膳過後才姍姍來遲。

陸鹿等人給皇后行大禮後，又向永安公主施禮。原來，這就是永安公主！個子確實不高，穿戴稍豔卻不俗，眉目與皇后娘娘有七、八分像，神態也不見嬌縱，倒是柔柔弱弱依著皇后，靈活的雙眼掃了下眾女。

聽到累陽縣主、益城陸家小姐，她打起精神多看兩眼。陸鹿也悄悄抬眼皮打量她，四目乍然相對，各自都抿嘴一笑。接著皇后悄悄問永安公主身體怎麼樣？藥吃過沒有？天寒地凍的就不要出宮了等語。

這邊，段晚蘿也低聲問陸鹿。「怎麼去了這麼久？」

「我換衣出門時，沒看到領路的宮女，只能瞎走一氣。」

段晚蘿奇怪。「我們出門時，那兩名宮女還在呢。」

「不知道怎麼回事，可能內急，她們暫時走開了吧。」

皇后壽辰，宮裡的戲班自然是排了慶賀的小曲，伶人已裝扮好，就等開演了。一眾命婦貴女都陪駕侍候著，大約要領著午膳才能出宮回府。

鼓點敲起，戲臺開演，是【王母祝壽】的折子，很熱鬧的一齣戲。戲開演到一半，有宮女在皇后面前說了什麼，沒過多久，便有小宮女來單獨請陸鹿過去一趟。

陸鹿莫名其妙，心下不安，尤其是她起身時，無意中眼角瞄到顧瑤嘴邊噙著一絲壞笑，就有不好的預感。

果然，後殿，皇后身邊的一個女官看著她，面色不大好看的指著一個包裹。「陸姑娘，咱們閒話少說，這包裹可是妳的？」

陸鹿近前看了看，又翻翻裡頭的東西，遂點頭。「是的。」

女官又拿出一串紅藍寶石鑲瑪瑙金項鏈，問：「這件首飾呢？」

「不是。」

「沒錯，這是貴妃娘娘今兒個佩帶的首飾，專為皇后娘娘壽辰而訂製。貴妃娘娘淨手洗面後就放在偏殿梳妝檯上，一個錯眼，竟然不見了！」

陸鹿提起口氣，目瞪口呆的看著她。

女官接著道：「事關重大，也關係到今日進宮太太、小姐們的名聲，所以皇后娘娘聞知，便悄悄令我們私下搜查。偏巧，就在這只包裹裡搜出來，有人認出這只包裹是陸大姑娘妳的，所以不得不把姑娘請過來再認認。」

陸鹿強自鎮定，淡淡笑。「包裹是我的，我認。這首飾因何在我包裹裡，我不認。」

女官拉下臉，冷笑。「這麼說，首飾是自己長腳跑到妳的包裹裡去的嘍？」

「當然不是它長腳，而是有人故意陷害放進去的，至於是什麼人，還請明察秋毫、辦事效率一流的各位姐姐再努力一把，儘量查出來，還我清白公道。」

女官目光不善了。「妳不承認？」

「該我認的我認，不該我認的，我為什麼要認？」陸鹿平靜反問。

女官惱了，擺頭吩咐。「傳小玉。」

小玉就是領著段府小姐去更衣房的宮女，她戰戰兢兢的跪下。「不關奴婢的事，奴婢只是看到陸小姐悄悄朝內殿去，其他就不知道了。」

陸鹿不解。「妳看到我朝內殿去了？我更衣完出來，壓根兒就沒看到妳。」

小玉伏地道：「陸姑娘妳忘了？妳是最後一個更衣出來的，說是第一次進宮，想到處瞧瞧宮裡景致，奴婢卻還有別的事不能作陪，妳便打發奴婢自去，然後，奴婢就看到妳一個人朝著內殿走去……」

這是要糟！陸鹿一聽，便又問：「內殿方向，妳可知通向何處？」

「再過重幔兩道屏風便是貴妃娘娘起坐歇息的地方。」

陸鹿冷笑一聲。「哦，原來如此。妳們可真是煞費苦心啊。」

「奴婢不敢，奴婢說的句句屬實。」小玉對著女官磕頭不止。

女官看向陸鹿，橫眼道：「妳獨自晃到內殿，正好看到貴妃娘娘淨手更衣取下來的項鏈，於是一時眼熱就順手拿走，再原路返回藏在包裹裡，是這麼回事吧？」

第七十七章

「不是。」陸鹿按按眉心，苦笑。「第一，我初次進宮，不可能亂跑亂竄。第二，我還沒笨到在宮裡順手牽羊。第三，同樣的，我還沒笨到在這如此人來人往的地方偷貴妃的東西，借我十個膽子我也不敢，請這位姊姊明鑑。」

「人贓並獲、事實清楚，妳還狡辯？我看妳不止有十個膽子，百個膽子都有！」

「事實？憑這麼泛泛幾句就認定是事實？眼見未必是實，何況只是口述。」陸鹿據理力爭。別的好說，栽贓誣陷，她絕不能忍！

這時，有人帶著笑意插話。「眼見都未必是實，那該相信什麼呢？」

「拜見公主。」宮女內侍齊齊跪下。

陸鹿轉臉一看，是個子嬌小的永安公主施施然挑簾而來，也忙跟著行禮。

「免禮。」永安公主臉色不大好，但眉眼活潑，帶著一絲玩味的笑看向陸鹿。

「謝公主。」

永安公主把女官招到一邊問：「怎麼回事？為何單把她召來。」

女官知道公主的脾氣，便將方才的事一五一十的稟告。末了道：「公主，事實清楚，待戲班散後，下官自會向娘娘稟明，以便娘娘裁定。」

永安公主卻皺眉。「好端端的，為什麼她會順手牽走貴妃娘娘的項鏈？」

「回公主，此女乃商女，下官打聽到她從小養在鄉莊，難免眼皮子淺，沒見過好東西，一時起貪念也是有的。」

「哦。」這個解釋也說得通。小門小戶的姑娘家，沒見過什麼世面，頭一回進皇宮，定是看得眼花繚亂吧？忽然見有首飾無人看管，可不一時衝動就順手拿走了。

永安公主看向陸鹿，搖頭。「可惜了。」

陸鹿衝她笑笑，恭敬道：「公主來得正好，民女的冤情只怕還得求公主洗刷。」

「事實如此，妳還不承認？」永安公主笑道。「其實一時貪心也是有的，不過在貴妃娘娘面前認個錯，也就完了。畢竟項鏈找回來，算不得大事。」

「不是我做的，強押在我頭上，我不服。」陸鹿平淡回。

「哦，那妳想怎麼樣？」

「鬧大，希望皇后娘娘派人調查，還我清白。」陸鹿隱約明白。這事跟皇后無關，只怕是這個貴妃搞的么蛾子。也不是非得當場置她於死地，而是羞辱她。要是臉皮薄的，受此羞辱只怕這輩子就完了。

永安公主微驚。「妳要將事情鬧大？妳不怕名聲受損？」

「不怕。這事一出，我哪裡還有名聲？我只希望揪出幕後陷害民女的真凶，名聲受點損也值得了。何況，在皇后宮殿做此栽贓陷害的蠢事，想必娘娘也不會甘休吧？」

前一句，永安公主倒沒什麼，後一句就面色動容了。對哦，今天是母后的壽辰，偏巧挑在這個時機搞這麼一齣，母后定然惱火。永安公主看她臉色堅決，心念微動。「好，妳等著，我去跟母后討個情。」

陸鹿深施一禮。「多謝公主。」

永安公主轉身就出去了。殿裡重新恢復安靜，那名女官神色複雜的盯著她。旁邊的兩名內侍和宮女面色焦急，趁人不注意時互相使個眼色，其中一個就告個退，輕手輕腳出去了。

陸鹿攏攏袖子，低頭細細打量貴妃的首飾，努力回想先頭發生的一幕幕。

她走出更衣間時沒看到人，可見陷阱就從這裡開始了。然後，她無意中遇到顧瑤，這中間一直沒有看到其他人，說明她並沒有可幫忙的目擊證人。

又看一眼渾身發抖的小玉，她對女官道：「這位姊姊，妳不派人看著小玉嗎？」

「為什麼？」

「防止她畏罪自盡啊！她一個小小宮女，跟我無怨無仇，卻空口白牙的做偽證，絕對背後有人指使。我堅決不承認，堅持要把事鬧大，她是肯定要受到再次盤問的。妳看她現在心虛得直發抖，很可能會畏罪自盡哦。」

小玉驚慌抬眼，反駁道：「不是，我沒有受人指使！陸姑娘，我就是看到妳了！」

「哦，別急，自然會水落石出的。」

小玉又看向女官。「奴婢真沒有做偽證，奴婢就是看到陸姑娘朝內殿去了。」

陸鹿冷笑。「真的嗎？妳叫小玉是吧？妳可知道我不僅是個受皇上賞封的商戶女，還是西寧侯世子未過門的妻子。妳黑白顛倒陷害於我，膽子真不小啊！」

「奴婢沒有！」小玉顫了顫。

「妳是皇后娘娘身邊的人嗎？」

女官點頭解釋。「她是坤寧宮的三等宮女。」

「三等宮女，月例不多吧？事多，又沒什麼機會在娘娘面前露臉，乾脆轉投其他貴人賣命對吧？從古至今，人人都討厭吃裡扒外的奴才，妳就繼續嘴硬吧？」

小玉瞪大眼，直愣愣地看著她，見鬼似的。

陸鹿卻扭開臉，等著永安公主的消息。性命應是無憂，只是這頂小偷的帽子無論如何不能戴著回家。韋貴妃已確定參與其中，只不過她是主謀嗎？還是背後有人買通她配合？按她的身分，栽贓自己沒啥意思吧？再說，羅嬤嬤不是再沒機會進宮告狀嗎？既沒告狀，她跟韋貴妃就沒有結仇，何至於這麼恨她呢？

永安公主笑吟吟回來了。鑑於事態並沒有鬧得太嚴重，又是發生在皇后宮中，還是皇后壽辰，皇后口諭儘量低調處理。不過，永安公主卻向母后討得審訊調查權，很是欣喜的回轉。

「陸姑娘，妳說妳是冤枉的，那好，證據呢？」永安公主坐到榻上，滿懷興致。

陸鹿搖頭。「回公主，民女更衣畢，出門未見人，便自己一個人尋路出來，這個時間的確沒看到其他人在附近，所以沒有人證。」

「那妳不如乖乖認嘍！反正也不會治妳的罪。」永安公主聳聳肩。

陸鹿搖頭。「回公主，不是我做的事，我絕對不認，何況這是有意陷害。」

「那……」永安公主有些為難了。

「公主，不如還原案發現場吧？」
「什麼意思？」
「就是民女將當時的一舉一動重新復原演一遍，當然，首飾也請放回原位，由專人看管著，這位小玉宮女也麻煩一起。」
永安公主拍手喜。「這個好玩。」
女官嘴角抽抽。「公主，不能由得她胡來。」
「怎麼叫胡來呢？人家要自證清白，就得給她一次機會。民間審案還要聽雙方證詞才能下判決呢。」永安公主振振有詞。
好吧！女官被說服了，只好抬手吩咐各歸各位。
「喲，這裡是唱哪一齣？」隨著嬌嗲女聲，伴著一股香風，進來了豔麗的韋貴妃。
眾人又是忙不迭的行禮跪見。
永安公主笑咪咪道：「這裡在唱清官審案，貴妃娘娘來得可真巧呀！」
「呵呵，我倒真有耳福了，倒要聽聽這後殿的清官審案是用什麼曲調唱大戲。」
陸鹿不動聲色的看一眼陰陽怪氣的韋貴妃，心裡差不多認定這件事她就是主謀了！也不知兩人幾時結仇，竟要害她身敗名裂。
韋貴妃也斜眼瞧陸鹿，暗暗納悶。不哭不怒不驚，平靜得很，也不知她哪來的底氣，以為鬧著玩的永安公主會幫她翻身？太想當然了！
永安公主沒理她們，只興致勃勃道：「好啦，閒話少說。那個誰，帶路。」

「那個誰」說的便是小玉。小玉整個人都傻了，事態雖然沒鬧大，卻跟她想像中的不一樣。女官押著她帶路，陸鹿緊跟在後。

沿著當時的路來到更衣的偏殿房間。小玉等在門外，陸鹿進房，四下一掃。段家小姐的包裹都還在，看起來像是被翻動過後又復原的，不仔細看也看不出來。

她忽然想到一個細節，當時她的包裹打的是死結，害她費半天的勁道才弄開，這才落到最後。這是不可能的，春草不會這麼馬虎，一定是送進來時便已被人做了手腳！

她在裡面待了一會兒，這才再慢慢出來。

這時女官指出。「小玉說陸姑娘把她支使走了，陸姑娘說出門不見宮女等候，這時說詞不一。」

永安公主和韋貴妃都輕輕點頭。

小玉堅持道：「奴婢一直等在外間，的確是陸姑娘說要瞧瞧宮裡景致，奴婢還有事，不能作陪，陸姑娘便讓奴婢自去。」

「撒謊。」陸鹿搖頭豎指晃了晃，道：「妳是娘娘宮裡的宮女，職責就是陪我們這些初次入宮的姑娘們，我說讓妳自去妳就自去？妳又不是我的丫頭，就這麼聽我的話？」

小玉眨巴眼睛，愣了。

陸鹿輕蔑一笑，又問：「內殿在哪個方向？」

小玉一指斜前方。

「好，我就走一遍看看到底這裡離內殿多遠？」

永安公主稀奇問：「陸姑娘，妳不是說妳沒拿東西嗎，為什麼還要轉向內殿？」

「公主說的沒錯，民女只是要走看看有沒有破綻，好提供給公主。」陸鹿笑意盈盈。

韋貴妃撇下嘴冷笑。「說得倒討巧。」

「請。」陸鹿恭敬的做個手勢。她並沒來過，所以東看西望，慢慢走近，卻有點遲疑頓步，忽問：「快接近內殿了吧？」

女官回道：「是。」

「內殿即是貴妃娘娘歇腳的地方，宮女內侍必然不少吧？」

韋貴妃一怔，淡然笑。「本宮到皇后娘娘這裡慶壽，哪裡還會帶著多少服侍的人呢？」

「哦，那麼，內殿廊幔處，都沒設當值宮女值守？」

永安公主看向女官，女官忙道：「有的。今天是娘娘壽辰，來的人這麼多，自然處處皆安排了人輪值。」

陸鹿笑了笑，邁步轉過一重帷幔，就見一架約一人高的屏風立在中間。「從這裡進去就是貴妃娘娘歇息換衣的地方吧？」

「沒錯。」

陸鹿轉向韋貴妃笑咪咪地請教。「娘娘這串項鏈極其珍貴吧？」

「這是自然。」

「如此說來，娘娘貴人多忘事，取下一時忘了是有的，可娘娘身邊想必有專人只管著首飾衣裳，這等娘娘看重的首飾又怎麼會忘了？」

韋貴妃臉色一沈道：「這個不勞妳操心，回頭我自然該罰的罰。」

「好吧，那麼，再請問貴妃娘娘，可記得首飾脫在何處？」

韋貴妃向身邊宮女使眼色。她的宮女抬頭掃了一下，指著一架精美小巧的梳妝檯。「就是那裡。」

陸鹿試著走了幾步，離屏風有那麼十幾步。於是她轉向永安公主。「好啦，這裡可以請出輪值的宮女作個證，可曾看到民女出現？」

永安公主點點頭。「沒錯，就算貴妃娘娘一時疏忽大意，此處當值的總是上心的。」

「民女也相信，皇后娘娘宮裡的宮女、內侍不會都像這位小玉一樣毛裡毛躁，放著客人不管自去了。」

韋貴妃冷笑。不怪她冷笑，此處當值的自然也被她收買了。

當值宮女的第一句就是害怕道：「公主恕罪，小的因早起吃錯東西，肚子不舒服，服侍貴妃娘娘後便去了淨房，是以奴婢並沒有看見誰進來。」

「哦。」永安公主點點頭。

陸鹿笑了。「看來，民女只有請出最後的證人了。」

「妳還有最後的證人？」

「回公主，是的。」陸鹿便請眾人折回，這次按照她的說詞走了一遍，指著遇見顧瑤等人的地方道：「這裡偶遇了舊識，跟著她們我才轉出這重重宮殿。」

「誰？」

「顧家小姐。」報出這個名稱後，陸鹿特意留意韋貴妃。果然看到她面上一派雲淡風輕，似乎成竹在胸。

難道，跟顧家有關？陸鹿腦海閃過一個猜想。

【王母祝壽】的戲唱到第二折，顧瑤被單獨請來，一問自然是笑咪咪否認。「沒有，我並沒有遇到這位陸姑娘。」

永安公主無奈的看向陸鹿。想幫都幫不了呀！證人、證詞全都對她不利。

「陸姑娘，這件事只怕妳翻不了案了。」永安公主可惜道。「妳只有自己的一面之言，不能採信。」

「謝謝公主。」陸鹿淡淡笑。「那麼，還是報請大理寺還我清白吧。」

韋貴妃冷笑。「妳算什麼東西？在皇后娘娘壽辰手腳不檢點，幸未釀成大錯，當眾磕一個頭道個歉我便饒了妳，還敢驚動大理寺？妳這是添晦氣來的嗎？」

陸鹿不甘示弱。「算計民女倒罷了，偏還算計皇后娘娘，想攪亂娘娘的壽辰，是以，民女不但不會磕頭認錯，還要為自己搏回清白，這也是為皇后娘娘出口氣。」

「妳?!」韋貴妃沒想到她竟把皇后娘娘拉下水！

永安公主別看年紀小，可到底在這宮裡長大的，眼睛一瞇揮手。「來人，把小玉看管起來。不許任何人接近她，也不許她發生任何事，違者斬！」

「是。」

小玉嚇得臉色蒼白，當即就腳軟了。

韋貴妃驚訝的轉頭問向永安公主。「公主，這是何意？」

永安公主眼中帶著冷意。「母后的壽辰偏有人故意鬧事，我不管是陸大姑娘也好還是別的，總之，查清事實真相，才是最有誠意的禮物。母后雖慈厚待人，也絕不允許坤寧宮出這樣的事！」

「可是……」韋貴妃欲言又止。

「母后先頭跟我交代過，該怎麼查就怎麼查，不能為了快速斷案而平白誣賴於人，卻也不能任由么蛾子猖狂。」永安公主又向陸鹿等人道：「妳們暫請偏殿歇息，等水落石出方可離開。」

韋貴妃臉色一變，問：「公主，當真要驚動大理寺？驚動大理寺可就會驚動了皇上！」

「當然不需要大理寺出面。」永安公主笑得天真。「宮裡自然有掌刑嬤嬤，何勞大理寺的大人們？娘娘請避一避。」

皇后宮裡分工明確，若有哪個宮女太監犯事，責罰之事就交由掌刑嬤嬤們處理。這些嬤嬤膀大腰圓又格外凶殘，差不多算是內宮養的打手了。

原先有些宮殿是將犯事的人交由太監處置，只有皇后宮裡養有這種手勁大、下手狠的嬤嬤。把小玉交由掌刑嬤嬤逼問拷打，相信不用多久就能問出原由來。

永安公主之所以單審小玉，便是因為她供詞跟陸鹿相差太大，且神色慌張，大為可疑。當然，那個內殿當值的也被送了進去。遠遠坐在偏殿吃茶的陸鹿聽了聽，還隱約傳來了慘叫聲。

顧瑤並沒有被放回去聽戲，也陪坐在旁，心驚膽戰的。

韋貴妃自然是不肯待這裡的，自去前邊服侍皇后娘娘了。不過，永安公主旁敲側擊的警告她不得將這件事宣揚開，若是在貴婦、貴女中傳來，就唯她是問。

韋貴妃氣歪了鼻子。她一介貴妃輪得到永安公主指點？不過是一個將出嫁的公主而已，她可是有皇子傍身的貴妃！雖這樣想，但她仍不敢輕舉妄動。

陸鹿很感激永安公主的用心良苦，韋貴妃等人的本意並不是要害死她，而是想把她的名聲弄臭。先栽贓偷東西，坐定事實後，就會大肆在命婦貴女中散播。正好今天人來得齊全，相信不出一天，滿京城都會是她初次進宮眼皮子淺、偷貴人首飾的傳聞。

到那時，她就算不想自裁，名聲也完全臭了。段家若頂不住壓力自然會解除婚約，解除婚約倒不要緊，只是她陸鹿這輩子都會抬不起頭來。所以，永安公主把顧瑤也扣下了，還警告韋貴妃，她是非常非常感激，也很明白這番用意的。

顧瑤望著陸鹿冷笑，陸鹿也回以她冷笑。「是妳顧家的意思吧？」

「不知妳說什麼，不過呢，從今天起，妳就徹底完了。」

「等著瞧唄，誰完蛋還不一定呢！」陸鹿撥著茶蓋不屑道。「顧家三番五次做這些齷齪的小動作，不怕報應嗎？」

顧瑤白她一眼。「無憑無證，小心我告妳誹謗。」

「哦，作偽證不心虛？」

顧瑤扭臉。「我憑什麼要給妳作證？」

「妳作偽證，心裡有鬼，這就是證據。」

「切，誰信？」

陸鹿慢條斯理道：「妳嘴這麼硬，不曉得妳同族姊妹的嘴是不是也這麼硬？我要不要向公主舉報幾位顧家小姐，看她們是不是也喜歡撒謊作偽證？」

顧瑤微驚，厲聲道：「妳拉我下水便罷了，不許去騷擾我的姊妹們。」

「哦，明白了。原來妳們還沒有串通起來。」陸鹿得意的起身招手向看著她們的女官笑。「我有新線索提供。」

「陸鹿，妳不要太過分！」顧瑤真急了。她們這一房的所做所為，其他叔伯姊妹的確並不知情。畢竟這件事要做得隱密，顧家的人也不可能人人清楚。

陸鹿鄙視地瞥她一眼，向女官道：「我方才忘了說，我並不單單只遇見顧小姐一個，還有她的一眾叔伯姊妹。麻煩悄悄問問便知，是不是有人作偽證，撒謊矇騙公主殿下？」

顧瑤神色明顯慌張了。女官看看這兩人，一個冷靜一個驚慌，誰有鬼，一目了然。

而原來還有慘叫隱約隨寒風斷續傳一點進來，這下一點聲響都沒有了。陸鹿狀似平靜的坐好，等著永安公主的手段，但她手心其實是暗捏一把冷汗的。

她在賭！她在賭皇后跟韋貴妃的關係並不像表面那麼和睦。

韋貴妃的首飾在皇后宮中被盜，很快就找了回來，這算是極小的事，皇后看在今日的喜慶日子上估計也不會太過計較。但她偏要把事情鬧大，鬧越大對她越有利。

只要扯出這一切是有人故意陷害，皇后就要思量了——是誰敢在她的宮中搞出這麼一連串的事？小小一個初進宮的商女是不可能的，誰能買通皇后宮中的宮女裡應外合搞這一套手腳呢？只要皇后起疑了，事情就能出現轉機！

而剛剛韋貴妃得到消息甚至還匆忙趕了過來，這豈不是跳出來作死嗎？

陸鹿看著永安公主的態度，就明白永安公主對這位韋貴妃是尊敬有餘，喜歡不足，可能還帶著淡淡的討厭。至此，陸鹿篤定自己賭贏了。

皇后不會因為是自己的壽辰就和稀泥，而是著令女兒來調查真相，一點也不想把這件事小事化了。看來她也是煩夠了韋貴妃。宮鬥呀宮鬥，看宮鬥保平安！陸鹿慶幸她並不只是陸鹿，多少瞭解一點這皇宮內院中的貓膩。這一次，她被逼著站在皇后這邊，看來是押對了。

兩炷香的時間，永安公主笑嘻嘻的過來，拍拍手。「事實清楚了，兩位沒有久等吧？」

「只要能等到真相，民女等多久都願意。」陸鹿乖巧笑道。

永安公主抿嘴點頭。「好好好。」

看著永安公主向陸鹿微笑，顧瑤的心跌到谷底。

前殿，又是另一處待客的地方。永安公主領著她們過來，只有幾名宮女在守著火盆添銀絲霜炭。沒多久，皇后娘娘就退歇下來，身邊一眾妃子們簇擁著，韋貴妃自然在列。

至於那些命婦、貴女仍在戲臺那邊，由榮妃作陪觀戲。

眾人行禮，永安公主便向皇后笑嘻嘻問道：「母后可累乏了？」

「倒還好，有些吵，現在耳根子還未清靜。」皇后笑著挽她坐上暖榻。

便有妃子笑道：「公主殿下方才不在，原來是跟兩位小姐說話來了。」

「是呢，還有更精彩好玩的，母后聽乏了前邊熱鬧的戲文，聽聽我這裡的故事可好？」

皇后擺手想令妃子們退下。

永安公主卻噙著笑。「別的娘娘倒罷了，貴妃娘娘可一定要好好聽聽這段。」

其他妃子湊趣笑言。「那我們也要厚著臉皮，聽聽公主殿下這邊的戲文。」

「好吧。母后，這聽戲文呀，越是人多聽起來才叫好聽。」

皇后便知她調查得差不多了，遂歪在榻上點頭。「行行，都依妳。」

「母后恕罪則個。」永安公主抬眼喊。「來人，帶小玉上來。」

小玉很快帶到。陸鹿偷眼一看，喲，竟然乾乾淨淨的，臉上雖有巴掌印，卻未見血痕。

這是怎麼做到的？不是刑訊逼供嗎？

她心思一轉，便瞭解了——今天是皇后壽辰，就算要把人打個半死，也不能血淋淋的將人帶過來，太過晦氣，這只怕是收拾了一通頭面才把人帶過來的。

小玉撲通一聲就跪下招了。她只是個卒子，能知道什麼呢？無非就是韋貴妃身邊的宮女用一百金收買了她。

陸鹿的包裹是由嬤嬤從春草她們手裡接過轉到內宮來的，當然事先早檢查過了。小玉負責段府小姐的起居，包裹的死結是她打的，也是她，聽從安排在那個更衣時間走開。她被吩咐辦的就是這兩件事，證詞也是事先就教她的，其他一概不知。

第七十八章

「妳胡說！」韋貴妃憤起。

永安公主淡淡笑。「小玉，那妳指認一下，送妳一百金的是誰？可在這裡？」

小玉看一眼韋貴妃身邊，指指其中一個淺藍色宮裝的宮女道：「就是她。」

「一派胡言！」韋貴妃拂袖道：「本宮要去皇上面前理論。」

「且慢。」皇后波瀾不驚的抬手。「看戲看全套嘛，看完妳再去告狀還來得及。」

韋貴妃一噎，但皇后發話了，她又不能硬闖出去。

「傳內殿當值宮女。」

這名當值宮女的確是吃壞肚子去了趟淨房。不過在去淨房前，她親眼所見韋貴妃將項鏈取下交給自己的貼身宮女收著。然後，她在從淨房回去當值途中，正好看到那名貼身宮女從另一個方向離去，而那個方向正是陸鹿更衣的房間，正印證這項鏈的確是栽贓到陸鹿的包裹中了。

「妳、妳們這是故意設局陷害本宮。」韋貴妃這會兒倒喊起冤來了。

永安公主冷笑。

皇后娘娘仍是面色如常的低頭喝茶，稍稍抬眼，勾起嘴角笑了。「哦？那請問韋妹妹幾時將這串貴重的項鏈，借給妳口中的『妳們』設局陷害妳了？」

話有點繞口，不過在場的都聽明白了。如果是設局，那這串貴重的首飾又是怎麼到旁人手裡的呢？

永安公主向顧瑤眨巴著眼睛問：「現在，我再問一遍顧小姐，妳可曾遇見過陸小姐？」

顧瑤吞下口水，瞥一眼表情猙獰的韋貴妃，又看一眼高高在上的皇后和笑裡藏刀的永安公主，吞吞吐吐道：「呃……好像見過一面。」

「什麼時辰？」

這點顧瑤倒真的不大清楚，只記得轉出大殿就遇到來請她們過去的宮女，如此推算下來，陸鹿在遇到顧瑤之後，韋貴妃的項鏈便由她的宮女拿著，偷偷摸摸塞進陸鹿的包裹，然後報失。

「多謝娘娘給民女作主，多謝公主殿下還民女清白。」抓緊時機，陸鹿一下就竄到皇后面前撲通跪下，然後轉向韋貴妃，悲憤問道：「貴妃娘娘，民女自問與娘娘初次見面，往日無仇近日無怨，為何娘娘竟不惜在皇后娘娘壽辰污我名聲、毀我清白？」

「胡說八道！」韋貴妃嘴硬道。「妳再敢如此編排於我，小心撕爛妳的嘴！」

「為什麼？娘娘為什麼要栽贓我？」陸鹿痛哭流涕。「貴妃娘娘是想借我之手給皇后娘娘壽辰添堵嗎？貴妃娘娘是想借著這個喜慶的日子，故意鬧這麼一齣，好看皇后娘娘的笑話嗎？皇后娘娘的宮中治理得井井有條，貴妃娘娘不服氣是吧？所以挑中民女這顆軟柿子下手，是不是項莊舞劍、意在沛公？」

她這麼一連串問句下來，帽子一頂頂扣，韋貴妃傻眼了，其他妃子傻眼了。顧瑤傻眼的同時卻鬆了口氣——還好，沒牽扯到我們顧府來。

「娘娘，我冤枉啊！」韋貴妃可戴不起這麼多指控的帽子，又驚又怕的也跪下了。

嘩啦啦，貴妃一跪，眾妃也跪，宮女內侍也急忙跪下，滿滿一殿都是跪著的人。

「哼！」皇后娘娘嘴邊浮現一絲得勝的冷笑。這個商女倒有點意思！心思夠通透、為人夠機靈、口齒夠陰狠，就這麼一哭訴，韋貴妃，本宮看妳還能蹦躂到幾時？

皇后不理會妃子們，向永安公主示意。「永安，領著陸姑娘去梳洗吧，事實既已水落石出，本宮會還她一個清白。」

「是，母后。」永安畢竟只是公主，宮裡陰私之事不宜摻和過深。既已清楚來龍去脈，後續就由皇后娘娘來接手了。

陸鹿重重的磕頭謝過皇后娘娘，還掩面悲悲切切的由宮女扶著離開。且說永安公主領著陸鹿轉到後殿偏靜的房間，叫宮女捧水來洗面淨妝。陸鹿不忙打理自己，而是鄭重其事的向永安公主跪下，滿懷感激的道謝。

「起來說話。」永安公主扶她起來。「幫妳就是幫我母后，不必如此重謝。」

「還是要多謝公主殿下，如此大恩，民女實在難報。」

永安公主看著她笑。「大概妳也對了我的眼緣吧，打從第一眼，就覺得妳不是那種眼皮子淺的女人。當然，妳說的話也有其道理，這件事說白了，不過是妳自己幫了自己。」

陸鹿微笑。「謝謝公主殿下誇獎。」

「來，坐邊上來。」永安公主拍拍身邊繡榻。

陸鹿再怎麼任性，也知道皇家規矩不可違，福身道：「謝公主。」她不敢跟公主平坐，而是挑了榻下繡墩，淺淺挨邊坐下。

永安公主捂嘴咳了幾下。宮女忙端來茶水潤喉。

「不好意思，讓殿下帶病為民女洗刷冤屈，殿下要請御醫瞧瞧嗎？」

永安公主嘆氣擺擺手。「不用了。我這是心病，瞧不好。」

心病？陸鹿疑惑地轉轉眼珠子。

「妳別多疑。我這心病……唉！」永安公主深深嘆氣，眼神又呆滯了。

陸鹿小心翼翼試問：「民女別的本事沒有，這解心結倒有點經驗，不知公主可肯坦露心事於民女所知？」

「妳？」永安公主深表懷疑，可她在宮中也沒什麼真心的朋友，其他姊妹都是面上一團和氣，背地裡各自提防。而且她的年紀最大，也不可能跟其他公主有深交的機會。

瞧著陸鹿，容貌雖不頂出眾，可氣度從容，眼神清亮，為人也乖覺圓滑、心性機敏。韋貴妃栽贓給她都能淡定從容，懂得抓住每一個機會為自己申辯，也知道利用母后與韋貴妃的不和為自己翻盤。

「妳們先下去吧。」永安公主揮手屏退宮女內侍，湊近她，低聲。「好吧，我就跟妳說說，反正也不是什麼秘密，大約過幾天就會滿天下都知道了。」

這話，陸鹿就更聽不明白了。

永安公主抬手撥了撥額髮，嘆氣道：「我要去和親了。」

「啊？」陸鹿大吃一驚。這齊國國泰民安的，和什麼親呀？皇后娘娘也就只這麼一個愛女，忍心遠嫁？

「父王的主意已定，只怕過幾天就會昭告天下。我母后原本是不肯的，奈何父王心意已決，所以，我就病倒了。」永安公主嘴角泛起苦笑。

「請問是哪個國家？」不會是和國吧？那可真是羊入虎口，有去無回的。

「是滇國。」永安公主低頭揪著膝上的長裙，淡淡說：「滇國借著給母后祝壽之際，派了大王子帶著使臣遠道而來求親。宮裡姊妹只有我年紀差不多……」

「不能拒絕求親嗎？」陸鹿好奇問。

永安公主搖頭。「父王希望我以國事為重。滇國雖在西南，可齊國西南境最為薄弱，軍事布防都在重點防守著和國這邊。如果不答應求親，滇國要是乘機作亂，西南境不保，卻又抽調不出兵力支援，齊國危矣。」

陸鹿震驚了，這等軍事布防，永安公主怎麼知道得這麼清楚。

「父王說的。」永安公主苦笑。

原來是皇上為了令公主心甘情願出嫁，不惜把國情咨要通通攤開說。也是，自家公主沒什麼說不得，何況開誠布公這麼一說，公主為了國家做出點貢獻，更加是應該的。

「自古守國邊防不是將士們的分內事嗎？為什麼要一名弱女子犧牲？豈不無能？」陸鹿不由鄙視。

永安公主看著她，搖頭。「我是公主，在皇宮錦衣玉食長大，亦為臣子，為國出力也是應該的。養兵千日，用在一時，難道父王、母后撫養我這麼大，我不該為父王出份力嗎？」

「話是這麼說沒錯，可公主還是病倒了，想必也是難過吧？」

永安公主深深嘆息。「捨不得母后，也捨不得從小長大的家。一面是國家大義，一面是小家情懷，我這……」實在糾結不堪，所以就鬱悶得病倒了。其實身體並沒大毛病，就是心裡不舒服，鬱結在胸，發洩不出來。

「民女倒想起很久以前聽一個落魄書生念叨的兩句詩文，為前朝公主和親抱不平的。」陸鹿不知怎麼就記起唐朝詩人一句有關和親公主的詩來。

「哦，是什麼？唸來聽聽。」永安公主有點興趣了。

陸鹿輕聲唸。「遣妾一身安社稷，不知何處用將軍。」社稷江山要用女子之身去安定，那平時養的將士用在何處呢？

永安公主震駭，這詩她沒聽過，細細嚼來，卻是極有道理，完全是站在和親公主的立場發出的聲音。越思越想，不由潸然淚下。

「公主，別、別難過，民女本意可不是想招惹公主哭呀。」陸鹿手忙腳亂。

永安公主拿帕子揩淚，抽抽鼻子，啞聲。「不干妳的事，我就是有感而發。」

「公主，民女倒有個兩全之策，不知公主要不要聽聽？」

永安公主抬眼，眼底略有紅腫，看著陸鹿狡猾的笑眼，點頭。「說吧。」

「代嫁！」

「代嫁？」永安公主又是一愣，喃喃唸兩遍，眼光一閃。「妳可有人選？」

「顧瑤。」陸鹿損人損到底。顧瑤這麼死皮賴臉不肯放過她，那她也就不打算饒她。和親，嫁得遠遠的，這輩子也別想回來了。至於她在滇國過得怎麼樣，取決於她的情商——當然現在看來，她的情商不怎麼樣。

「她？她不是訂過親嗎？」

「退掉就行了。再請皇上封一個虛名的公主，許給滇國王子，豈不兩全其美？」這法子也不是陸鹿首創，漢朝皇室就是這麼糊弄異族的。

永安公主眼裡燃起希望之火，雙手絞著手帕，握緊又鬆開，再抓緊又鬆開，顯然內心在激烈爭鬥。最終人性自私占了上風。能讓別人代嫁遠方，還能封個公主虛名，也不算辱沒了她。何況，嫁一國王子總比嫁郎中次子強吧？說不定有機會成為王后呢！

「就這麼辦！」永安公主站起身，拍拍手。「來人。」

宮女立刻小碎步上前。「奴婢在。」

永安公主想了想，這事要先跟母后商量一下，再去找父王哭鬧撒嬌，可能效果更佳，便擺手。「去看看母后那邊處理好沒有。」

「是，公主。」

午時，皇后再次擺席宴請一眾命婦、貴女們，有那細心的發現，韋貴妃沒有出席在列，至於同樣也未出席的顧瑤就沒多少人關心了，只有顧家幾個姊妹面面相覷——好好的，怎麼就聽說身體不舒服，提前被送回家了？

陸鹿心裡有數，跟沒事人一樣安靜地隨著段老太太等人行禮，進退有度。

近未時，皇后乏累，便讓其他妃子們陪著命婦、貴女去遊園賞景。

上官玨過來跟陸鹿湊趣笑道：「怎麼聽戲時妳一直不在？」

「我當時稍有點不舒服，就尋了個偏僻的地方歇了歇，這會兒才好了。」

「不要緊吧？」

「完全無礙了。」

上官玨拉她一旁，神秘小聲道：「妳可知顧瑤她為何提早退席？」

「不知。」

「她呀，不知怎麼就在皇后娘娘跟前賣了個乖，甚得娘娘喜歡，說是要收為義女呢！」

「啊？那怎麼還退席？」

上官玨低聲道：「娘娘讓她回家準備什麼吧？」

「哦。」陸鹿抿嘴笑，這上官玨的消息的確是快，但並不十分準確。收什麼義女？是直接封為公主，然後再下旨賜婚。也不知言官們會不會阻撓，畢竟顧瑤可是有婚約在身，被強制解除婚約再許給滇國，這樣好嗎？

為了自家寶貝女兒，皇后也顧不上這些了。她聽了永安公主的建議後，覺得這辦法極好，何況因為韋貴妃這件事，她早就看顧家不爽了。顧家竟敢派人偷偷摸摸進宮，向韋貴妃進獻貴重禮物，皇后只知道有這麼回事，卻不知她們到底在合謀什麼，原來是為了算計一個小小商女呀！

尤其這壞事還發作在自己的壽辰上，是以她聽聞陸鹿喊冤，永安公主又熱心，便由著她去查。這一查，真的把根給刨了出來。韋貴妃並非那低階妃嬪，要處罰她須得跟皇上報備一聲。皇后把這件事的來龍去脈呈報給了皇上，之後韋貴妃就被褫奪了貴妃封號，降為了韋夫人。

至於顧瑤的處置，皇后更是輕鬆了。顧家的把柄拿捏在手，想搓圓捏扁還不簡單？顧母羞愧地帶著顧瑤請辭退席，沒臉再賴在皇宮了。她們陷害陸鹿的計劃失敗，還把韋貴妃牽連個徹底，心下忐忑不安，只等著皇后降罪呢！

沒想到才一天的工夫，先是顧家家長進宮一趟謝罪後，又去跟工部郎中府上解除了婚約。緊跟著，宮裡降旨，封顧瑤為承平公主，品階與永安公主相同。

顧家頓時門庭若市，祝賀者絡繹不絕。都道顧家養了個好女兒，在皇后壽辰上得了娘娘的青眼，這不，被封為公主了，實在是可喜可賀。

三天之後，宮裡再降旨，著承平公主許配滇國王子，年前出嫁。至此，大夥兒才反應過來——原來並非顧家女討得皇后喜歡，而是李代桃僵，要把一個小小貴女抬為公主，替真正的永安公主出嫁西南滇國啊！

京城這幾天的茶館酒樓，說書先生口水都要說乾了。太跌宕起伏了，每天京城都是新鮮爆炸的八卦，他們嘴皮雖然說得要磨破了，可也賺得盆滿缽滿呀！

京城陸府。暖閣中，陸鹿心虛的捧著小杯茶低頭喝。

段勉扠著腰，磨牙看著她。「妳怎麼不跟我說？就算一時送不出信，回來也該說！」

「事情都圓滿解決了，我就想著，沒必要再說給你聽，添堵不是？」

「狡辯！」段勉真的生氣了。

「我主要是怕你分心嘛。你看，你馬上要去邊關了，最近又忙得不見人影，怎麼好意思把過去的事講給你聽呢。」陸鹿嘻嘻笑。

段勉定定盯著她，嘆氣。「我再忙，只要是妳的事，我還是會關心。」

「哦，我知道了，下不為例吧。」

「妳！鹿兒，妳知不知道，稍有不慎，妳就危險了！」

陸鹿揮手不在意。「性命其實無憂，她們主要是想敗壞我名聲，讓你們段家退親，我再羞慚得自行吊死。放心吧，我很惜命的，名聲再差，大不了我換地方，才不會如她們的願上吊自證清白呢。」

「不准胡說！」段勉真惱了，將她拉進懷中，狠狠道：「不管出什麼事，我都不會不要妳，妳也休想再跑掉。」

陸鹿拿下巴蹭蹭他的胸，笑。「我知道，我只是假設嘛。」

「真有什麼事，妳就安安靜靜在家裡，證明清白的事交給我。」段勉扳過她的臉，柔聲說。

「嗯。」陸鹿特別窩心。這傢伙除了大男人了點，對她是真的不錯。

段勉微嘆。「鹿兒，妳知道嗎？我聽說了後，都快被妳嚇死了。怎麼能這麼冒失？對不起，也是我不好，千防萬防，沒防到顧家竟然會夥同韋貴妃設局害妳。」

「段勉，不關你的事，你不要說對不起。」陸鹿微仰面直視他。「明槍易躲，暗箭難防嘛。別說你沒想到，任誰也沒想到，顧家會恨我這麼深，不惜買通貴妃娘娘害我，可見也是下了血本，窮途末路最後的殺招。」

「放心，顧家，我不會饒過。」

「你可悠著點，至少等顧瑤遠嫁後再動手。」陸鹿一點不攔著，還提醒道。

「還用妳教？」段勉勾唇笑，點點她鼻子。坐下，將她抱在膝上。「來，妳重新跟我說說，從頭到尾不許瞞著。」

陸鹿點點頭。「好。」

冬，午，小雪止。刑部大牢，臭氣薰天。

陸鹿扮成個小子模樣，來到最底層的單間。段勉指指最裡間道：「就是這裡。」

「人沒死吧？」

「還吊著一口氣。」

「好咧，等我親手結果了他。」陸鹿捋捋袖子。來到牢欄前，臭氣更是濃烈，夾雜著腐腥血味，讓陸鹿的胃直翻滾。「臭死了！這比豬圈還難聞。人呢？」

潮濕的牢裡角落堆著稀爛的草料，污水橫流，蒼蠅成堆，看著反胃。

「吶，那裡。」段勉指指草堆上的一團污物道：「半死不活很久了。」

「你不說我還不知道那裡蜷著一個人呢！」陸鹿看清了，一個身彎如蝦米的血人一動不動趴在那裡。不仔細看，以為就是草堆呢。「怎麼一動不動？不會死了吧？」

「不會，今早還有氣呢。」段勉手裡捏著石子彈射到那血人身上，對方仍是一動不動。

陸鹿摩拳擦掌。「先驗明正身，我今天就結果了他。」

段勉點頭，徑直打開鎖鏈，忍著臭氣走過去，蹲下。誰知，那一動不動的血人趁他伸手之際突然暴起，五官猙獰，凶狠地撲向近距離的段勉。

「哎，小心！」陸鹿驚叫。她沒想到剩半口氣的血人還會突然發難，作勢欲進去幫忙。

段勉鎮定如常，反手就扣上對方的咽喉，欺身壓上，輕易制伏了突然襲擊的傢伙。

「段勉？」陸鹿衝進來就看到段勉若無其事的把對方壓在膝下。

「我沒事。這裡太髒，妳先出去。」

「哦。」陸鹿又退出來。

段勉將對方手骨一折，冷笑。「用刑多日竟然骨節完整，看來這刑部大牢有內奸啊。」

「呸！」那血人用力啐一口罵。「段勉，算你狠！老子認栽！十八年後又是一條好漢，你等著。」

「明平治，死到臨頭就不要放這些無謂的狠話，留個遺言吧。」陸鹿隔著牢欄掩鼻笑。

「臭丫頭，老子最後悔的就是沒一刀宰了妳！」

陸鹿冷笑。「可惜世上沒後悔藥喲，落在我手裡，等著生不如死吧！段勉，我等不及要開始了。」

段勉將明平治四肢都檢查一遍，這才放心而起。「先做什麼？」

「割舌不會馬上死吧？」

「不會。」

「好。」陸鹿抽出短刀，笑。「讓這把刀嚐嚐人血。」

段勉無語了。這可是他們段家的傳家寶，傳男不傳女。她倒好，順手牽羊摸了去，不好好珍藏著，竟然拿來殺人見血？由著她去吧！只要她開心就好。

「妳行不行呀？第一次殺人，不是那麼輕鬆的。」

「沒事，我心理素質好得很。」陸鹿舉著刀步步逼近。她雖然是第一次殺人，可面對的是恨之入骨的明平治，一點心理負擔都沒有。

「俐落點。」段勉也不勸，反而指導。「齊根削。」

「知道了。」陸鹿吐口氣，記憶蜂擁而出，燃起滿腔仇火，一手扳開明平治滿是血糊的嘴，一股臭氣傳出。陸鹿手起刀落，動作毫不遲疑的斬出一小截苔深的舌頭。

明平治吃痛，悶哼發不出聲，額頭冷汗直冒。

「好！」段勉喝聲彩。

「謝謝。」陸鹿擦擦手，舞著刀說：「好戲在後頭。」

於是，陸鹿接下來挑斷明平治手筋、腳筋。段勉還好心提醒。「他這樣子挑不挑斷也沒什麼差別。」

「我知道他死定了，就是不想他死得輕鬆。」陸鹿振振有詞，接著道：「放血吧，放乾血，做成乾屍晾曬後，打包一截一截的寄到和國去，怎麼樣？」

饒是殺敵不眨眼的段勉，都對她的點子表示極大的佩服。「妳怎麼想得出來……」
「我想了一個晚上要怎麼折磨這個畜生，這法子新奇特別吧？」陸鹿還笑咪咪等誇獎。
「嗯，很特別。」
「我還有呢！這招，悶大蝦。」
「悶多久？」
「這就需要掌握火候了。過火，就死翹翹了，很考眼力的……」
明平治原本就奄奄一息，現在被陸鹿變著法折磨，招式新穎又古怪，根本說不話來，發不出聲，動彈不得，任人魚肉，還不能自殺，很是淒慘。
「哎呀，沒氣了？」陸鹿本來躍躍欲試古代的剮刑。聽說手法好的，一刀接一刀活生生剮在犯人身上，犯人不會立刻死，而是痛死。並且，老練的劊子手還有講究，一定要剮多少刀，才算刀藝好。
段勉一直在旁縱容的笑著。他殺伐決斷，娘子也該這樣見血不暈、殺人不眨眼才配得起他。嬌滴滴的弱女子，完全不是他的菜。
聽說沒氣了，段勉蹲身檢查，沈重宣佈。「死了！」
「啊，真便宜他了！」陸鹿活動手腕，意猶未盡。
「這還便宜？」明平治已被折磨得面目全非，估計這死狀他親媽都未必認得出來。
「算了，拉出去燒成灰吧，可千萬別土葬，小心和國人搶屍。」
「我知道。」

陸鹿遺憾的擦擦手道：「那我先回了。」

回益城的日子定在三天後，陸府開始忙碌起來。

這其間，上官珏來過，提到永安公主挺想她的，言辭間還想著宣她進宮陪聊呢。上官珏很欣喜，陸鹿卻有些興趣缺缺，並非公主不好，只是皇家的人還是敬而遠之才能明哲保身。聽說她要回益城，永安公主便讓人送了些金銀珠寶、稀奇玩意兒過來，還特意邀她春暖花開之際再上京城踏春。

最令陸鹿沒想到的，是顧瑤又找上門來。原本想要拒絕，但她打著承平公主的名號，不得不請進來應付。

「陸鹿，這一切都是拜妳所賜吧？」顧瑤還是沒改變，毫不掩飾對陸鹿的厭惡，更加陰惻惻了。一進來就把所有下人趕出廳，只留下她跟陸鹿。

「顧小姐，不對，承平公主，妳這些榮華富貴不是皇上所賜嗎？關我何事？」陸鹿施禮後，也一如既往地頂嘴。

顧瑤鼻出冷氣。「是妳挑唆永安公主出這個餿主意，對吧？」

「簡直是天大的冤枉！飯可以亂吃，話不可以亂說。想指控，那就拿多點證據，少點猜測。」

「大膽！妳一個小小縣主敢頂撞我？來人！」

陸鹿閒閒冷笑。「我這個縣主是掛名的，妳這個公主也是掛名的，少狐假虎威。」

顧瑤一怔，用吃人的眼神剜著她。「我遠嫁，妳滿意了？」

「老實說，不大滿意。」陸鹿搖頭笑得恣意。「我其實挺希望妳嫁得越挫越好，可真沒想到，妳竟然能嫁給一國王子，這天大的福分，看來注定該妳享用了。」

「妳少說風涼話。」顧瑤氣極，想撲過去撕打她，又沒把握；想叫下人來打她，這裡又是她的家。何況她說對了，她這公主只是虛名，沒什麼實質的權力。

陸鹿懶懶散散道：「怎麼叫風涼話呢？京城多少貴女小姐們羨慕妳呢！」

「我呸！那滇國王子又胖又矮，家裡妃子一大堆，妳、妳這是害我……」顧瑤說著就傷心起來。

「哦，那又怎麼樣？反正妳嫁過去是當正妃，享不盡的榮華富貴，多少人捧著，過足王妃的癮，不好嗎？」

「這麼好，妳拿去！」顧瑤怒氣沖沖。

陸鹿翻個白眼，懶洋洋問：「妳不滿意皇上的安排？話說妳今天是特意來吵架的吧？」

「沒錯，怎麼樣？」

「我可沒這工夫陪妳鬧吵。」陸鹿看著指甲不耐煩道：「沒事，請回吧！」

顧瑤心中的火氣還沒發完呢，她今天好不容易被允許出門，就是特意過來找晦氣的。

「陸鹿，妳別得意過頭！」

陸鹿搖頭晃腦，露出氣人的笑。「我就得意，氣死妳！」

第七十九章

「我要是在妳府上有個三長兩短，妳覺得妳能逃脫得了罪責？」顧瑤不怒反笑。

誰知陸鹿竟一點不懼，反而認真端坐。「那麼，請開始表演怎麼個三長兩短法？」

「妳、妳、妳……」顧瑤完全拿捏不到她的痛處，震驚了。

陸鹿摸著下巴，若有所思說：「別說什麼三長兩短，妳就算死了化成灰，我也會攛掇著上頭的人把妳的骨灰給滇國王子帶去，妳信不信？」

顧瑤後槽牙快磨碎了，惡狠狠瞪著她。她是來出氣的，可不是來給自己找不自在的，沒想到這傢伙軟硬不吃，又沒讓她討到什麼便宜……她不能就這麼無功而返！

於是，顧瑤從懷中摸出一粒丸子吞入口中，威嚇。「我不會讓妳好過的，等著瞧！」

「嗯，我坐著瞧。」陸鹿支起下巴閒閒觀望。

沒片刻的工夫，顧瑤就四肢抽搐、口吐白沫緩緩滑到地板上，所幸廳裡燃著火盆，地上不涼。她指著陸鹿。「要死，一起死！」

「啐，我才不跟妳同年同月同日死呢！」陸鹿抓起桌上瓜子嗑起來。

顧瑤在地上抽搐，抽了一小會兒，見陸鹿看得津津有味，一點不驚慌也不找人來急救，反而慌了，只好自己大喊。「來、來人呀！」

「別呀，妳再抽一會兒！像妳這種上趕來出洋相耍寶的，我還是頭一回見呢。別這麼快謝幕呀！再好好演一刻鐘，我到時賞妳一個紅包。」

顧瑤狠狠指她。「妳這狠心冷血自私的女人，我要死在這裡，大家都不得安寧！妳以為妳能全身而退？」

「我還真能。」陸鹿嚼著瓜子，笑嘻嘻朝她丟瓜子殼。

「來人！救命！」顧瑤嘶聲大喊。

陸鹿不阻止也不幫腔，就閒閒的坐著蹺起二郎腿看熱鬧。

廳門被撞開，寒風伴著驚叫。「小姐、小姐，妳怎麼啦？來人呀，殺人啦！」

陸鹿還奇怪地糾正。「不是叫大夫嗎？怎麼第一個就聯想到殺人？這顧家丫頭們都好有經驗呀！」

被扶著起身、灌水掐人中的顧瑤聞言差點氣暈。

春草、夏紋等人也圍過來，擔心道：「姑娘，妳沒事吧？」

「我沒事。這位承平公主忽然發羊癲瘋，快去請個大夫來瞧瞧。」

顧家的一個婆子就不滿了，向著陸鹿道：「陸大姑娘，妳這話說錯了，我家小姐可沒犯羊癲瘋，這分明是中毒！」

「哦？妳家小姐沒事就中毒來玩嗎？我看到她吃了一粒丸藥，還以為是治羊癲瘋的呢！」

「陸姑娘，我家小姐如今可是公主身分，難得出門作客，卻突然中毒倒地，妳今天不給我們一個說法，休怪我們顧家不客氣。」

「呵呵，一個死老婆子也學會威脅人了。」陸鹿笑了，拍拍裙子，噙著笑問。「若我不給說法呢？顧家要怎麼不客氣法？」

老婆子氣得臉色通紅，她可不是平常的老婆子，是顧家老夫人怕顧瑤嫁過去應付不來蠻人，特意賞給她專門幫襯著的。「咱們進宮理論理論。」

「就憑妳？」陸鹿甩她一個白眼，不屑道：「別咱們咱們的，一個老奴才也敢跟我稱『咱們』，要點老臉吧？」

「妳、妳怎麼……」老婆子快氣瘋了。

陸鹿罵完老太婆，轉向顧瑤問：「哎，還有氣沒？」

顧瑤也沒啥大礙，無非就是想訛她一下，怎麼可能拿自己的性命去賭呢？喝了點熱茶，再吞下事先準備好的解藥，整個人又恢復過來。聽到陸鹿罵她的隨行老嬤嬤，又氣又憤，騰地就起身衝過來，手指向陸鹿。

春草和夏紋幾個也唰地攔在跟前，氣勢洶洶嚷：「妳想幹麼？」

「滾開！我可是皇上親封的公主，妳們這幾個賤人也敢攔我？」

陸鹿撥開春草和夏紋，慢騰騰站起。「最賤的不是妳嗎？從小倒貼我家未來夫君，每天在段府上演投懷送抱的戲碼，可惜，人家壓根兒沒瞧上妳，卻還硬是一家大小死皮賴臉的送貨上門呀！我都替妳臊得慌！」

顧瑤倒抽口氣，氣得一翻白眼差點暈了。

「別在這裡翻白眼裝死啊！夏紋，去請大夫來……哦，順便叫府裡護衛什麼的過來幾個，多些見證人，免得我被人訛詐了。」
「妳胡說八道！」顧瑤怒斥。「我訛妳什麼啦？」
「誰知道呢？可能妳想在我這裡大吵大鬧，引得段勉過來，好瞧上最後一面吧？」陸鹿故意嘔她。
顧瑤的臉登時五顏六色輪換一遍。
還別說，小丫頭來報。「大姑娘，世子爺來了。」
「哦，請世子爺前院書房暫避，我這裡有女客呢，不方便迎他進來。」
「是。」
陸鹿向顧瑤聳聳肩。「就不讓妳見他！」
「妳這個厚顏無恥的臭女人！」顧瑤這下真失去理智了。倒並非不讓見段勉，而是陸鹿這態度囂張得欠揍。於是，她不管不顧的撲了過去。
陸鹿一閃就避開了，還吃吃笑著嘲諷。「這是踩到痛腳了吧？」
廳裡一下亂套了。
「小姐，使不得……」
「小姐，萬不可與這種人動氣，失了身分。」
眾人一起勸阻了顧瑤，畢竟是顧家小姐，承平公主的身分，這樣被人氣幾句就開打，有失體統。
「來人，送客！」鬧哄哄的吵鬧過後，陸鹿就攏著手爐朗聲吩咐，又轉向顧瑤。「不好意思，突然不舒服。顧小姐，慢走，不送了。」

顧瑤惡狠狠瞅定她，那一臉的笑越看越像挑釁。

「小姐，咱們走吧。」老婆子低聲勸。「回去就跟宮裡說說今日的事。」

「哼！」顧瑤也只剩下告狀這條路了，今日自取其辱，只能拂袖而去。

陸鹿當真沒送出門，只站在廊下目送著。

春草很擔心。「姑娘，她到底是公主身分，會不會……」

「不用怕。她就是枚棋子，殺傷力有限。」陸鹿渾不在意。

「她來幹麼？」廊後轉出黑沈臉的段勉。

「沒事找事唄。」陸鹿望他露齒笑笑，問：「怎麼不在前院等著？」

段勉挽起她的手，低聲道：「我看到顧家的馬車，猜想可能是顧瑤來了，怕她對妳不利。」

「你的猜想正確，不過，也就是讓我看了場猴戲。」

「猴戲？」段勉挑挑眉。

陸鹿反手拉著他。「進來說。春草，去把我昨晚放在床頭櫃的那個包裹拿過來。」

春草領命，而一邊夏紋換上新茶後，很有眼力地帶著小丫頭退到廊下。

陸鹿邊說邊笑，把方才顧瑤的動作及舉動都述說一遍，還不時拍掌取笑。「這種過時套路，她也好意思用？我都不好意思看呢！」

段勉卻神情凝重。「鹿兒，這種套路別看過時，卻很耐用。那是碰上不按牌理出牌的妳，若換上別人，早就著了她的道。」

「嗯，我知道，我有分寸的。」

「唉！」段勉嘆氣，搖頭。「沒想到她這麼惡毒！事已至此還惦記著拖妳下水。」

「所以，讓她去禍害滇國吧。這樣，滇國皇宮內亂，就分不出神妄想攻打齊國了。」陸鹿半開玩笑半是認真地說道。

段勉啞然失笑，她這小腦袋裡整天裝些什麼呀？思維跳躍太快，跟不上了。

「姑娘，包裹來了。」春草輕手輕腳進來。

陸鹿招手，自己接了，然後塞到段勉懷裡，笑嘻嘻。「說好的禮物，縫好了。」

段勉驚喜的打開，是件深紫色中衣，比劃了下，有些偏大，不過大致還過得去。

「針腳不是很整齊，線頭可能有點多……」陸鹿囁囁的先自暴其短，道：「不過，我很用心的，全是我一針一線縫出來的，沒有假借他人之手呢。」

段勉將她一攬，滿臉都是掩不住的喜悅。「鹿兒，辛苦妳了。謝謝，這份禮物我很喜歡，我會好好收著的。」

「別呀！衣服就要穿在身上才叫重視嘛。何況這還是紫衣哦，希望你穿著我這親手縫製的衣服成為威名遠揚、大震四方的紫衣將軍。」

「在下定不負娘子好意。」段勉笑呵呵的摟著她，低聲答應。

益城陸府竹園，因為陸大姑娘歸家，著實熱鬧了幾天。

先是一眾城中富紳太太、小姐們過來拜訪累陽縣主，宴請吃酒，八竿子打不著的親戚也都前來討好，還有幾家往常走得親近的相熟小姐們過來閒話。

陸鹿忙得暈頭轉向，分派禮物、應酬女客，三、四天後才清靜。接著，她開始插手陸明容的婚事。這件事她雖有主見，卻還要龐氏配合。

正房內室，龐氏聽了她的建議，半天沒回過神來，喃喃道：「這太不靠譜了吧？吃喝嫖賭樣樣俱全，還被退了親，退親又去鬧，鬧完還被打傷，這種人家也配跟咱們議親？」

「母親，這種敗家子配明容最好不過了。妳就應了吧。」陸鹿笑道。「明容手段高超，必能降服得了，何況還有易姨娘在背後指點，妳還擔心她嫁過去吃虧？」

龐氏牙疼似的齜牙，卻很心動，她最恨的就是易姨娘。

「母親若是顧慮爹爹，只說是我幫著二妹妹挑選的就行了，後果我來承擔。」

龐氏訕訕道：「妳一個大姑娘家家的擔什麼後果？」

「母親是怕那個敗家子娶上二妹妹連累陸府吧？沒事，有我呢！抬起段家壓壓他就行了。實在不行，我手段還多著呢，你們不方便出頭，交給我整治。」陸鹿是鐵了心要把這油坊少爺跟陸明容扯一塊兒。

龐氏嘆口氣道：「易氏再怎麼可惱，只是這二姑娘親事，多少人家盯著？貿然許這麼一個敗家子，我這做繼母的可不讓人戳了脊梁骨去？」

原來是顧慮著她當家主母的名聲？也是，她再怎麼不喜歡易氏、不喜歡陸明容，可挑這麼一家人許過去，別人背後裡會怎麼議論她呢？她還怎麼參加夫人們的酒席？

陸鹿早料到沒這麼簡單，話鋒一轉道：「母親，有件事，我不得不告訴妳。在我回城那天，易姨娘派人送了生母遺物給我，還有一方血帕。」

「什麼？」龐氏一怔。「妳生母遺物不都在庫房鎖著嗎？」

「嗯，是易姨娘另外保管的，大概是我生母生我時，她在身邊所以順手得到的吧。血帕上寫了一些話，對母親極為不利。」陸鹿挑撥著。

龐氏愣了半刻就變了臉。「胡說八道！妳生母過世之後，我才嫁過來，與我何干？」

「她交過來的血帕上是這麼寫的，至於是我生母手書還是別人偽造，那就不得而知了。若母親不信，晚些我拿與妳瞧。」

「偽造？」龐氏抓住關鍵字，驀然明白，眼裡頓時就冒了火。「這個賤婢！」定是想偽造劉氏遺書，讓陸鹿恨上繼母，好跟她一條心對付自己。

「我知道該怎麼做了。」龐氏信了，頓時恨得牙癢癢的。

隔沒多久，油坊老闆就差著媒人上門向陸明容提親，龐氏二話不說就答應了。

易姨娘打聽過後，到陸靖面前鬧了一場，陸靖也極不滿意庶女的對象是這副模樣，當下就去找龐氏理論，龐氏也不客氣地直接推到陸鹿頭上。

陸鹿給陸靖的解釋是──「二妹妹年紀到了，也是該議親的時候。我好心託人在益城打聽過，別的人家都是那畏畏縮縮上不得檯面的，就這家少爺性子明快，不藏著掖著，明人不做暗事，是個性情中人，所以就特向母親推薦了。父親放心，二妹妹手段高超，嫁過去不會吃虧。」

陸靖面色黑沈，只問了一句。「妳是故意的？妳還在記恨易姨娘？」

「不是，不恨。」陸鹿睜眼說瞎話。

陸靖看了她半晌，十分氣惱，卻拿她無可奈何，眼見事成定局，只好拂袖。「好好在家裡待嫁，府裡的事，以後不許插手。」

「是，父親。」以後，是指陸明妍嗎？她還小，沒了易姨娘和陸明容撐腰，她也蹦躂不了多高。

陸明容也不知哪裡得來的消息，哭腫眼睛跑來竹園大鬧一場。

陸鹿一點沒顧忌自己段府未來世子夫人和累陽縣主的身分，照樣出手教訓她。陸鹿早就想揍她了，在自己家搞鬼就算了，還聯合顧瑤算計她？這種吃裡扒外還一次次不長記性的賤人，不打不行！

這場鬧劇驚動整個陸府，易姨娘和陸明妍嚎哭著齊上陣的場面十分熱鬧。

解決了陸明容，接下來就是易姨娘。陸鹿擁著貂裘在火爐前冥思苦想，準備在婚前扳倒易姨娘這個討厭的女人。

小青掀簾而入。「姑娘，小懷在外邊候著，說有要緊事稟告。」

「喲，他們回來了?!」陸鹿一喜，忙吩咐。「讓他去偏廳等著。」

「是。」

多日不見，小懷好像長高了，風塵僕僕的顯出幾分少年老成，身上的棉襖半新不舊的，還帶著髒泥。

「小的見過姑娘。」小懷回城就聽到陸鹿已回了益城，腳不沾地的就先來報到。

陸鹿和氣笑。「坐吧，辛苦了小懷。」

「不辛苦。這是小的應該做的。」小懷抹一把鼻子。

「他們人呢？」

小懷謹慎道：「孟家幾位兄長因不是府裡的人，不方便隨小的進來，小的就讓他們先回家去了。姑娘若要使喚，小的這就去喚他們過來。」

「你安排得妥當。」陸鹿很欣慰，這小懷挺會辦事的。毛賊四人組不是陸府的人，就算替她辦事，也是不能隨便進出府裡，小懷把他們安排回家，自己一個人來彙報，並無不妥。嗯，這小子機靈又老練，陪嫁也算他一個！

「說正事。打聽得怎麼樣？」

「回姑娘，打聽好了。」小懷恭敬道。「幸好不辱姑娘之託。」

「說來聽聽。」

隴山累陽槐花屯是劉氏原籍，也是李婆子的老家。劉氏近親本族是沒有什麼人了，只有幾支遠親，陸府再富貴，也不好意思上門來打秋風。李婆子年紀也不大，才四十多歲，還在世，就是鄉下日子苦，熬得跟五十多歲一樣，老氣橫秋。

小懷他們來得及時，李婆子正是最艱苦的時候，給了幾兩銀子便套出消息。

當年，劉氏難產後，衛嬤嬤把陸鹿抱走，屋裡就只剩下李婆子和穩婆在清理劉氏，易氏就進來了，尋個由頭把穩婆打發出去。易氏看劉氏還有最後一口氣，便抹著眼淚拉著劉氏的手問還有什麼話要說。

劉氏知道自己時日無多，便撐著最後一口氣，叮囑易姨娘善待自己這唯一骨血，還把自己的陪嫁盒子交給易氏保管，說等女兒長大交給她，之後自有易氏的好處。

受到託孤，易氏當下哭得更厲害，接過一看是有鎖的，便隨口問鎖怎麼開。劉氏死死抓著易氏的手，只吐出「時辰」兩個字，就翻白眼頭一栽去了。

「……時辰？」陸鹿望天。這麼說密碼不是她的生日時辰，那會是誰的呢？劉氏的？

小懷抹抹汗，苦笑。「李婆子說，易姨娘當時就試過先頭太太的時辰，沒打開。」

「麻煩了。」陸鹿撐撐額，又問。「那她交代了為什麼會被趕出府嗎？」

小懷點頭道：「她都說了。因為易姨娘希望她出府，還許了一筆銀子，然後假借著要緊東西不見，栽到她頭上。」

「這由頭她也認？」

「不認沒辦法。那時府裡的太太沒過門，都是易姨娘獨大，而且她是先頭太太的人，又聽到先頭太太的囑託了，易姨娘沒除去她已是手下留情。她也只好認了，拿了筆銀子就悄沒聲息的回了老家。」

「原來如此，她也算識相。」

「姑娘，大致便是如此。」

陸鹿想了想，問：「槐花屯還有劉家近支嗎？」

「據小的打聽，沒有。」

「行了，你下去休息吧。小青。」

小青應聲而來，手裡捧著一包銀子，交給小懷，小懷連忙道謝。

陸鹿大氣道：「這筆銀子是賞你們的辛苦費。先拿去跟孟大郎幾個分了，後頭還有好處，且等著。」

「是，多謝姑娘。」

陸鹿擺手命令。「小青，送他出去。」

回到房裡，陸鹿把密盒拿出來，盯著思忖。到底是誰的時辰？外祖父、外祖母？不可能吧？陸靖……估計也不是，易姨娘那麼聰明，多半也試過了。

一直到晚上，陸鹿心裡還惦記著這回事，托腮思考。捱到快亥時，陸鹿準備上床，聽到窗櫺叩響，怔了怔。這，好久沒有過了，難道是段勉又來了？

「誰？」

「我。」果然是段勉的聲音。

陸鹿欣喜的打開後窗，望著夜中帶著寒氣的段勉，眼光亮晶晶道：「你怎麼來了？」

「我想妳了。」段勉撐窗跳進，一把摟住她，低聲。「想得受不了就來了。」

「你……你不是連夜騎馬來的吧？」

段勉搖頭。「黃昏進城，本想明天過來拜訪，實在等不及。鹿兒，妳想不想我？」

陸鹿仰面笑回。「不大想。」

「嗯？」段勉面上失望，冰冷的手捧起她臉，嘆氣。「小沒良心的。」

「嘻嘻。我回來這幾天快累散架了，哪有工夫想你？頂多偶爾想一想。」
「只是偶爾？」段勉將身上裘衣一脫，將她抵在牆角，狠狠吻上。「該罰。」
「唔，你！」陸鹿猝不及防，慌張地回應著他粗重的吻，裡頭帶著狠勁及思念。
好半天，段勉才將她放開，低頭看著滿臉通紅、微微喘氣的陸鹿，指腹畫過她飽滿紅潤的唇，低聲。「我開春便離京，五月才能回來。」
「哦，會經過益城嗎？我去送你。」
「會。」段勉露出笑容。「我等妳。」
陸鹿摟著他的腰，低聲道：「我也會想你的。」
「嗯，這才乖。」
「這陣子會很忙吧？那就別兩頭跑了，小心天寒地凍，保重身體要緊。」
「我知道。」段勉很享受她的叮囑，低笑。「我有分寸，妳放心。」
陸鹿輕輕笑笑，也不再多說什麼。段勉擁著她低聲說些思念的話，無師自通，十分膩歪。

天氣越來越冷，綠園的易姨娘也越來越坐立難安。
這事，得從賈婆子無意中帶來的一則小道消息說起。那天，下著飄雪，賈婆子一身風寒的從院子外進來，施過禮，緊張喚一聲。「姨娘，不好了。」
易姨娘確實不好了，她正歪在暖榻上病懨懨的。陸明容被許了那樣的人家，她心裡一直堵得慌，老爺、太太那裡是說不通，板上釘釘了。她在發愁，嬌生慣養的女兒嫁過去可怎麼辦？

聽賈婆子來這麼一句開場白，心裡就更惱火，厲聲瞪眼。「妳瞎嚷嚷什麼呢？我怎麼不好了？妳就盼著我不好是吧？這麼大年紀了，嘴裡還沒個把門的。」

被一頓搶白數落的賈婆子臉色青白轉紫脹，屋裡春芽和秋碧忙上前輕言細語安撫易姨娘。

「姨娘莫生氣，賈嬤嬤也是上了年紀，怕是受了什麼驚，一時口不擇言。」

「是呀，姨娘，瞧這大雪天，賈嬤嬤出門打聽消息，也是不容易，就饒過這一遭吧？」

賈婆子自己也識好歹，立時就跪下認錯，還自抽了嘴巴。

易姨娘也念在她服侍一場，大半的氣也消了，擺手。「起來說話。」

「多謝姨娘。」

秋碧捶著易姨娘的腿，問：「賈嬤嬤急匆匆的，到底是怎麼啦？」

「姨娘，老奴得了個消息，說是……」她謹慎的左右張望，這屋裡就她們主僕四人，卻還是小心的挪近一步，低聲道：「說是大姑娘派了小懷去累陽槐花屯，找先太太的陪房李婆子。」

「什麼？」易姨娘霍然坐起，吃驚追問：「當真？」

「老奴聽東香這丫頭說起，這丫頭昨日偷偷出門給四姑娘買零嘴，打從側門過，無意中聽小廝問小懷前些日子去了哪裡，那小懷便說替大姑娘辦事去了累陽找李家婆子。」

易姨娘眼都直了，絞著手帕喃喃道：「這死丫頭怎麼會想起這茬來？難道那個密盒，她打開了？」

賈婆子卻搖頭。「老奴覺得，密盒一定沒打開，不然，大姑娘也不會派人去尋李婆子。」

「也是。」易姨娘整理情緒，分析說：「她必然也不知怎麼開，可能是問了衛婆子，衛婆子便告知當時先太太難產臨終時在場還有個李婆子，她應該是去問劉氏臨終遺言了吧？」

賈婆子點頭。「只怕是這個原因。」

「難道，那張血帕，她不信？」易姨娘若有所思站起身。

賈婆子點頭。「想來是的。不然大姑娘也不會如此動作，還攛掇著太太將二姑娘許給那樣的人家。」

提到這事，易姨娘又要犯舊疾了。她美麗乖巧的女兒呀，怎麼就許了那種敗家玩意呢？這是活生生打她的臉呀！最可惡的是陸靖，還由著龐氏和陸鹿胡鬧。

「姨娘，怎麼辦？」

易姨娘恨恨道：「能怎麼辦？劉氏又不是我弄死的，她縱然知道又能拿我怎麼辦？」

賈婆子尋思一回，也是。劉氏可是真真切切難產而亡，只不過易姨娘後頭做了點手腳而已，還故意假造了一封血書放著，如果陸鹿平安長大，就挑撥她跟龐氏的關係，讓她們互鬥去。不過，這個如意算盤顯然沒得逞。

易姨娘咒罵了一陣，心裡的火氣沒消，反而更旺了，她撫著心口望向賈婆子。「還打聽到什麼？」

賈婆子猶疑了一下，小聲說：「聽竹園那邊巡夜打更的婆子說，前兩日恍惚看到有男人潛進竹園……」

「哦？可瞧清是什麼人沒有？」易姨娘一下振奮了。

賈婆子搖頭。「巡夜的嚇個半死，哪裡敢瞧清？守著園門，卻一直沒見那男人出來。」

秋碧問：「會不會是段世子？奴婢聽外頭傳言，那段世子喜歡大姑娘喜歡極了。」

「啐，這種話妳一個小姑娘家家的也好意思傳。」賈婆子橫她一眼。

易姨娘卻鎖眉。「若是段世子偷摸著潛入，那也只好睜一隻眼閉一隻眼。」

春芽出主意。「這好辦，讓人去城裡打聽打聽段世子可回益城了，若是沒有，便是另有其人。」

「這法子好。」易姨娘重新燃起希望。

事不宜遲，綠園便派了幾個妥當人出門打聽。畢竟益城說大不大，說小不小，段勉若在益城，總歸會與常克文一起喝酒賞雪，再不濟那也會弄出點動靜來。城裡人大多認識他，但凡他出現，必定有印象。

只不過，益城都在傳齊國要跟和國開戰了。段世子主動請纓再去邊關，皇上已經准了，正緊急備戰，京城兵部亦在調動兵馬。

黃昏時，綠園打聽的人回報。「段世子沒有回益城，許多從京城過來的客商都說，親眼看到段世子在街上打馬而去，早出晚歸的在鐵騎營練兵呢。」

易姨娘對於與和國開戰的消息一點興趣也沒有，只催問：「當真沒有在益城？」

「回姨娘，確實沒有。常公子那邊也說好久沒看到段世子下益城來了。」

「好好好！」易姨娘五官扭曲了下，恨恨咬牙。「妳不仁，我便不義！」

賈婆子奉上茶，小心翼翼問：「姨娘有什麼打算？」

「捉賊拿贓，捉姦拿雙。」易姨娘冷笑。「這麼一件醜聞，當然要當場逮到才是。」

秋碧卻疑。「可是姨娘，大姑娘都許配給段世子這般好人家，為什麼還會私會其他男子？情理不通呀！」

「妳懂什麼，有些女人，天生就是賤貨！」易姨娘怒容滿面地鄙夷。「我瞧她那面相，就不是什麼良家女，何況在鄉下長大，粗鄙不堪、任性大膽，又上京一回見多了男人，段世子那般冷情厭女的，未必合她心意。」

「沒錯，就是這樣。妳們未出閣的小姑娘家家不懂這裡面的套路。」賈婆子頻頻點頭。

段勉的家世、能力的確很讓少女們動心，可這種冷面冷心又厭女的公子哥兒，相處起來只怕極度無聊乏味。陸鹿那麼張揚肆意的潑悍女，未必受得了他的枯燥。

第八十章

冬夜，寒風呼嘯，嗚嗚咽咽如鬼泣。

竹園相當安靜，唯有廊前的燈籠被寒風吹得搖搖晃晃。廂房各處都熄了燈，唯陸鹿所住正房還亮著一盞孤燈，隱隱能見人影支著腮坐等在燈旁，遠遠有犬吠傳進來，更添冬夜的寂寥孤寒。

忽然，廊下輕手輕腳的摸過來一道人影，貓著腰小心的在窗根下輕輕叩窗三下。很快，後窗打開，貓著腰的人直起身，身形看起來頗高壯，他縱身跳入屋內，隨後窗戶關上，上頭映出兩個相擁相吻的身影。

躲在暗處瑟瑟發抖的賈婆子睜大眼，對著旁邊春芽小聲吩咐。「快去告訴姨娘。」

春芽點點頭，輕手輕腳的挪出來，順著牆根從側門跑出竹園，一溜煙的來到綠園。

今日是陸靖歇宿易姨娘屋裡的日子，屋內一直暖洋洋的，易姨娘也極盡手段，將陸靖服侍得舒服妥當，折騰半宿，正要入眠，卻聽到門外輕輕叩響。

易姨娘眼神清明，知道機會來了。她推推睏倦的陸靖。「老爺，妾身出去瞧瞧。」

「嗯。」陸靖迷迷濛濛，翻個身。

易姨娘披衣而起，打開門放進秋碧，低低細語幾句，便將她打發出去。然後走近床端小聲道：「老爺，妾身聽說大姑娘那邊出了點事，老爺要不要過去看看？」

陸靖含糊嘟囔一聲，接著猛然清醒，問：「什麼事？」

易姨娘壓低聲音道：「巡夜的說是看到有個男人模樣的進了大姑娘屋子。」

「胡說八道！」陸靖怒斥起身。

易姨娘唬一跳，忙道：「妾身自然也是不信的。只是，巡夜的婆子私下都傳開了，說前些天夜裡就見過了，只是不大確定，沒想到今日又見著了，還面生得很，不像是咱們府裡的。」

陸靖煩躁地起身。「明日著人查清，是哪些嚼舌根的，一律五十大板拉出去發賣了！」

易姨娘這才真切地嚇一跳，急急道：「老爺息怒。這事自然要壓下，只是光發賣，只怕堵不住下人的嘴，須得親眼所見，方能平息這空穴來風啊！」

陸靖抓起衣服就要穿，皺眉道：「這有何難？去看看不就知道了。」

「老爺說的是。」易姨娘心頭一喜，忙喚上丫頭一起幫著更衣。

這邊綠園一群人，悄悄打著燈籠向竹園前進。竹園，賈婆子還守在暗處，生怕人跑了。正凍著，易姨娘帶著陸靖就過來了。

衛嬤嬤和春草等人被驚動了，紛紛點燈起身迎著，偏偏一直亮燈的正房卻熄了燈，陸鹿猶在裝傻當沒聽見。不得已，小青去敲門，半晌，值宿的夏紋才睡眼惺忪的開了門。一看不得了，大晚上的老爺怎麼也來了？

「大姑娘可在屋裡？」易姨娘先問。

夏紋施一禮，指指裡屋。「姑娘在裡屋。」

陸靖一偏頭。「去看看。」

易姨娘暗喜，帶著幾個丫頭便要進屋，衛嬤嬤不解問：「老爺、易姨娘，這是幹麼？」

「看了就知道了。」

誰知，這裡屋也讓栓緊了，推不開。這下，易姨娘更加認定有鬼，向陸靖說：「老爺，不如先迴避吧。」

陸靖原本三分不信，這下變成十分信了。若沒鬼，幹麼裡屋也栓緊了？一般來說，夜裡要喝茶什麼的不是都要叫丫頭服侍嗎？這把裡屋栓了，丫頭怎麼進去？

衛嬤嬤看這架勢，也猜到什麼似的，上前拍門。「姑娘，妳可睡下了？」

「嗯，才醒。」陸鹿聲音清脆並不含糊，卻打著哈欠問：「怎麼啦？」

春草上前報。「老爺和易姨娘來了。」

「這大晚上的為啥事？」

陸靖皺眉。「妳先開門。」

「爹爹，這不大好吧？」

易姨娘笑。「這有什麼不好的？老爺有要緊話要囑咐姑娘，大晚上的巴巴來了，姑娘先開開門吧。」

「我若不開呢？」裡頭靜了一瞬，陸鹿突然這麼一問。

易姨娘皮笑肉不笑。「這說明姑娘屋裡有什麼見不得人的東西吧？」

「呸，妳算個什麼東西？春草、夏紋，給我掌嘴。」

春草和夏紋當真捋袖要甩巴掌，正鬧得亂哄哄的，此時龐氏也得了信，急急趕過來，一看一群人圍在陸鹿正屋，不由鎖眉。「怎麼回事？」

「妳來得正好。」陸靖擺手，指指易姨娘。「說給太太聽聽。」

易姨娘一怔，眼神慌亂地掃視，看到躲在人群後的賈婆子，後者衝她微微點頭，便提起膽氣向龐氏見禮，將新發現又細細呈報。最後道：「妾身也是為著府裡著想，若是傳出去，不但咱們府裡，就是段家顏面也無光。原想著悄悄行事，沒想到會鬧這麼大動靜，驚動太太。」

「妳發現事情不對，不是報知我這個當主母的，而是向老爺挑撥，不就是存心把事鬧大嗎？這會兒倒裝好心！」龐氏啐她一口，話說得刻薄。

易姨娘欲哭無淚，捂著臉退開一邊。

陸靖面皮一熱，不耐煩地喝斥：「這些以後再說，還不把門叫開。」

龐氏冷笑，眼睛一掃，這屋裡人是不多，可架不住竹園的丫頭、婆子都起身在外邊聽信，就冷下臉喝道：「都出去。」若真有醜事，越少人知道越好。

這時，陸鹿的裡屋門卻開了，她穿戴整齊，懶懶道：「好吵！還讓不讓人歇息了？要搜屋子找男人是吧？可以呀！不過……」

她笑咪咪話鋒一轉向易姨娘道：「是易姨娘提出來的吧？也是妳把爹爹請過來捉姦的是吧？我想知道，若是證明妳胡說八道，故意陷害毀我名聲，該當何罪？」

易姨娘一愣，伸長脖子望向裡屋，臉色晦暗不明。

龐氏卻笑了接話。「若是搜不出，易姨娘故意陷害、存心栽贓嫡大小姐的罪名就坐實了。這處罰自然隨大姑娘，是吧，老爺？」

陸靖這下心裡有數了，看一眼易姨娘，又看一眼老神在在的陸鹿，拂袖。「胡鬧！」

「爹爹且留步。」陸鹿淡淡喚一聲。「還是請進來看一眼再走吧？不然，就白喝這半天的西北風了。」

王嬤嬤領著四大丫頭進了屋，仔仔細細察看一遍，回報。「回老爺、太太，屋裡沒有其他人。」

「怎麼可能？」易姨娘錯愕地望向賈婆子，只見賈婆子目光閃躲，心虛的低頭。

「妳、妳害我！」易姨娘忽然發狂撲向賈婆子——頓時明白這個局正是為自己而設。

屋子裡頓時亂成一團，哭鬧聲不斷。獨有陸鹿吐了口氣，望天得意的微笑。

五月初八，晴，宜嫁娶。

西寧侯段府早早就派了迎親儀仗從京城出發，來到益城繞城一周，顯擺完後才至陸府迎親。陸府張燈結綵，鑼鼓鞭炮齊鳴，還請了舞獅表演，門前熱鬧非凡，擁擠得水瀉不通。

竹園，陸鹿已經大紅嫁衣穿在身，靜靜的等著被接出府，屋裡丫頭、婆子都擠在一起，陸明姝和常芳文兩個最歡喜，比自己出嫁還高興。

外邊亂哄哄報。「姑爺進門了！」

陸鹿有點緊張了，這是真正的出嫁吧？當程竹時，她都沒機會嫁人呢！沒想到這一世，卻要嫁給一個本來避之唯恐不及的人。

前廳，陸靖和龐氏已經上座，等著女兒、女婿拜別。陸鹿由女儐相扶過來，向長輩行禮，旁邊段勉一身大紅喜衣玉樹臨風，意氣風發的候著。

陸靖看著裝扮一新的陸鹿，這模樣，倒有幾分劉氏年輕時的風姿，不由生了感慨，眼角都有點濕，勉勵幾句。「成親之後，上敬公婆，下依夫君，凡事不可任性，夫家不比娘家能由得妳肆意。切勿失禮，恭順為重。」

「是，爹。」

龐氏也滿面紅光，雖然是繼母，可到底也是世子爺岳母了，鄭重的叮囑幾句。

段勉便上前也鄭重其事的拜謝兩位長輩。

吉時到，喜娘上前把紅綢給蓋上。陸應和陸序與陸鹿雖非一母，到底是同父，便由陸應出面揹著陸鹿在震天的鞭炮聲中上了花轎。

儐相扯起嗓子喚。「起轎！」這就算正式嫁出門了！

鞭炮聲、鼓樂聲中，迎親隊伍浩浩蕩蕩地出發，嫁妝自然也是隨行。說十里紅妝是誇張，可塞堵一條街還是有的。益城首富陸府嫁嫡女，親家還是京城段府，自然不可能簡單出嫁，整整繞城晃了一圈，引得百姓追逐看熱鬧，可說是萬人空巷、轟動一時。

陸鹿坐在八抬大轎上，後知後覺想：好像沒哭嫁，是不是不合規矩？管他呢，自己真的哭不出來嘛又有什麼辦法呢？她偷偷掀轎簾，見護在轎旁的就是騎高頭大馬的段勉。

感受到她的視線，段勉微微側頭，迎上她的目光，嘴角微翹，志得意滿之態展露無遺。

開春離京去邊關後，他再也沒見過陸鹿，偶有通信也無法慰藉他的相思之苦。好不容易，邊關戰事平穩，婚期也到了，皇上才特意批准他回京成親。

說到成親，他是又期待又激動。這一天終於來了，總算可以永遠跟陸鹿生活在一起了，再也不用擔心她玩花招了。他前一夜未曾好生睡踏實，總害怕她跑了，直到看見同樣裝扮一新的陸鹿，提著的心才真正落回原位。

陸鹿見他一臉得意，嗔怪地笑了笑，放下轎簾感慨。終於嫁了！不過等待她的將是複雜的婆媳後院關係，只怕比在陸府還頭痛呢！

從益城到京城，又是浩浩蕩蕩的一大隊人馬，迎親隊伍直至第二天快中午才進了京，自然又引發民眾新一輪的圍觀熱潮。段府也是熱鬧非凡，人人喜氣洋洋，只有顧氏院裡氣氛明顯低迷。

正門迎進，開轎簾，段勉親手牽著陸鹿邁進大門，步入正廳。

陸鹿在紅蓋頭之下，隱約看到有些孰悉的地面，耳聽著陡然安靜的聲息，知道這就是段府了，紅綢另一端牽著的人將會跟她共度一生。

她突然有點心慌，想奪路而逃。這時刻，她才明白為什麼會有落跑新娘。她也想落跑，沒什麼別的意思，就覺得心慌慌，緊張不安。

「一拜天地！」司禮洪亮的聲音響起，陸鹿木然拜下去。

「二拜高堂！」再拜。

「夫妻對拜！」轉身行禮，陸鹿抬起頭，透過紅蓋頭看不清段勉的神情，想來是歡喜的吧？

「禮成，送入洞房！」

從正廳到洞房都鋪了紅地毯，踩在軟軟厚料上面，陸鹿極力穩住身形，避免出醜。這一路可真長，想必新房另外安排了，不是段勉原來住的院子。

坐在婚床上，陸鹿才悄悄吐口氣。

春草、夏紋和小青、小語都跟著陪嫁過來，還有衛嬤嬤和小懷。毛賊四人組沒讓他們過來，仍然是自由之身，不過也進京當學徒來了，投在陸府商號學藝，也算走了條正途。

正悄悄喝口茶，喘口氣的工夫，外頭喧譁聲起，親友四鄰都笑嘻嘻的湧進新房湊熱鬧來了，段勉自然也要進來挑起紅蓋頭喝交杯酒的。

「金秤挑紅巾，如意又稱心。」喜娘把金秤交到新郎官手裡，念著吉祥話。

段勉含笑，不急不忙上前，輕輕將紅蓋頭挑開，陸鹿一雙明眸抬起，看他一眼，與他灼灼目光對視，臉上一熱，抿唇輕笑又低下去。人群一起誇讚。「新娘子好漂亮！世子爺好福氣啊！」

段勉難掩喜色，嘿嘿看著陸鹿傻笑，歪身坐到她身邊。

喜娘又說了一些祝辭，眾人一起附和，說完，朝他們扔一把紅棗栗子花生桂圓之類的乾果，嚷嚷著。「早生貴子，百年好合。」

當眾繫了同襟，又喝了交杯酒，外頭的男人們就嚷著要新郎官出去敬酒。屋裡，熱鬧繼續。

段府男丁單薄，陸鹿是長孫媳，都是些小姑娘家家的來認她這個嫂嫂。上官珏也來了，她最會帶動氣氛，新房裡笑聲盈盈。

段府世子成親，皇家的禮少不了，京城各世家也都有禮到，酒席從正午一直開到晚上，不曾間斷。

陸鹿也沒委屈自己，等湊熱鬧的人散後，讓春草等人好生的弄了幾道清淡的精緻小菜進新房，吃飽喝足後，就在琢磨今晚的重頭戲。都這一刻了，她不可能不圓房吧？雖然，她不排斥段勉，可是心裡還有道坎，她默默催眠自己——嫁都嫁了，還怕這一關？

龐氏倒是在出嫁前一晚神神秘秘地給她看了一套春宮圖。陸鹿裝害羞，沒仔細看。這會兒，夜色籠罩，遠遠的喧譁仍舊，只她新房這邊倒是出奇的安靜，陸鹿就悄悄翻出春宮圖，瞧著好玩。

夜色更濃，溫風拂過。段勉被人扶進來，一身酒氣，腳步不穩，陸鹿忙接過，小聲嘀咕。「怎麼喝這麼醉了？」

「放心，我沒醉。」進了屋，段勉就睜眼，望著她笑嘻嘻。眼神清明，哪還有半點醉態？

「哦，你裝醉？」

段勉歪身坐榻上，拉著她笑。「我若不裝，那幫傢伙真能死命把我灌醉。」

春草和夏紋打來熱水，陸鹿親自絞帕遞給他。「你也喝了不少吧？要不要讓人熬醒酒湯？」

「也好。」

看著他喝完醒酒湯，陸鹿就不自在了，接下來該進入重點了吧？紅燭高燒，春草等人自覺的退出去，新房就剩下他們兩人。「呃，段勉……」

「叫我什麼？」段勉抱起她笑問。

陸鹿遲疑地改口。「夫君？」

「嗯，娘子。」

「那個，這院子……」

「噓，新房新院子，以後再說。娘子，春宵苦短，不可辜負。」段勉截下她的話，抱她放在喜床上。

陸鹿心跳如鼓，還想掙扎。「我、我還有別的話說。」

「以後再說。」段勉扯下她的頭飾，青絲如瀑，映得美人如玉，像朵盛開的花，等著他去採。

繁複的嫁衣一層一層脫下，段勉正手忙腳亂，陸鹿還苦笑問道：「你、你怎麼看起來像箇中老手。」

「嗯，臨時惡補了。」段勉脫自己的衣服是非常快速的，湊過來先吻她。

紅幔垂落，映出嬌軟潔白的陸鹿及精壯結實的段勉。

「我、我有點……那個，先停一下。」陸鹿慌了。她又想逃了。

「別怕！」段勉輕輕覆上她身，唇舌交纏，呼吸急促，陸鹿頭腦一片空白，這跟以往接吻不一樣，原來可都是穿衣服的！段勉火熱的吻一路往下，陸鹿身子綿軟一顫，輕輕嬌吟。

「我會小心的，鹿兒。」段勉也難受，憋得艱苦，下腹亟需發洩，這感覺比以往更強烈，大概是因為兩人袒裎相見吧？

「停一下，我突然……不想了。」陸鹿被他吻得氣喘吁吁，手腳並用的推開他，爬起來想跳下床。

段勉豈容她就這麼逃掉，縱身將她翻壓，面上笑嘻嘻。「不想也得想。」

「放開，我還沒做好準備。」

「我準備好了。」

「我不管，你、你先讓我喘口氣。」

「別的依妳，就今晚不行。」段勉緊箍著她雙手舉過頭頂，膝蓋去頂她雙腿間。

陸鹿扭著身子，抬腿反抗，不是她矯情，只是她突然就不想了！這樣的段勉太像惡狼了！

「呵呵，娘子，別亂動……」

「啊，你親哪裡？你這傢伙……」

新房外，聽牆腳的段府嬤嬤一陣驚愕，先前聽著還平和，怎麼聽著聽著，裡頭動靜越來越大呢？哎喲，世子可真是憋久了吧？

「啊！」陸鹿的腿被分開，段勉衝了進去，令陸鹿成了他的女人，這一刻是真正合二為一了。突然而至的疼痛令陸鹿痛呼出聲，身子繃緊，奮力捶他。「出去。」

太舒服了！段勉舒心仰頭，見她皺眉，俯身溫柔的密密親吻，等她放鬆，便再次奮力。

「嗚，好痛！段勉，你輕點……」陸鹿的手被鬆開，四肢亂揮，想擠他出去。

「鹿兒，一會兒就好了。」

「騙誰呀！」陸鹿才不是什麼都不懂的古人呢！

段勉額頭全是汗，呼吸漸粗，還得抽空分心安慰她。

「痛死了！你快點呀！」

「……」快不了，這種事怎麼能快呢？段勉埋在她胸前奮力衝擊，床頭嘎吱嘎吱禁不起他的力度，不和諧的響起。

聽牆腳的老嬤嬤們一把年紀也老臉羞紅了。這年輕人體力就是好呀！這都快一個時辰了吧，還沒停呀！趕緊回報老太太去吧！

段老太太很欣慰，喜道：「明年可以抱重孫子了！」

新房內，紅燭燒了大半。陸鹿汗津津軟綿綿的躺著，有氣無力道：「你想弄死我呀！」

「呵呵。」段勉將她摟在懷中，笑得滿足。「娘子，妳真好。」

「我不好，我又痛又累又睏。」

「洗洗再睡吧。」段勉說罷，赤著身抱起無力的陸鹿進了浴房，屋裡早備有熱水。

陸鹿被他放入浴桶，軟趴在桶邊，嘆氣。「你真是第一次？」

「嗯。」段勉也鑽進來，摟著她，在她耳邊笑。「妳不信？」

陸鹿白他一眼，就他那勇猛程度當然是信的。只是，他是第一次，開頭怎麼就那麼熟門熟路呢？這年頭就算有小黃文也不夠直觀呀？小黃片又不流行。

段勉輕輕擦洗著她的背，低笑。「我雖然從來沒碰過女人，好歹也在邊關這麼多年，總聽弟兄們提起過吧？」

「哼，別跟我說話，我好累。」陸鹿扭開臉，心裡卻在腹誹——你也太無師自通了吧？

段勉也不老實，雙手從她背上滑至前胸，慢慢往下。

「你幹麼？」

「鹿兒！」段勉抓著她的手，摸向自己，語氣曖昧。「再來，可好？」

「不好！」陸鹿縮回手，苦著臉。「我、我真沒力氣了。」

段勉輕輕笑。「妳不用管，我來就好了。」

「啊！」陸鹿確實什麼都不用管，仍是趴在浴桶邊，只不過腰低了點，臀翹起來，段勉俯身在她光潔的後背繼續盡興。

「呼，段勉，你是不是屬牛的啊？」陸鹿緊抓著桶緣，低聲忿忿問。

「呵，」段勉在她耳邊吹氣，壓低聲音笑。「我屬虎。」

「我去！」

第二天，大清早，衛嬤嬤就來催起床。

段府的新媳婦可不能失了禮數，昨晚再縱著，今早拜見公婆、長輩的禮數也不能少，更加不能遲到。陸鹿頭昏腦脹的被催起，任由衛嬤嬤帶人收拾殘局。

春草還特意端來熱乎乎的早點，讓陸鹿先墊下肚子。

段勉不用人服侍，自己就料理好了，靜坐一旁等著梳妝打扮的陸鹿。

鏡前，陸鹿左看右看，初為人婦的自己也沒怎麼容光四射嘛，還憔悴得很。這都得怪段勉，抓著她一遍又一遍的折騰，都快四更天才算完。這傢伙真是才開葷吧？這麼不知足！好痛！陸鹿皺了皺眉，從鏡中嗔怪地瞪了旁邊坐著的段勉幾眼。

段勉嘴角一直上揚，看著她，眉眼溫柔，全沒了冷面世子的樣貌，心思全在她身上。

她終於再次成為他的女人了！這一世，可算是圓房了！也終於明白，有媳婦的感覺是這麼美妙。鹿兒，這一世，我定不負妳！這一世，沒有什麼能分開妳我！這一世，我們一定會白頭偕老！他在心中保證著。

似有所感，梳洗好的陸鹿起身，笑容盈盈轉向段勉，十指緊扣。執子之手，不離不棄！

——全書完

番外

盛夏，陸鹿正在賞湖景。膝上的生母遺物還沒打開，她托腮沈思「時辰」這個提示。

劉氏的出生時辰易姨娘已經試過了。後來她自己輸了陸靖的時辰，還是不對。這都錯兩次了，是不是錯三次，裡頭的東西就會自動被破壞呀？

胡思亂想著，陸鹿就更謹慎了。嘆了口氣，她轉念一想，易氏受打擊沈寂了，劉氏也的確是難產而亡，並不是他殺，密盒裡無論裝著什麼，對她的吸引力都不大了。

畢竟對一個做母親的來說，兒女的幸福是最重要的。而現在，陸鹿很幸福也很滿足，段勉給她的，比她想要的多得多。

段勉在一旁剝葡萄餵她，瞧她眉頭深鎖，勸道：「別想了，打不開就算了。」

「段勉，你說我把這個盒子當成傳家寶行不行？」陸鹿忽然俏皮笑問。

「傳家寶？」段勉嘴角扯一下。「妳是絞盡腦汁打不開，才想把責任推給兒子是吧？」

「什麼兒子？這個外婆留下來的遺產，女兒也有繼承權好吧？」陸鹿還不服氣。

「有有有。依妳，什麼都依妳。妳現在懷著身子，不要想太多了。」孕婦最大，段勉不跟她爭這個突發奇想。

還不是怪你！這才結婚幾個月呀！陸鹿氣恨恨瞪他一眼。

段勉自然看得懂她的眼神，無視旁邊的下人，湊過來吻她的臉，哄道：「嗯，怪我。」

「去。」這大白天，沒個正經！

段勉咧嘴一樂，幫她擦擦嘴角，繼續剝葡萄餵。

春草和夏紋等人閒得無聊望天發呆。這可是她們丫頭的分內事，沒想到被世子爺給搶去了，現在她們是一天比一天無聊呀！天天發呆，悶都悶死了！

多年後，某個秋日。段府，正院內室傳來一聲嬰兒的啼哭，接生婆喜報。「生了生了！母子平安，是位公子！」

段勉大喜。「賞。」

床榻上的陸鹿精神還不錯，任由丫頭服侍清洗，春草端來一碗雞肉粥，她勉強吃了一口，嘆氣。「怎麼又是男孩？」

段勉喜孜孜進來，向春草等人道：「前廳在放賞，還不快去？」

「可是夫人這裡……」

「這裡有我。」

屋裡丫頭們一哄而去。段勉心疼地撫著陸鹿的臉，笑著。「辛苦娘子了。」

「扶我起來。」陸鹿咬牙撐身。

段勉小心扶起她靠在自己身上，替她掖掖被角，柔聲。「餓了吧？」

「段勉，不是說好這個是女娃嗎？怎麼又是男孩？」陸鹿忿忿不平。

「娘子，妳不喜歡兒子嗎？」

「我生的我當然喜歡。可是，都已經有三個兒子了，怎麼又是兒子，你們段府不是生女兒比較拿手嗎？」陸鹿苦惱。「兒女雙全嘛，總是兒子……」

「沒事，下一個就是女兒了。」

「什麼下一個，你當我豬呀，還生？」

「好好，不生了，咱們有四個兒子……」

「可我要女兒呀！」

「行，明年生女兒。」

「你、你就哄我吧？我再也不信了。你也別碰我了！」陸鹿氣得擰了他一把。除了頭胎生產時比較吃力外，她後來生產都還算順利，今天這一次已是沒什麼太大的感覺了。

陸鹿癟著嘴，不爽地瞪著自己的肚子。

嫁了人，陸鹿本來還摩拳擦掌要面對各種宅鬥，沒想到因為這肚子，大家寶貝她都來不及。段老太太本來就因為天靈子的話，對她很是和顏悅色；良氏在她生了兒子後，就放下了婆婆的架子；至於看她不順眼的顧氏，老早被警告一番，屁都不敢放一個！

這婚後生活樣樣好，但她想要生個女兒，怎麼就這麼難呢？

段府再次喜氣洋洋的，段老太太屋裡，已有三個小毛頭在榻上爬來爬去玩耍，聽報孫媳又生了兒子，不但段老太太，良氏也是高興的放賞。

「這個天靈子真是準呀！果然旺男丁！」

段老太太喜道：「這獨苗單傳的咒語終於算是打破了。對了，鹿兒怎麼樣？」

婆子回答。「少夫人都好。」
「阿勉人呢？」
「在陪著少夫人說話。」
「都這麼幾年了，還這麼如膠似漆的，也是難得。」
婆子遲疑道：「少夫人好像不高興，在生世子爺的氣呢。」
「哦，怎麼啦？」
「抱怨怎麼又是兒子，少夫人想生個女兒，世子爺正在陪著小心哄呢。」
「說起來，若再生個女兒，就更好了。」段老太太望著天感慨。真沒想過自己會期望著抱女娃子！

兩年後，陸鹿又生產了，她滿懷期待，卻聽接生婆報：「恭喜少夫人，喜得小公子。」
「什麼？」陸鹿兩眼一黑，心口堵得慌。天靈子的預言真可怕！難道真的要生足五個兒子不可嗎？當初上官玨不是說三個嗎？她粉嘟嘟的女兒呢？她喜歡女兒啊！
段勉照例很高興，還樂顛顛的抱了抱兒子，但陸鹿這一次就不只是抱怨了，她很想撓他。段府生女的優良傳統為什麼沒有繼承下來？都是他的錯！
「是是，都是我的錯。娘子，下一回，肯定是女兒！」
「滾，別想有下回了！」

——全篇完

2017年6月出版

娶妻這麼難

文創風 531～534

易求無價寶，難得有情郎。
這時代的男人，三妻四妾是再正常不過的事，
有哪個男子願意一輩子守著一個女人過活呢？
然而，她卻是不願與其他女子共享一個男人的……

多情自古空餘恨　好夢由來最易醒／玉瓚

簡妍實在是不想沒臉沒皮地往徐仲宣的身旁湊，
她並不怕別人笑話她，也不在乎別人怎麼看她，
名聲兩字於她而言，不過就是個名詞，她壓根兒沒放在心上，
關鍵是，他這個人擱到哪裡都是個青年才俊，
他往後的妻子定是個高門之女，只怕妾室也不會少，
那麼，她還巴巴兒地湊上前去做什麼呢？
以她現下的身分地位，做他的妻肯定是不夠格的，
可她是不會給任何人做妾的，所以她從沒想過要嫁人，
然而，他卻對她伸手，要她待在他身邊，讓他寵著，
他說，若得她為妻，他終生不再看其他女子一眼，
他甚至還說，他愛她勝過他自己的性命！
老實說，她不曉得該不該相信他說的話，
但，即便這是一場注定會輸的賭博，
她也決定轟轟烈烈地和他賭上一場……

2017年6月出版

逆襲成宰相

文創風 528～530

他足智多謀，有不同於常人的傲骨；
她善良聰敏，有不該身處底層的學識，
仰天不會只看得見黑夜，明珠也不會永遠蒙塵……

今朝再起為紅顏，一世璧人終無悔／趙眠眠

趙大玲前世是個能幹的理工女，穿越後卻成了御史府的灑掃丫鬟，
父親老早就過世，母親在外院廚房當廚娘，
弟弟尚小不經事，自家沒靠山也沒銀兩，
前世的滿身才幹無用武之地，還要對其他丫鬟的戲弄忍氣吞聲，
雖日子過得無趣得緊，可為了生存，明哲保身才是正理！
直到一個全身是傷的俊美小廝出現在面前──
他滿腹珠璣，揀菜像在寫毛筆，還寫得一副好對聯，
其他小廝愛在嘴上占她便宜，他卻說男女授受不親，
當他們家被欺負而孤立無援時，是他找來幫手助她一臂之力，
他隱姓埋名，雖為官奴，可一身的氣度風華在在說明了他有秘密……

2017年6月出版

吾妻不好馴

文創風 526～527

聽聞夫君心中另有所屬？沒關係，她沒打算談情說愛；
老夫人跟大房不待見她？無所謂，她無意當賢良媳婦。
反正她嫁入高門僅是衝著「侯爺夫人」的頭銜，
哪曉得這枕邊人當初指名要娶她，竟是別有隱情……

嬌妻不給憐，纏夫偏要黏／岳微

歐汝知借屍還魂為商賈之女衛茉，
滿心滿眼就是為家族通敵罪狀翻案這等大事，
可從一名習武女將換成這副病秧子皮囊，
猶如虎落平陽，難展拳腳啊……
正當她不知該從何起頭時，
恰逢靖國侯趕著上門提親求娶她，
命運都向她伸出了橄欖枝，
她當然得把握機會，嫁入侯門！
所幸老天爺待她不薄啊，
這丈夫平時總小心翼翼地呵護她，還能替她治療寒毒，
更重要的是，他竟是替歐家翻案的同道中人！
遇上如此義氣相挺的良人，
她再冷傲的心也被捂熱了……

文創風 550

斂財小淘氣 4 完

國家圖書館出版品預行編目資料

斂財小淘氣 / 涼月如眉著. --
初版. -- 臺北市 : 狗屋, 2017.08
冊 ; 公分. --（文創風）
ISBN 978-986-328-759-9（第4冊：平裝）. --

857.7　　106009728

著作者　涼月如眉
編輯　林俐君
校對　黃亭蓁　周貝桂
發行所　狗屋出版社有限公司
地址　台北市104中山區龍江路71巷15號1樓
電話　02-2776-5889～0
發行字號　局版台業字845號
法律顧問　蕭雄淋律師
總經銷　知遠文化事業有限公司
電話　02-2664-8800
初版　2017年8月
國際書碼　ISBN-13　978-986-328-759-9

本著作物由起點中文網（www.qidian.com）授權出版

定價250元
狗屋劃撥帳號：19001626
網址：love.doghouse.com.tw　E-mail：love@doghouse.com.tw